KB136397

검은 머리 외국인

이시백 장편소설

검은머리 외국인

CAMELLIA

이 소설은 작가의 상상에 의해 쓰였으며,

대한민국의 어떠한 특정 사실이나 인물과도 무관함을 밝혀 둔다.

다만 독자들의 이해를 돕기 위해 편의상 까멜리아 방언을

한국 사투리로 옮겨 썼다.

프롤로그

모르는 사람이 많겠지만, 까멜리아 공화국이라는 나라가 있다. 그런 나라가 어디 있느냐고 따지는 사람에겐 상투메 프린시페라는 나라를 아느냐고 물어보라. 가장 어려운 질문 가운데 하나가 세계에는 몇 개의 나라가 있느냐는 물음이다. 세계은행 통계에 따르자면 현재 229개 나라가 있다고 하지만, '음지에서 양지를 지향하는' 국가정보원의 조사에 따르면 231개국이 있으며, 공으로 하나가 되자며 오로지 축구만 아는 피파에 가입한 회원국의 수는 210개이다. 세계 지도 정보로는 237개 나라로 파악되고 있으며, 인류의 구심점이며 사령부라고 할 수 있는 유엔도 정식 회원국으로 승인된 193개의 나라만을 - 아마 존경하는 유엔 사무총장도 이 나라들마저 이름을 제대로 알지 못하겠지만 - 파악하고 있을 뿐이다. 지금 이 순간에도 지구 어딘가에선 끝없이 망명하여 정부를 세우고, 분열하고, 분단하고, 싸우고, 합치고, 갈라서기를 반복하며 이른바 나라라는 게 명멸하고 있기 때문에 그 수를 정확히 파악하는 것은 불가능한 일이다. 또한 스스로는 나라라고 하지만, 인정을 못 받거나, 무시를 당하거나, 제 나라 영토라고 주장하는 강대국들 목소리에 묻혀 제 혼자만 나라라고 주장하는 경우도 적지 않다. 그러니까 까멜리아 공화국도 그 가운데 하나라고 생각하면 될 것이다.

카리브 해의 미국령 가운데 하나였던 까멜리아 아일랜드는 검은 머리를 한 원주민들이 다수를 차지하고 있는데, 특이하게도 주변의 코스타리카나 버진 아일랜드와 달리 검은 머리와 눈에 띄게 튀어나온 광대뼈, 가늘고 위로 치켜진 눈매를 가졌다. 동백나무를 뜻하는 까멜리아(camellia)라는 나라 이름도 동백나무에서 추출한 기름을 머리에 바르는 그들의 오래전 전통에서 비롯되었다. 카리브 해에서 대서양으로 빠져나가는 조류의 길목에 놓인 까멜리아 아일랜드는 주변이 깎아지른 절벽으로 둘러싸여 있고, 소용돌이치는 물살과 연안에 산재한 암초들로 인해 바깥세상과 단절된 채 수천 년 동안 그들만의 전통과 관습을 유지해 올 수 있었다. 함대를 앞세운 스페인에 의해 서방세계에 그 존재가 알려질 때까지 그들은 검은 머리에 동백기름을 바르며, 그들의 고유한 언어와 상투를 지키며 평화롭게 살아왔다. 황금을 찾아다니던 스페인 군대들은 온통 동백나무로 둘러싸인 이 바위투성이 섬에 이내 흥미를 잃고 몇몇 여자들에게 노랑머리 혼혈아를 남긴 채 그곳을 떠났다. 뒤미처 프랑스와 영국의 군인과 선교사들이 찾아왔지만, 온종일 머리에 동백기름만 바르고 볕 바른 곳에서 이를 잡거나, 쉴 새 없이 야자열매 수액만 마셔 대는 원주민들에게 지쳐 짐을 싸들고 떠났다. 그로부터 한참 지난 뒤에 그 돌투성이 섬에 희귀한 광석이 엄청나게 묻혀 있다는 사실을 알게 된 미국이 재빨리 이 섬을 자신의 영토로 집어삼켰다.

조용하던 섬에 양키 광산 업자들이 몰려와 땅을 파헤치기 시작했다. 섬에는 술집과 여관과 광산에서 땅을 파는 검둥이 노예들이 묵을 숙소가 들어섰다. 광석을 실어 나를 배들이 정박할 부두가 건설되고, 광산에서 부두까지 이어지는 철로가 놓였다. 싸움이란 걸 모르고, 싸울 필요도 없이 살아오던 원주민들은 요란한 소리를 내며 달리는 기차 소리에 돼지가 놀라 우물에 뛰어드는 것에 항의해 상투를 휘날리며 기차역으로 달려와 삿대질하며 화를 낼 뿐, 이 머리가 노란 이입자들에 대해서는 관대했다. 광산이 커지며 일손이 달리자 노랑머리들은 검은 머리 원주민들에게 품삯을 주고 일을 시키려 했다. 그러나 온종일 동백기름을 머리에 바르고, 지나가는 구름을 보며 야자나무 수액만 마셔 대는 원주민들은 전혀 일을 할 마음이 없었다. 돈이라는 것도 알지 못했고, 그걸로 바꿀 물건도 별반 필요하지 않았다. 그저 손만 뻗으면 따 먹을 수 있는 바나나나 야자열매에 만족했고, 움직여 봐야 땀만 나는 고온다습한 기후 탓에 그들은 온종일 야자나무 그늘에 해먹을 걸고 갈매기가 하릴없이 끼룩거리는 바다만 쳐다보았다.

노랑머리들은 세상에서 가장 나태한 종족들 때문에 당황했다. 고심 끝에 그들은 잔머리가 뛰어난 제임스 도노반이라는 자의 의견에 따라 검은 머리들에게 담배와 초콜릿을 나눠 주었다. 심심한 게 일이었던 검은 머리들은 호기심에 이끌려 노랑머리들이 나눠 주는 담배를 피우고, 초콜릿을 먹기 시작했다. 그리고 얼마 되지 않아 그들은 마시면 배가 불룩해지고, 쉴 새 없이 오줌을 누러 변소에 가야 하는 야자열매 수액 대신에 하늘의 구름을 쳐다보며 뻐끔뻐끔 연기를 피워 내는 담배에 매혹되었다. 남녀노소 가릴 것 없이 담배에 맛이 든 검은 머리들에게 노랑머리들은 인심도 좋게 담배를 거저 나눠 주었다.

몇 해가 지나 이제 검은 머리들은 담배와 초콜릿 없이는 한시도 살 수가 없게 되었다. 갓난애들도 어미의 젖보다 초콜릿을 좋아했고, 어른들은 밥이나 마누라 없이는 살아도 담배 없이는 살 수가 없게 되었다. 그들은 노랑머리를 찾아가 담배와 초콜릿을 달라고 했다. 노랑머리들은 이제 거저 줄 수가 없으며, 돈이라는 걸 내어야 한다고 했다. 돈이 없던 검은 머리들은 광산에 가서 일을 하면 돈을 준다는 걸 알게 되었다. 썩 기분 좋은 일은 아니지만, 잠깐만 일하면 몇 달치 담배와 초콜릿 살 돈을 주니까 핏대를 높여 싸우느니, 광산에 가서 운동 삼아 일을 했다.

까멜리아 사람들 빼고는 모두 예상했겠지만 담배와 초콜릿 값은 날로 높아만 갔다. 아침밥을 먹기 전에 잠깐 다녀오면 되던 광산 일을 온종일 해야 담배 몇 갑과 아이들 먹을 초콜릿을 살 수 있게 되었다. 그들은 담배를 피울 시간도 없이 일해야 했다. 돌을 짊어진 어깨에 진물이 나고, 손바닥에 굳은살이 박였지만, 목소리를 높여 싸우느니 일하는 편이 나았다. 점점 힘들어지는 광산 일에 지친 검은 머리들은 화가 났지만, 족장의 '일하며 싸우자'는 방침에 순종했다. 힘이 들 때마다 그들은 담배를 피웠다. 일은 점점 더 힘이 들게 되고, 더 많은 담배가 필요했다. 그들은 허리가 휘도록 일을 해야 했다. 노랑머리들은 말을 잘 듣는 검은 머리들에게는 더 많은 돈을 주고, 불평하는 검은 머리들에게는 품삯을 깎았다. 노랑머리의 눈에 든 몇몇 검은 머리들은 아예 일을 하지 않게 되었다. 그들은 게으름을 피우는 검은 머리들의 이름을 적어서 노랑머리들에게 바치는 게 일이었다. 그들은 일을 하지 않아도 많은 담배와 초콜릿을 받았고, 그것을 웃돈을 붙여 팔아 돈을 산더미처럼 모았다. 어느 욕심 많은 이가 돈에 깔려 죽었다는 소문도 있었다.

몇 십 년 동안 광석을 캔 노랑머리들은 더 이상 파낼 광석이 없자 언제든 편안히 담배를 피우며 술을 마실 수 있는 술집과, 담배나 초콜릿을 파는 가게를 지어 장사를 하기 시작했다. 더 이상 힘들어서 못 살겠다고 검은 머리들이 상투를 휘날리며 거리로 몰려나와 아우성을 치자, 그들은 다달이 담배 다섯 값과 초콜릿 네 상자를 살 돈을 나눠 주었다. 그리고 가장 번화한 항구 앞에다 도박장을 지었다. 일확천금을 벌 수 있다는 소리에 검은 머리들이 매달 나눠 받은 돈을 손에 쥐자마자 도박장으로 달려왔다. 나중에는 집에서 기르는 암탉과 돼지를 들고 오고, 집안에서 누워 초콜릿만 먹는 마누라까지 술집에다 팔아 넘겼다.

그렇게 세월은 지나갔다. 노랑머리와 손을 잡은 검은 머리들은 부자가 되었다. 그들은 가난한 검은 머리들이 못 살겠다고 외칠 때마다, 얼굴에 닭 피나 바르는 족장이 무능하고, 시대에 뒤떨어져 제대로 일을 못한 탓이라고 둘러댔다. 부자 가운데 하나가 새 족장이 되었다. 새 족장은 까멜리아를 다스릴 지도자들을 저와 같은 부자들에게 맡겼다. 족장과 부자들은 섬의 곳곳에 도박장과 호텔과 술집을 짓기 시작했다. 그들은 노랑머리들에게 뭉칫돈을 바치며, 담배와 초콜릿을 팔 수 있는 독점권을 샀다. 배가 고프다고 아우성치는 검은 머리들에게는 허리띠를 졸라매라고 했다. 검은 머리들은 자기들이 못사는 이유가 나라가 없기 때문이라고 생각하게 되었다. 뒤늦게나마 노랑머리들 밑에서는 도저히 가난을 면할 수 없다는 사실을 알게 된 검은 머리들은 자신들이 몇 천 년의 역사와 전통을 지닌 문명인이며, 자신들의 나라가 어엿한 독립국가의 자격을 지녔다는 사실을 자각하게 되었다.

결정적으로 검은 머리들을 떨치고 일어나게 한 것은 담배 때문이었다. 노랑머리들에게 뭉칫돈을 바치고 담배 독점권을 얻은 배불뚝이 검은 머리들이 양 한 마리를 팔아야 담배 한 갑을 살 수 있을 정도로 가격을 올리자, 허리를 개미처럼 졸라매고만 있던 검은 머리들이 일제히 거리로 떨치고 나섰다. 그들은 며칠째 빨던 빈 담뱃대를 집어 들고 거리로 뛰쳐나왔는데, 기록에 따르면 그때 가장 긴 담뱃대는 무려 2미터 59센티미터에 달했다고 한다. 그들은 빈 담뱃대로 하늘을 찌르며 '담배가 아니면 죽음을 달라!'고 외치며 담배 가게를 습격하여 거기 쌓여 있던 담배들을 사이좋게 나눠 가졌다. 내친 김에 그들은 섬 한가운데 있는 천 년된 야자나무 아래 모여서 자기들의 나라를 세우기로 했다.

예기치 않은 검은 머리들의 독립선언에 노랑머리들은 콧방귀를 뀌면서, '담배가 아니면 죽음이 여기 있다!'며 총질로 수백 명을 죽였다. 노랑머리들은 까멜리아 아일랜드는 엄연히 미국의 영토라는 걸 상기시켰지만 독이 오른 검은 머리들은 담뱃대를 휘두르며 물러서지 않았다. 노랑머리들은 당장 폭격기를 띄워서 까멜리아 섬을 흔적도 없이 폭파해 버릴까도 생각했지만, 거기 퍼부을 폭탄이나 항공기 기름 값도 나오지 않는 싸움 대신에 다른 방책을 쓰기로 했다. 우선 까멜리아의 독립을 인정해 주고, 자신들의 심복인 검은 머리들을 요직에 앉히기로 했다.

독립을 얻은 검은 머리들은 환호하며 구십칠 일 동안 야자나무 아래 모여 담배를 피우며 잔치를 벌였다. 담배를 피우다 쓰러질 지경이 될 무렵에, 세이만이란 노인이 앞에 나서서 나라를 꾸리려면 정부란 게 있어야 한다고 설레발을 쳤다. 미국에서 무슨 박사 학위를 받았다는 그는 이틀 동안 남이 말할 틈도 주지 않고 정부 조직과 정치에 대해 이야기를 떠들어 댔다. 검은 머리들은 그게 무슨 소리인지 몰라서 담배만 피우고, 미국을 오가며 노랑머리와 가깝던 자들이 세이만의 이야기에 고개를 끄덕이며 박수를 쳤다. 세이만은 노랑머리들과 싸우려면 그들을 잘 알고, 상대할 수 있는 사람이 나랏일을 맡아야 한다고 주장했다. 배가 고파 더 이상 담배만 피우고 있을 수 없던 검은 머리들은 세이만이 더 이상 이야기를 늘어놓지 않도록 그저 하자는 대로 하기로 했다. 세이만은 나라를 세우는 데 꼭 필요하다는 대통령 자리에 제가 앉고, 측근들을 장관에 임명했다. 그날 그 자리에 있던 검은 머리들은 그저 세이만이 입을 다물고, 집에 돌아가 밥을 먹게 되기를 바랄 뿐이었다. 이리하여 역사적인 까멜리아 공화국이 탄생하게 되었다.

초대 대통령이 된 세이만은 '뭉치면 살고 흩어지면 죽는다'는 말로 노랑머리들 밑에서 앞잡이 노릇을 하던 검은 머리들을 제 밑에 두고, 정부 요직을 맡겼다. 떡도 먹어 본 놈이 먹는다는 게 그의 정치 철학이었다. 떡 먹어 본 놈들이 먹다 배가 터지고, 허리띠를 졸라매던 서민들 허리가 부러지는 중에 노망이 든 세이만 대통령은 쫓겨나 미국으로 도망쳤다. 대통령 자리가 비자 기다렸다는 듯이 검은 안경을 쓴 다사오 준장이 대통령 관저로 전차를 몰고 가서 2대 대통령이 되었다. 그는 '우리도 한번 잘 살아 보세'라는 노래를 가르치며, 허리를 더 졸라매고 일을 하라고 다그쳤다. 처음으로 갖게 된 나라를 위해 검은 머리들은 새벽종을 울리며 밤늦도록 일을 했다. 다사오 대통령은 노랑머리들에게 꾸어 온 돈으로 담배 공장을 짓고, 도로를 내고, 전기를 끌어왔다. 사람들은 환호했지만 빌린 돈의 이자로 장차 얼마를 갚아야 하는지는 아무도 알지 못했다. 눈치 없이 그걸 물었던 검은 머리들은 검은 차에 실려 갔다가 검은 머리가 하얗게 뽑혀서 돌아왔다. 다사오는 야자나무 그늘에서 담배를 피우거나, 쓸데없이 동백기름을 낭비하며 긴 머리를 기른 이들을 잡아다 옥에 가두었다. 전통적으로 길고 검은 머리를 목숨보다 소중히 여기던 까멜리아 사람들은 점점 불만이 늘어갔지만 다사오가 거느린 정보부원들이 무서워 입을 다물었다. 몇몇 젊은이들이 거리로 나섰다가 감옥에 갇히거나, 맞아 죽었다. 젊은이들은 분을 못 이겨 제 몸에 불을 붙이고, 옥상에서 뛰어내렸다. 그런 중에 다사오 대통령은 제 심복의 총을 맞아 철권통치의 막을 내리고, 이어서 대머리가 벗겨진 군인 출신이 제 동기와 번갈아 대통령 자리를 해먹다가 쫓겨났다.

누르고 싸우는 중에 까멜리아 공화국도 어느덧 한 나라의 구색을 갖춰 나갔다. 민주적인 헌법이 제정되고, 제대로 된 학교가 세워지고, 은행과 발전소와 공항과 방송국과 같은 근대적인 시설들이 속속 들어섰다. 4년마다 국민 투표로 대통령과 국회의원을 선출했고, 민주동백당과 자유정의당의 양당제도 구축이 되었다. 날이 좋으면 쿠바가 보일 만큼 높은 빌딩이 우뚝 서고, 부동산 업소와 노조와 헬스센터가 들어섰다. 누가 뭐래도 까멜리아 공화국은 시나브로 어엿한 독립국가의 틀을 갖추었다.

문제는 아무리 자신들이 독립국가라고 주장해도, 주변 나라에서는 여전히 미국령으로 취급하는 점이었다. 유엔에 가입 신청을 했지만 열두 번이나 미역국을 먹었다.

검은 머리들 가운데서도 지각이 있는 이들이 나서서, 제대로 된 나라를 만들려고 애썼다. 그들은 제대로 된 독립국가를 갖추기 위해 노랑머리들과 그 앞잡이들을 내몰았다. 나랏돈을 모아 고리대금과 같은 미국 자본을 상환하고, 우호적인 나라들과 손을 잡으려 했다.

이런 움직임을 지켜보던 미국이 까멜리아의 기축통화나 다름없는 달러를 만지작거렸다. 생활필수품의 대부분을 미국에서 수입하고, 수산물이나 광산물을 미국에 수출하여 나라 살림을 꾸리던 까멜리아는 달러의 환율이 요동을 치자 나라가 뿌리채 흔들렸다.

겨우 나라의 틀을 잡고 카리브 해의 기적을 일구던 까멜리아 공화국의 경제는 파탄이 나고, 외환 위기에 두 손을 들고 말았다. 까멜리아는 노랑머리들에게 무릎을 꿇고, 돈을 빌려야 했다. 노랑머리들은 콧대를 세우고 까멜리아에 굴욕적인 조건들을 내걸었다. 그들은 돈이 될 만한 것들은 내다 팔라고 강박하며, 헐값에 사들였다. 그리고 자기들이 마음 놓고 돈벌이를 할 수 있도록 법령이나 금융 제도를 바꾸도록 요구했다.

이 이야기는 그런 외환 위기 속에서 까멜리아의 수많은 기업들이 속절없이 도산하고, 헐값에 팔려나가면서 노동자들이 거리로 쫓겨나던 무렵의 일이다. 거리로 쫓겨나 지하철 역사에서 신문지를 덮고 잠을 자면서도 그들은 오래전부터 전해 오는 옛날이야기를 여전히 믿고 있었다.

어느 나무꾼이 연못을 지나다가 도끼를 빠뜨렸다. 낭패한 나무꾼이 엎드려 산신령에게 빌었다. 얼마 뒤, 연못에서 산신령이 금도끼를 들고 나타났다. 이것이 네 도끼냐. 정직한 나무꾼은 아니라고 대답했다. 연못으로 들어간 산신령은 이번엔 은도끼를 들고 다시 나타나 물었다. 이것이 네 도끼냐. 정직한 나무꾼은 아니라고 대답했다. 산신령은 다시 연못으로 들어가 아주 낡고 보잘 것 없는 쇠도끼를 들고 나타났다. 이것이 네 도끼냐. 나무꾼은 환한 웃음을 지으며 그렇다고 대답했다. 산신령은 나무꾼의 정직함에 감동하여 앞서 가져왔던 금도끼와 은도끼를 나무꾼에게 선물로 주었다.

1

여기가 어디일까.

도무지 가늠이 되지 않는다. 시커먼 벽으로 둘러싸인 방에는 빛 한 오라기 스며들어올 창도 달려 있지 않았다. 거친 시멘트가 그대로 드러난 천정에서는 물이 뚝뚝 떨어지고, 낮은 촉수의 백열전구 하나가 곰팡내 나는 주변을 쇠잔하게 밝히고 있다. 음습한 방에서는 시큼한 초산 냄새가 풍겼다. 탁자를 사이에 두고 루반은 낯선 사내와 마주 앉아 서로를 노려보고 있다. 시커먼 윤곽만 감지되는 사내가 탁자 위에 놓인 유리병을 깨뜨렸다. 그리고 깨진 유리 조각을 하나 집어 들더니 마주 앉은 루반에게 내밀었다.

"물러서는 쪽이 지는 거야."

유리 조각을 서로의 손바닥 사이에 두고 밀기 시작했다. 상대의 힘이 가해지면서 날카로운 유리 조각이 손바닥으로 파고들었다. 살을 찢고 들어오는 유리 조각이 격렬한 통증을 일으켰다. 고통과 두려움에 휩싸여 루반이 온몸을 떨며 그만하라고 소리쳤다. 마주 앉은 사내의 손바닥도 유리 조각이 파고들었다. 그런데도 사내는 얼굴 한 번 찡그리지도 않은 채 여전히 유리 조각을 손바닥으로 밀어 대고 있었다. 날카로운 유리 조각이 루반의 손바닥을 뚫고 나왔다. 피가 묻은 유리 조각이 서서히 루반의 가슴을 향해 찔러 왔다. 루반은 그만하라고 소리쳤지만, 상대는 무심한 목소리로 중얼거렸다.

"살 사람은 살아야 하지 않겠어?"

비명을 지르며 루반이 벌떡 몸을 일으켰다. 온몸이 땀에 젖어 있었다. 여기저기 빈 술병이 나뒹굴고, 벗어 놓은 옷가지들이 어지럽게 널려진 방 안을 둘러보며 길게 한숨을 내쉬었다. 빌어먹을. 벌써 이태째 그를 괴롭혀 온 악몽이었다. 이제는 익숙해질 만도 한 악몽의 분위기는 여전히 그의 온몸을 땀에 적시곤 했다. 몸을 움직이자 지난밤의 숙취가 머리를 쇠망치처럼 두드렸다. 걸음을 떼어 놓을 때마다 심해지는 두통 때문에 그는 머리를 감싸 안고 침대 끝에 쭈그리고 앉아야 했다.

어디선가 전화 벨소리가 요란하게 울어 댔다. 마구 헝클어진 이불 속에 처박힌 핸드폰을 찾는 사이에 신호는 이내 끊어졌다. '메이저 리거 차오'라 찍힌 부재중 전화 목록을 본 루반이 불 맞은 소처럼 벌떡 일어나 벽에 걸린 달력을 뒤적거렸다.

붉은 펜으로 진하게 동그라미가 쳐진 날짜를 본 루반은 자신의 머리를 벽에다 대고 들이받았다. 아침에 아들과 공원에서 야구 연습을 하기로 한 약속을 잊고 잠이 들었던 것이다. 황급히 손목시계를 들여다보니 약속한 여덟 시를 벌써 두 시간이나 넘기고 있었다. 허겁지겁 일어나 바지를 꿰는데, 문자 메시지가 들어왔다.

"혼자 연습하고 집에 왔어요."

풀썩 자리에 주저앉아 다시 벽에다 자신의 머리를 들이받기 시작했다. 한심한 새끼, 병신. 자신을 향해 온갖 욕설을 쏟아 대며 그는 더 격렬하게 머리를 벽에다 들이받았다.

"아, 씨발, 제발 쫌! 잠 좀 자자고."

벽 하나로 붙어사는 옆방의 르밀이 볼멘소리로 투덜거렸다. 틈날 때마다 원룸 주택 앞의 놀이터에서 소주를 나눠 마시는 사이인 르밀은 밤 새워 대리기사 일을 하느라 새벽에 들어와 눈을 붙이곤 했다. 퉁퉁 부은 눈두덩을 비비며 두덜거리는 그의 모습이 눈앞에 고스란히 그려졌다. 루반은 더 세게 머리를 벽에 들이받았다.

"할 일 없으면 딸딸이나 치고 자빠져 자라고."

두덜거리는 그의 목소리가 벽을 타고 고스란히 전해왔다. 루반은 벽에다 입을 붙이고 악을 쓰듯 목청을 높여 노래를 불러 댔다.

"새벽 좆이 꼴렸네, 새 아침이 밝았네."

벅적거리던 가게들이 문을 닫은 일요일 아침의 골목은 을씨년스럽기만 하다. 셔터가 반쯤 내려진 건물 입구에는 누군가 토해 놓은 오물이 한 자배기 그득하니 깔려 있었다. 호프집 출입문 손잡이에 비스듬히 꽂힌 조간신문을 그 위에 덮고 루반은 게걸음으로 건물 안으로 들어섰다.

'할렐루야 금융'이라는 팻말이 걸린 사무실로 들어서자, 볼이 부어 앉아 있던 직원들이 엉거주춤 일어나 마지못해 고개를 꺾어 인사를 했다.

"아침부터 인상들 봐라."

직원이라고 해 봐야 고등학교 다니다 걷어치운 알바 둘을 빼면 유일한 정직원인 족제비가 앞으로 나서서 볼멘소리부터 내어놓았다.

"오렌지 타운 '나가요' 애들두 오일 근무제 헌 지 오래됐슈."

"오일 근무제? 금요일은 금 캐는 날, 토요일은 돈 떼어먹은 놈들 토해 내놓는 날, 일요일은 좆 빠지게 일하는 날, 몰라?"

말해 봐야 씨도 안 먹힌다는 사실을 익히 알고 있던 직원들은 이내 체념한 얼굴로 제 앞에 놓인 장부들을 뒤적거리며 입을 다물었다.

"남들 놀 때 다 놀면 돈은 언제 버냐?"

가방과 장부를 챙겨 들고 억지로 일어서던 직원들 가운데 누군가 두덜거리는 소리가 들려왔다.

"오나가나 돈, 돈, 돈! 정말 돌아버리겠네."

"그래, 난 돈밖에 믿는 게 없어. 왜 꼽냐?"

바지 지퍼를 열고 사무실 구석에 놓인 생수통에 오줌을 누던 루반의 가랑이 사이로 돈 무늬 팬티가 화려하게 내보였다.

"테레비 광고도 못 보냐. 죽을 때 자식들에게 조금이래도 남겨줘야 마음 편히 떠난다잖아. 뭣도 모르는 것들은 죽어 봐야 돈 무서운 줄을 알게 되는 거야."

시장 쪽을 돌라고 알바 둘을 내보낸 뒤, 루반은 의자에 털썩 주저앉아 서류를 뒤적거렸다. 악성 채무자라고 적힌 명단과 주소를 수첩에 적고 자리에서 일어섰다.

"가자."

경리 일을 보던 미스 세콩이 그만둔 뒤로, 알량한 경력을 내세워 사무실에 앉아 장부나 만지작거리려는 족제비의 어깨를 잡아 일으켰다. 악성 채무자들을 채근하겠다며 사장인 루반이 동행하는 게 마뜩잖은 듯 족제비는 입을 닷

발이나 빼물고 있었다.

마지못해 따라나서던 족제비가 출입문 벽에 붙인, '악질들'이라 적힌 사진을 향해 다트를 날렸다. 돈을 떼어먹고 종적을 감춘 악성 채무자들이었다. 허공을 날아간 다트가 벽에 붙은 한 '악질'의 왼쪽 눈에 보기 좋게 들어박혔다.

"뭘 봐, 씨발 놈아."

아침부터 부지런을 떨며 돌아다녔지만 소득은 변변찮았다. 온종일 찾아다닌 채무자들의 집은 대부분 비어 있거나, 이미 남의 집이 되어 있었다. 철탑 공사를 하다가 떨어져 허리를 다친 잠바오만 어쩔 수 없이 집안에 누워 있었다. 다달이 나오는 장애 수당을 모은 팔십칠만 까멜(까멜리아의 공식 화폐단위로 1달러=1000까멜 수준)만 빼앗아 그동안 밀린 이자로 입금한 게 고작이었다.

오후가 되면서 내리기 시작한 비로 평소보다 이르게 날이 어두워졌다. 차가 오를 수 없을 만큼 좁은 골목으로 이어진 비탈을 걸어 오르느라 숨이 턱에 찼다. 재개발을 하려다가 버려진 집들은 사람의 온기를 잃은 채 묘혈처럼 을씨년스럽게 엎드려 있었다. 여기저기 쌓여 있는 쓰레기더미와 잡동사니들 사이로 '재건축 결사반대!'라고 붉은 페인트로 적힌 구호들이 부서진 벽의 곳곳에 남아 있었다. 도심에서 비치는 불빛들이 산등성이를 타고 간간히 번득거릴 뿐, 아무리 둘러보아도 사람이 살고 있는 흔적은 찾을 수가 없다.

"네미 씨발. 숨어 살어두 드러운 데만 골라서 산대니께."

가뜩이나 좁은 골목을 가로막은 냉장고를 발로 걷어차며 앞서 걷던 족제비가 투덜거렸다.

"여기가 맞기는 맞냐?"

비에 젖어 미끈거리는 비탈을 오르느라 몇 번이나 헛발질을 하던 루반이 잠시 걸음을 멈추고 가쁜 숨을 몰아쉬었다. 족제비는 대답하기도 귀찮다는 듯 고개만 끄덕이고 어두침침한 골목 쪽을 손가락으로 가리켰다. 막다른 골목 끝에 담장이 반쯤 부서진 집 한 채에서 희미한 불빛이 어른거렸다.

손가락으로 제 입을 가로막은 족제비가 발소리를 죽여 고양이 걸음으로 집 쪽으로 다가갔다. 반지하로 우묵하니 들어앉은 집에선 신문지로 누덕누덕 가린 유리창 틈새로 불빛이 새어나오고 있었다. 루반은 족제비가 시키는 대로 창가에 쭈그리고 앉아 방안을 들여다보았다.

단칸방에는 피골이 상접한 중년 여자가 누워 있고, 그 곁에서 아들로 뵈는 이십 대 청년이 쭈그리고 앉아 돈을 세고 있었다. 돈을 본 족제비가 루반을 돌아보며 회심의 미소를 지었다.

무어라 말할 새도 없이 족제비가 문을 걷어차고 방안으로 뛰어들었다. 당황한 청년이 황급히 돈을 지갑에 챙겨 넣고 숨기려 했지만, 족제비의 눈을 피할 수는 없었다. 몸놀림이 잰 족제비가 청년을 밀쳐 내고 지갑을 빼앗으려 몸싸움을 벌였다. 공처럼 옹송그린 몸을 담벼락에 붙인 채 청년은 족제비에게 걷어차이고 주먹으로 맞으면서도 필사적으로 지갑을 붙들고 내놓으려 하지 않았다.

"아, 내놓으래니께."

"이 돈 없으면 울 엄마 죽어요."

"씨발, 그 돈 없으믄 울 엄마가 죽어."

왜소한 체구의 청년이 울부짖으며 버텨 보지만, 완력이 좋은 족제비를 당해 내지 못했다. 좁은 방안에서 엎치락뒤치락 하던 중에 청년이 손에 쥐고 있던 지갑을 떨어뜨렸다. 허공으로 날아간 지갑이 병석에 누운 여자의 곁으로 떨어졌다. 꼼짝달싹도 못한 채 누워서 신음 소리만 내고 있던 여자가 벌벌 떨리는 손으로 지갑을 움켜쥐었다. 들러붙는 청년을 벽 쪽에 밀어붙인 족제비가 거친 숨을 몰아쉬며 여자 쪽으로 다가갔다. 허수아비 같은 여자가 어찌나 악세게 지갑을 움켜쥐고 놓지 않는지 족제비도 쉽게 빼앗지를 못했다.

"아줌마, 워디 편찮으신가 본데, 이러다 다치셔. 돈을 썼으믄 갚어야 허는 거 모르셔? 금전적인 문제는 협조적으루 헙시다."

족제비가 한껏 누그러진 어조로 말을 건네도 여자는 지갑을 가슴에 끌어안은 채 요지부동이다.

"네미, 저승사자두 돈만 주믄 고속 열차루 올 걸 완행으루 온다드니, 증말."

보다 못한 족제비가 여자를 밀치고 지갑을 빼앗으려 달려들었다.

"울 엄마 신장 판 돈이라구요!"

뒤편에 나동그라져 있던 청년이 울부짖으며 소리를 쳤다. 아까부터 방문에 비스듬히 몸을 기댄 채 방 안에서 일어나는 일을 고스란히 지켜보고 있던 루반의 이맛살이 찌푸려졌다.

"가자."

난데없는 말에 족제비가 당혹스러운 얼굴로 루반을 돌아보았다. 벌써 등을 돌리고 밖으로 향하는 루반의 뒤에서 족제비가 어이가 없다는 듯 목소리를 높여 항변했다.

"이 새끼 잡으려고 얼매나 좆빵이를 쳤는디여."

어느 결에 골목은 중유 같은 어둠으로 켜켜이 덮여 있었다. 비에 젖어 제대로 빨리지 않는 담배를 볼이 움푹 들어가도록 힘주어 빨던 루반의 곁에서 족제비가 구시렁거리는 소리를 멈추지 않았다.

"저거 다 쑈래니께유."

들은 척도 않고 비탈길을 내려가려는 루반의 팔을 잡고 조금 전에 떠나온 집으로 끌고 갔다.

"됐다니까."

"되긴 뭐가 되유. 견문생신이래니께 일단 보구 말허시래니께유."

숨소리를 죽이고 되짚어간 족제비가 은밀히 방 안을 들여다보았다. 한동안 방 안에 엎드려 울고 있던 청년이 주섬주섬 일어나 주변을 살피기 시작했다. 잠시 후, 청년은 언제 울었느냐는 듯이 흐트러진 옷매무새를 바로잡더니, 신음하고 있는 여자에게 다가가 쥐고 있는 지갑을 빼앗으려 했다. 누워서 연신 기침을 하던 여자는 그런 청년에게 쉽게 지갑을 넘겨주려 하지 않았다.

"병원에 좀 데려다 줘."

"병원은 뭐하게?"

"엄마가 너무 아파서 그래."

"이거나 먹어."

여자의 손을 뿌리친 청년이 지갑을 매몰차게 뺏어 들곤 책상 위에 얹혀 있던 진통제 상자를 던져 주었다. 보라는 듯이 루반을 돌아본 족제비가 어금니를 질끈 깨물더니 미처 말릴 틈도 없이 집안으로 뛰어 들어갔다. 여자의 비명소리에 이어 거칠게 몸싸움이 벌어지는 소리가 터져 나왔다. 뒤미처 루반이 방에 들어서니 족제비에게 코를 한 대 쥐어터진 청년이 벌벌 떨며 그 앞에 꿇어 앉아 있었다.

"사설 경마 하지 말라고 했지?"

"안 했어요."

곧이어 족제비가 청년의 주머니를 뒤져 구겨진 마권들을 찾아냈다.

"모든 도박의 종착역이 어딘지 알어? 고스톱, 도리짓고땡, 포카, 바둑이, 깜깜이, 빠찡꼬, 게임방, 동양화, 서양화 전공 필수루 다 돈 놈들이 결국 엎어져 자빠지는 데가 워디라구 혔냐?"

"마지막으로 딱 한 번 갔어요."

"나라에서 면허 내서 너 같은 호구들 등쳐 먹는 데가 주식 하고 경마라고 몇 번이나 말해 주었냐."

잔뜩 굽실거리는 청년을 밀쳐 내고 족제비가 지갑에 든 돈을 헤아렸다.

"나머지 돈은 워쩔 겨?"

"다음 달에 꼭 갚을 게요."

"담 달에 워뜨케? 경마 연승으루 한 방 혀서? 너두 사람 될랴믄 엄헌 니 어머니 신장 떼다 팔아먹지 말구 니 손 모가지부텀 끊어야 쓰겄다."

차에 오른 족제비는 의기양양한 얼굴로 제 가방에 챙긴 돈을 호기롭게 손가락에 침까지 묻혀 가며 헤아리기 시작했다.

"사장님은 안즉 멀었슈. 그래 갖고 은제 돈을 벌유?"

"그 돈을 여기서 꼭 세야 되겠냐?"

"제우 원금 똔똔 맞췄슈. 두구 보셔유. 그 새끼 자지를 떼서래두 이자꺼정 죄 받아 낼 테니. 아무리 망나니래두 즤 엄마 신장 판 돈을 삥치려는 놈이 워딨슈. 삼광오륜이 시퍼렇게 살아 있는 동백예의지국에."

"오광은 아니구 삼광이냐?"

설레발을 늘어놓는 족제비를 루반이 마뜩잖은 눈으로 째려봤다.

"놔뒀으면 그 새끼 오늘 밤 안으루 말밥으루 다 털어 넣었슈."

담배를 꼬나문 채 조수석 의자에 길게 몸을 뉜 족제비의 공치사가 언제 끝날지 모르게 마냥 이어졌다.

"지가 이 바닥에서 벌써 십 년유, 십 년."

"그런 빠끔이가 도망간 뱐 사장은 왜 못 잡냐?"

"작정허구 잠수 탄 인간을 워뜨케 잡아유? 숨겄다고 작정헌 놈은 정보부 아니라 씨아이에이두 못 잡는 볩유. 돈 떨어지구 배지가 고프믄 슬슬 기어 나오겄쥬."

족제비의 수다에 질린 루반이 서둘러 사무실로 가자고 채근했다.

"한군데 더 들러야 돼유."

"이 시간에 어딜 또?"

"아주 악질이 하나 있슈. 나가요 년이라 야밤에 들러야 해유."

오늘은 이만 마무리하자는 말이 목구멍에서 튀어나오려는 걸 간신히 참았다. 몇 달째 봉급도 챙겨 주지 못한 족제비를 볼 면목이 없었다.

내비게이션이 일러 주는 대로 항구의 유흥가 골목을 이리저리 꺾어든 차는 번쩍거리는 네온사인 불빛과 요란한 음악 소리가 뒤범벅이 된 어느 룸살롱 앞에 멈추었다. 밤이 깊어 갈수록 도심의 환락가는 더욱 흥청거리고, 비틀거리는 취객들로 넘쳐났다. 비에 젖은 아스팔트에는 반라의 여자 사진들이 새겨진 전단지와 명함들이 여기저기 널려져 있었다.

"어서 옵쇼, 형님들!"

〈판타지아〉라는 간판이 내걸린 룸살롱의 문을 밀고 들어서자, 가슴팍에 '톰 크루조'라는 명찰을 붙인 남자 종업원이 허리가 부러지게 절을 했다. 족제비가 한껏 거드름을 피며, 톰 크루조에게 만 까멜짜리 두 장을 집어 주었다.

"나탕 있지? 콩나탕."

반색이 되어 맞던 톰의 얼굴에 순간 당황한 빛이 비쳤다.

"형님, 오늘 막 입고된 쭈쭈빵빵 신상 있어요. 털도 안 뽑고 회로 쳐 낼름할 열아홉. 형님, 제가 오늘 밤은 책임지고 가열차게 모시겠습니다."

"너두 말이 많은 걸 보니께 아랫도리가 션찮겄다. 신상이구 재고건 간에 콩나탕이럴 데려오래니께."

"아, 형님. 취향도 이상하시다. 한번 믿어 보시고 맡겨 주시라니깐요."

"애새끼가 워째 잔말이 이리 많은 겨. 너, 혹시 트랜스젠더 아녀?"

바지춤을 벗겨 내릴 듯 달려드는 족제비에 당황한 톰이 더 말을 못하고 17호라고 적힌 방으로 안내했다.

"근데 형님, 미쓰 콩이 오늘 몸이 좀 안 좋아서 쉬고 있거든요."

"곌근여? 그럼 문 앞부텀 야글 허지 뭔 신상을 찾구 그랴. 낼 올게."

일어나 나가려는 족제비를 톰이 당황하여 팔을 붙들어 앉혔다.

"나오긴 나왔는데요. 술이 좀 많이 취해서, 내실에서 쉬고 있습니다."

"술집 년들이 술 취하는 거야 금붕어가 물 마시는 거나 피장파장 아녀. 얼굴이나 보구 갈 테니 불러나 와 봐."

톰이 마지못해 허리를 꺾고 밖으로 나갔다.

"뱐 사장두 두 손 든 년유. 삼천이나 땡겼는데 이자 한 푼 못 받았슈."

돈이라면 사작스럽기 짝이 없는 뱐 사장이 삼천만 까멜을 뜯겼다면 여간내기가 아닌 게 틀림없었다. 몇 백만 까멜에도 부부 침실에 끼어들어가 옷 벗고 자는 뱐 사장이었다.

"도망 다닌 거야?"

뱐 사장의 눈을 피해 도망 다녔느냐는 말에 족제비는 고개를 가로저었다.

"도망이래두 가믄 염치래두 있쥬. 그냥 그 자리서 배 째라에유. 술집에 깔린 돈두 적잖은가 보든디. 아무래두 약을 허는 눈치유."

약이라는 말에 루반이 이맛살을 찡그렸다. 오죽 했으면 뱐 사장도 돈을 떼었을까 싶었다.

잠시 후 문이 열리고 한 여자가 톰의 부축을 받으며 비틀거리는 걸음으로 들어섰다. 짙은 화장에 이마로 길게 흘러내린 머리카락에도 불구하고 나이가 꽤 들어보였다.

"아, 오라버님 오셨네."

여자는 비틀거리는 걸음으로 들어오자마자 족제비에게 털썩 몸을 맡긴 채 쓰러졌다. 어두운 조명 속에서 들려오는 목소리가 어디선가 들은 듯한 느낌이 들어 루반은 고개를 들고 건너편에 앉는 여자의 얼굴을 유심히 살펴보았다.

“선산에 묻힌 울 아부지가 들으믄 벌떡 일어날 일여. 팔자에 없는 오라비 야그는 생략허구, 비즈니스 문제나 상담헙시다.”

“비즈니스도 마음이 먼저 통해야 하는 거 아니겠어요. 우리 오라버님은 낭만이 없어도 너무 없으시다.”

술이 엉망이 되도록 취한 여자는 벌써 혀가 꼬부라져 있었지만, 루반은 그녀의 목소리가 낯설지 않았다. 그리고 얼마지 않아 한 여자가 그의 앞에 되살아났다.

질레. 새항 질레였다.

어떻게 그녀를 잊고 살아왔을까. 마주하고도 바로 알아보지 못한 그녀를 먼저 알아본 것은 그의 심장이었다. 심장 속에 녹슨 채 박혀 있던 대못 하나가 그를 일시에 흔들어 깨웠다. 그녀 입 가장자리에 찍혀 있는 작은 점, 아침에 피어나는 나팔꽃처럼 뒤로 젖혀진 귓바퀴와, 그가 수없이 입을 맞추었던 이마를 보지 않고도 그녀는 그의 앞에 있는 것이다.

제대로 숨을 쉴 수가 없었다. 간신히 고개를 들고 떨리는 눈으로 그녀를 바라보았다. 술잔을 채워 건네는 그녀의 가느다란 손끝이 그의 손등을 스쳤다. 짙은 자줏빛 매니큐어를 칠한 손가락은 그가 기억하던 것보다 훨씬 앙상해 보였지만 그는 자신의 머리카락을 쓰다듬던 그 손가락의 감촉을 생생히 기억하고 있었다.

"네미, 신사적으루 말허니께 말이 통허지가 않네. 야그가 입으루 안 통허믄 워디 밑 구멍으루 통혀 볼 겨? 직업상 술 처먹는 거야 내가 참견헐 게 아니지만, 내 돈은 워쩔 거냐 이거여? 카리브 앞바다 새우잡이 배에 깝데기 벳겨 뱃놈들 좆질이나 허다 뒤지게 만들어야 정신 차릴 겨?"

입에 담지 못할 족제비의 험한 말에도 그녀는 눈 하나 깜짝하지 않았다. 루반은 족제비가 내어놓는 욕지거리들이 고스란히 제 얼굴에 끼얹어지는 기분에 얼굴이 붉어졌다.

"잠깐 나가 있을래."

루반의 말에 족제비는 영문을 몰라 멀거니 그를 돌아보았다.

"내가 얘기해 볼 테니 차에서 기다려."

그의 말에 족제비는 콧방귀를 뀌었다.

"아이고. 반 사장두 두 손 바짝 들었대니께유. 이게 늙은 여시유. 여, 치마 들춰보믄 꼬랑지가 한 다스루 있을……"

그녀의 치마를 들추려는 족제비의 손을 황급히 가로막고 루반은 정색을 하고 그를 밖으로 내몰았다.

문 앞에 서서 한참을 구시렁거리던 족제비를 밖으로 내보낸 뒤에도 그녀는 그를 알아보지 못했다. 내쉬는 숨결마다 독한 술 냄새가 코를 찔렀다.

"그래요, 돈이 문제예요. 여기도 돈, 저기도 돈, 돈 이야기만 하자는 거, 나도 알아요."

알아듣지 못할 말을 혼자 중얼거리던 그녀는 이내 그의 어깨에 기대어 잠이 들었다. 루반은 짙은 화장 뒤에 숨겨진 그녀의 얼굴을 찬찬히 내려다보았다. 그리고 오래전에 대못처럼 그의 심장에 박아 두었던 그녀를 이런 자리에서 만나게 된 사실이 뒤늦게 그를 당혹스럽게 했다.

서른 즈음의 일이었다.

질레를 만난 것은 은행 본점의 기획팀으로 자리를 옮기면서였다. 금융관리원에 보고서를 들고 갔다가 서류에 문제가 있어 곤욕을 치르게 되었다. 며칠 동안 야근을 하며 작성한 문건을 들고 갔던 네 명의 은행원들 속에 그녀도 끼어 있었다. 서식이 잘못되고 일부 통계에 착오가 있었지만, 담당 업무를 새로 시작한 행원들의 실수를 빌미 삼아 골탕을 먹이려는 의도가 숨어 있었다. 사무실에 선 채로 몇 시간 동안 질책을 듣고 탁자에 엎드려 서류를 수정하는 일은 모욕감을 주기에 충분했다. 질레에게 커피 심부름까지 시키는 걸 더 이상 보고만 있을 수가 없어 루반이 욱하고 대들었다. 한바탕 언성이 높아지고 분위기가 험악해졌다. 함께 갔던 노앙 팀장이 나서서 금융관리원 직원들에게 허리를 굽혀 사과를 하고서야 간신히 수습이 되었다.

그날 네 사람은 선술집에 들러 럼주를 한 박스는 족히 마셨다. 공교롭게 그날 수모를 당한 네 사람이 지방대나, 고졸 출신이라는 사실에 그들은 쉽게 마음이 모아졌다. 직장에서도 보이지 않는 거리감을 느끼던 그들은 자신들이 겪은 수모가 모두 그 보잘 것 없는 출신 성분 때문이라며 비분강개했다.

매사에 치밀하고, 완벽을 추구하던 노앙 팀장의 상심은 더욱 컸다. 그러면서도 그는 냉정하게 팀원들을 다독였다. 화낸다고 해결되는 건 아무것도 없으며, 오늘 일을 잊지 말라고 타일렀다. 무엇보다 그들이 고마워하고 감동했던 것은 아무도 거들떠보지 않던 그들을 기획팀으로 불러 모은 노앙 팀장의 믿음이었다. 낮은 곳의 물이 산을 무너뜨린다며 노앙은 그들을 격려했다.

때로 슬픔과 분노는 접착제처럼 사람을 끈끈하게 연결해 주었다. 그날 이후로 네 사람은 각별한 사이가 되었다. 내로라하는 촉망 받는 일류대 출신 주류들에 대한 공통된 적의를 분모 삼아 '주변머리회'라는 모임을 만들었다. 중심에 놓이지 못하는 변두리의 비주류들끼리 서로 힘을 모으자는 취지로, 팀장인 노앙을 맏이로 루반, 베르친, 질레가 결의형제 비슷한 맹약을 맺은 것이다. 같은 부서에 있는데다가 사내 야구 동호회에서 더욱 친숙해진 넷은 직장이나 밖에서나 오리발처럼 붙어 다녔다.

그러는 사이에 자연스럽게 그는 질레와 사랑하는 사이가 되었다. 나중에 알았지만 그런 감정은 질레가 먼저 느꼈다고 했다. 자신을 위해 금융관리원 직원들과 대거리를 하고 나선 그를 일찌감치 마음에 두고 있었던 것이다.

지방의 상업학교를 나와 창구 행원으로 은행 생활을 시작한 질레는 매사에 성실하고 상냥했다. 눈치가 무딘 루반도 언제부턴가 그녀를 여자로 바라보게 되었다. 인기 가수 조르타의 노래를 좋아하고, 주말마다 야구장으로 달려가고, 막잔으로 커피를 탄 럼주를 나눠 마시는 결에 두 사람은 한시도 떨어져서는 못 견디는 사이가 되었다.

그런데 질레를 사랑한 것이 자신만이 아니라는 걸 루반은 알지 못했다. 친형처럼 가깝게 지내던 노앙 팀장이 그녀를 은근히 마음에 두고 있는 걸 나중에서야 알게 되었다. 그 무렵부터 형제처럼 지내던 두 사람 사이에 조금씩 틈새가 벌어지기 시작했다.

짙은 화장으로 얼굴을 가린 채, 술에 취한 질레는 지금 루반의 어깨에 기대어 잠이 들었다. 당장이라도 흔들어 깨워 그간의 사정을 묻고 싶었지만, 그는 차마 그럴 수가 없었다. 무슨 이야기를 할까. 그녀가 취하여 그를 알아보지 않은 것이 다행이라는 생각이 들었다.

영원히 잊지 못할 것 같던 사랑도 희미해질 만큼 오랜 시간이 흘렀다. 그 사이에 많은 일들이 두 사람 곁을 지나갔다. 그녀에게도 그가 알지 못하는 일들이 많았을 것이다. 그러나 아무리 세월이 흘렀다 해도, 한때 목숨보다 깊이 사랑했고, 지금도 가슴 속에 대못처럼 박혀 있는 그녀를 이렇게 만나서는 안 되는 일이었다.

"시방 이게 뭔 일이랴?"

복잡한 심경을 일깨우듯, 비죽 문을 열고 안을 들여다본 족제비가 어이없다는 얼굴로 중얼거렸다. 루반은 깊이 잠이 든 그녀를 가만히 소파에 눕힌 채 자리에서 일어섰다.

"아무리 사랑이 고압선보담 빠르다지만, 발써 전기가 통헌 거유. 비즈니스 허는 사람이 고객과 사랑에 빠지는 기 말이 되유? 아, 말 줌 해 봐유."

2

며칠 동안 일이 도통 손에 잡히지 않았다. 딱지가 져서 아물었다고 생각한 지난날의 기억들이 속속 되살아나며 그 안에 봉합되었던 상처들이 일거에 도져서 단숨에 그를 집어 삼켰다.

상처의 뿌리는 의외로 깊었다. 일단 머리를 든 지난 기억들이 집요하게 그를 괴롭혔다. 며칠을 이런저런 생각에 잠겨 지내느라 혼이 나간 사람처럼 지낸 루반은 베르친을 찾아가기로 했다. 주변머리회 회원 가운데서는 유일하게 아직 은행에 남아 있는 베르친은 무언가 그녀에 대해 알고 있음직했다.

"며칠 전에 질레 씨를 만났다."

자초지종을 전해들은 베르친은 담배부터 꺼내 물었다. 빗방울이 흘러내리는 식당의 유리창 밖을 물끄러미 내다보던 베르친이 어렵게 입을 열었다.

"그걸 꼭 알아야겠니?"

루반은 단호하게 고개를 끄덕였다.

"그 인간과 헤어진 건 벌써 오래전 일이야. 미국으로 들어가고 나서 정리된 거 같애."

질레는 루반을 떠나 노앙과 결혼했다. 야심만큼 능력도 출중하고 영리한 노앙을 선택한 것은 그녀에겐 다행스러운 일이었다. 노앙은 금융관리원을 드나들며 연줄을 넓히더니 어떻게 재무성 관료들의 눈에 들었는지 승진을 거듭하다가 미국 유학을 갔다.

"질레 씨가 오렌지 타운에서 큰 술집을 했는데 얼마 못 가 문을 닫았다는 소리는 들었어. 술장사를 아무나 하는 게 아니겠지만 그때부터 뭔가 이상해졌다는 말이 돌았어."

"이상해지다니?"

"질레 씨가 그렇게 흐트러질 여자가 아니잖아. 언제부턴가 알코올 중독에 약까지 한다는 소문이 들렸어."

며칠 전, 술에 취한 채 비틀거리던 질레의 모습이 눈앞에 되살아났다.

"워낙 마음이 여린 사람이니까 이혼의 충격 때문일지도 모르지만……"

"이혼은 왜 했는데?"

"그건 모르지."

베르친을 만나고 돌아오는 루반의 마음은 여전히 무거웠다. 자신을 떠난 여자가 잘 살기만을 바란 것은 아니었다. 노앙을 선택한 그녀가 파국을 맞아 눈물을 흘리며 후회하는 순간을 고대한 적도 없지 않았다. 그러나 이건 아니었다. 술에 취해 자신을 바라보던 그녀의 흐린 눈이 다시 그의 마음을 흔들어 놓았다.

"그나저나 어쩔 셈유?"

사무실에 쪼그리고 앉아 퉁퉁 불은 라면을 안주 삼아 혼자 럼주잔을 기울이고 있던 족제비가 루반의 안색을 살피며 조심스럽게 입을 열었다. 루반은 아무런 대답도 않고 다시 흩뿌리기 시작한 비에 젖어 가는 거리 풍경을 창밖으로 망연히 바라보았다.

"그냥 삼천을 날릴규?"

대답 대신에 루반은 탁자에 엎혀 있던 럼주를 맥주잔 가득 따라 한입에 털어 넣었다.

"공은 공이구 사는 사유. 그 여자허구 워떤 사연이 있는진 몰라두 계산은 따박따박 정확히 혀야 허는……"

곁에서 구시렁거리는 족제비에게 한번 눈을 부릅떠 보인 루반은 자리에서 일어나 주춤주춤 밖으로 걸어 나갔다.

"안 되믄 촌구석 티켓 다방에라두 넘겨서 그동안 들인 지름값이래두 뽑아야 허는 거 아뉴?"

골목 앞에 세워 둔 차의 와이퍼에는 요란한 유흥업소 전단지들이 덕지덕지 꽂혀 있었다. 금실금실 내리는 비에 젖은 전단지들은 유리창에 들러붙어 쉽게 손에 집히지가 않았다. 참담한 심경으로 그것들을 거칠게 뽑아 던지며 루반은 서둘러 차에 올라탔다.

어디로 가야 하지. 입에 문 담배 연기가 쉿내를 풍기며 목구멍 깊숙이 스며들었다. 습기로 눅눅한 차 안은 이내 자욱한 담배 연기로 가득 찼다. 자신도 모르는 새 차는 비에 젖어 번질거리는 시내 도로를 지나 복잡한 골목길로 접어들었다. 밤이 깊어질수록 줄기가 굵어진 빗속으로 〈판타지아〉 네온 간판이 칙칙 소리를 내며 껌벅거렸다.

차 안에서 우두커니 앉아 있던 루반은 유난히 굵은 눈썹을 지긋이 추켜올리며 차에서 내려 〈판타지아〉를 향해 걷기 시작했다.

술집 안은 비에 젖은 손님들로 벅적거렸다. 그는 며칠 전에 만난 '톰 크루조'를 불러 질레를 찾았다. 톰은 여전히 난처한 표정을 지었다.

"딴 손님방에 들어가 있어서요."

다른 아가씨를 불러들이겠다는 톰에게 루반은 고개를 가로저었다.

"와도 술이 취해서 별로일 텐데요."

"불러나 와."

혼자서 짐 빔 반병을 비울 무렵에서야 질레가 톰의 부축을 받으며 들어왔다. 그녀는 지난번에 볼 때보다 더 많이 취해 있었다. 혀 꼬부라진 소리로 무어라 중얼거리던 그녀는 몸을 제대로 가누지 못하고 그의 곁에 쓰러지듯 주저앉았다. 그녀는 여전히 그를 알아보지 못했다. 탁자 위 술병에서 몇 잔을 거푸 따라 마신 그녀가 쭈그려 앉더니 그의 바지 사이를 더듬어 지퍼를 열려 했다. 그가 급히 그녀의 손을 가로막았다.

"오빠, 잘 해 드릴게. 팁부터 주면 안 될까."

애걸하듯 가랑이에 매달리는 그녀를 뿌리치는 그의 심경은 참혹했다. 공연히 그녀를 찾아왔다는 후회가 밀려들어왔다. 손에 잡히는 그녀의 손목은 조금만 힘을 주면 부러질 듯 앙상하고, 소매를 걷어 올리자 여기저기 주사 자국이 시퍼렇게 남아 있었다. 그녀는 이내 그의 무릎을 베고 잠이 들었다.

밤은 벌써 자정을 향해 내닫고 있었다. 루반은 정신 모르게 취한 그녀를 일으켜 세웠다. 앙상한 그녀의 팔이 허공을 움켜쥐듯 버르적거렸다. 화장실에 다녀오는 척하며 룸 밖의 동정을 살핀 루반은 이내 그녀의 어깨를 떠메고 밖으로 나섰다. 술에 취해 의식이 없는 그녀를 부축하여 서둘러 술집 밖으로 향했다. 취객들 몇이 계산대 앞에서 술값을 놓고 언성을 높이는 틈에 슬며시 출입문 밖으로 움직였다. 술집 부근의 골목에 세워 둔 차를 향해 몇 걸음 옮기려는데 등 뒤에서 다급한 외침 소리가 들려왔다. 루반은 그녀를 들쳐 업고 차를 향해 내달리기 시작했다.

"잡아!"

종업원들이 외치는 소리가 들려왔다. 굵어진 빗줄기는 이내 온몸을 적셨다. 비에 젖은 그녀가 어깨에 두른 손을 잡아 빼려 버둥거렸다. 무작정 앞만 보고 내달렸다. 지갑에 든 돈을 손에 집히는 대로 뽑아 등 뒤로 내던진 루반은 골목에 세워둔 자신의 차에 그녀를 우겨 넣고 시동을 걸었다. 부산하게 쫓아오는 발걸음 소리를 뒤로 하고 황급히 차를 앞으로 내몰았다. 골목을 오가던 행인들이 비명을 지르며 차를 피했다. 누군가 차 옆구리를 발로 걷어차는 소리가 둔중하게 들려왔다. 굉음을 울리며 차는 이내 차도로 접어들었다. 달려오던 차가 급히 차선을 바꾸며 경적을 울려 댔다. 루반은 아무것도 보이는 게 없었다. 굵은 빗줄기에 가려진 차창의 좁은 시야 틈으로 심야의 불빛이 비명처럼 번쩍거렸다. 한참을 헐떡거리며 달린 끝에 차는 이내 한적한 외곽도로로 올라앉았다. 차의 뒷자리에서 질레가 흐느끼듯 몸 안의 것들을 울컥울컥 토해 냈다.

변두리의 모텔 방에 뉜 그녀의 온몸은 비에 젖어 있었다. 그녀의 한쪽 발은 구두가 벗겨진 채 흙이 묻어 엉망이었다. 침대에 누워서도 질레는 이따금 허공에 팔을 내저을 뿐 정신을 차리지 못했다. 비에 젖어 화장이 번진 그녀의 두 눈은 깊은 음영에 덮인 채 감겨져 있었다. 술기운에도 추운지 그녀는 젖은 몸을 동그마니 만 채 눈에 띄게 떨어 댔다.

루반은 그녀의 젖은 옷을 조심스레 벗기기 시작했다. 그녀는 익숙한 동작으로 자신의 옷을 벗기도록 팔과 다리를 그의 손길에 맡겼다. 그녀의 젖은 옷을 한 겹씩 벗기는 손이 격하게 떨렸다. 그것은 참혹한 일이었다. 온수에 적신 수건으로 그녀의 맨몸을 닦으며 그는 울컥울컥 치솟는 슬픔에 몇 번이고 손을 멈추어야 했다.

외환 위기로 은행들이 줄도산을 겪을 무렵이었다. 금융관리원으로부터 경영 개선 권고를 받은 루반의 은행도 안팎으로 뒤숭숭한 분위기였다. 다행히 은행장이 개인적으로 친분이 있던 독일 코메르츠방크에서 3,500억 까멜을 끌어들여 한숨을 돌리게 되었지만, 경영 개선이라는 빌미로 닥쳐온 대대적인 구조 조정을 피할 수는 없었다. 344개이던 지점을 250개로 줄였고, 적지 않은 직원들이 일자리를 잃었다.

이때, 노앙이 총대를 멨다. 굳이 자신이 맡지 않아도 될 악역을 자청하고 나선 노앙을 루반은 이해할 수 없었다. 그는 회사와 금융관리원에 달라붙어 유감없이 칼잡이 노릇을 했다. 그리고 동료들의 피 값으로 유례없이 빠른 승진을 거듭했다.

기획실장이 된 노앙은 질레를 비서실로 불러 올렸다. 그녀가 비서실로 가게 된 것에 대해 루반은 마뜩잖아 했다. 노조 일을 시작하면서 노앙과 거북한 사이가 된 루반은 질레가 그의 도움으로 비서실로 영전하게 된 것도 꺼림칙하게 여겼다. 그 무렵에 루반은 노조 일에 열중하는 걸로 그녀와 자주 말다툼을 벌이곤 했다. 매사에 유순하고 순종적인 질레도 노조 일만큼은 이상하다 싶을 정도로 반감이 컸다.

"비서실이 어때서?"

"거기가 어떤 자린 줄이나 알아?"

"몰라. 어쩌라고?"

"넌 거기 가면 끝이야. 미래가 없다고."

"상고 출신한테 무슨 미래?"

"넌 그게 억울하지도 않아?"

"억울하면?"

"싸워야지!"

"싸워서 될 일이야? 그걸 왜 루반 씨가 나서서 싸워야 돼? 남들처럼 가만히 있으면 안 돼?"

"노앙 실장 말하는 거야?"

"거기서 왜 노앙 실장 이야기가 나오는 거야?"

"노앙 실장이 그렇게 좋아?"

입 밖으로 내놓고 나서 곧 후회했지만 한번 뱉은 말은 이내 꼬리를 물고 엉뚱한 방향으로 날아갔다. 기가 막히다는 얼굴로 돌아서는 그녀의 팔을 잡고 거칠게 다그쳤다. 한바탕 승강이가 벌어지고 그녀가 정색을 하며 소리쳤다.

"그래, 적어도 평생 거리에서 악쓰고 살지는 않을 테니까."

처음으로 마주하는 그녀의 나신이었다. 얼마나 꿈꾸던 모습이던가. 한 조각의 천도 가림이 없이 눈앞에 온전히 드러난 그녀의 맨몸을 차마 정면으로 바라볼 수가 없었다. 오래 시간이 지났지만 그는 자신이 그녀의 모든 걸 선명하게 기억하고 있다는 사실에 전율했다. 한 번도 닿아 본 적이 없지만, 그래서 더욱 그의 가슴에 달의 이면처럼 그리움으로 남았던 것들을 향해 떨리는 손으로 다가갔다. 젖은 수건을 들고, 이마를 지나 앙증맞게 솟구친 콧대와 작고 가느스름한 입술, 푸른 핏줄이 내보이는 목덜미며, 우묵하니 팬 쇄골 사이로 융기된 가슴과 겨드랑이와 뼈만 남은 허벅지와 발가락 하나, 하나를 그는 자신의 눈물로 씻기는 기분으로 정성껏 닦아 나갔다.

마른 수건으로 그녀의 젖은 몸을 닦고, 이불을 겹겹이 덮어 줄 때까지 그녀는 죽음처럼 깊은 잠에 잠겨 있었다. 이따금 주먹질을 하듯 허공에 앙상한 팔을 내지를 뿐. 그는 고통을 참기 어려운 듯 신음 소리를 내며 그녀의 곁에 가만히 누웠다.

깜박 잠이 들었나 보다.

루반이 눈을 떴을 때, 질레는 이미 자취를 감춘 뒤였다. 어지럽게 널려 있던 침구는 가지런히 접혀 있었고, 그의 목까지 이불이 따뜻하게 덮여 있었다. 술에서 깨어난 그녀가 뒤늦게 그를 알아본 모양이었다.

혹시나 하고 객실 안을 이리저리 살펴보았지만 그녀의 흔적은 어디에도 남아 있지 않았다. 서둘러 자리에서 일어나 모텔 주변을 돌아보았지만 그녀의 모습은 보이지 않았다. 그는 무엇보다 질레가 느꼈을 당혹감이 걱정되었다. 그저 멀리서 바라만 볼 걸 공연한 짓을 했다는 후회가 밀려들었다.

행여 그녀를 만날 수 있을까 싶어 모텔 주변을 허정거리고 돌아다니느라 정오가 다 되어서야 루반은 무거운 걸음으로 사무실로 돌아갔다. 오르내리는 발길에 닳아 맨들거리는 계단이 어느 때보다 힘에 겨웠다.

"대체 뭔 짓을 헌 거유?"

사무실에 나와 있던 족제비가 눈이 마주치자마자 목소리부터 높였다. 족제비는 눈을 부라리며 루반을 닦달했다.

"마침 그 집에 후배 놈이 있어 귀띔을 해 줘 망정이지, 암것두 모르구 거기 들렀다간 뼤다구도 못 추릴 뻔 혔슈."

지난밤에 여자가 없어졌다고 〈판타지아〉에선 난리가 났다는 것이다.

"여자는?"

"업어갔대메유."

다행히 질레가 술집 패들에게 잡히지는 않은 모양이라고 속으로 안도의 숨을 내쉬었다.

"워디다 짱박아둔 거유?"

"몰라."

"모르다뉴? 그 집에만 깔린 빚이 삼천이래유. 잘못허믄 시방 삼천 고스란히 물어줄 판유."

족제비의 말로는 전에 일하던 오렌지 타운 주점에서 진 몸값 삼천만 까멜을 떠안고 그녀를 데려온 〈판타지아〉 사장이 질레와 루반을 잡으러 혈안이 되어 있다는 것이었다.

"후배 놈한텐 단단히 입단속을 시켜 뒀지만 당분간 그 근처는 얼씬도 마셔유. 그것들이 보통 독이 오른 게 아니래유."

3

론 산의 특급 호텔 스카이라운지에서 내려다보는 도심의 야경은 눈이 어지러울 정도로 현란하기만 했다. 불빛이 화려한 귀빈 연회장 안에선 정장 차림의 신사들이 칵테일 잔을 쥔 채, 홀 한쪽의 대형 티브이에서 흘러나오는 뉴스를 시청하고 있었다.

"2003년 미국계 사모펀드 유니온 페어와 결탁하여 까멜리아은행을 헐값에 팔아넘겼다는 혐의를 받아온 산체레 전 재무성 금융관리국장의 특정경제범죄가중처벌법상 배임 혐의 건에 대하여 대법원 상고심에서 최종 무죄를 선고했습니다. 오늘 무죄 판결을 받고 나오는 산체레 전 금융관리국장과의 기자회견 장면입니다."

"지금 심경은 어떠신지요?"

"사필귀정이라고 생각합니다."

"까멜리아은행 매각 결정에 대해서는 어떻게 생각하십니까?"

"저는 지금도 까멜리아은행 매각 결정을 잘한 일이라고 믿습니다. 세계는 급속도로 하나의 시장이 되어 가는데, 아직도 우물 안의 개구리처럼 정부 혈세와 보호 속에 안주하려는 자세로는 앞으로 다가올 글로벌 선진 금융의 변화에 적절히 대응할 수 없다고 확신합니다."

"그동안 마음고생도 많았을 텐데, 하고 싶은 말이 있다면?"

"요즘 공무원들 사이에 '산체레 신드롬'이 있다고 들었습니다. 국익을 위해 노력한 공무원들이 법정에 서게 된다면 어느 누가 소신을 가지고 일하겠습니까. 모두 복지부동하고 눈치만 보지 않겠습니까?"

"브라보, 멋진 스피치야!"

일행들 가운데 서 있던 백발의 노신사가 천천히 손을 들어 박수를 쳤다. 그러자 연회장 안은 이내 박수 소리로 가득 찼다.

"산체레 국장이 한 스피치 하지 않십니까?"

노신사를 둘러싼 무리 가운데 몸집이 좋은 사내가 허리를 굽실거리며 너스레를 떨었다.

"욕 봤대이."

노신사가 내민 손을 마주 잡으며 산체레 국장이 황송스레 허리를 꺾는다.

"공연히 심려를 끼쳐 죄송합니다."

"나랏일 하다 보믄 욕두 먹구 기러는 기다. 민주주의라는 게 원래 시끄러운 거 아이가."

"모두 총리님께서 도와주신 덕분입니다."

보기 좋게 흰 머리에 혈색이 불그스레한 노신사는 고개를 끄덕이며 잔을 들어 건배를 제안했다.

"선진 경제의 선도자 산체레 국장의 승전을 축하하며!"

연회장은 우렁찬 건배 소리로 들끓었다. 총리라 불린 노신사는 까멜리아 실물 경제의 거두이며 얼마 전까지 부총리를 지낸 바샤였다.

바샤의 곁에서 아양을 떨며 거푸 술잔을 비우던 졸핀이 아까부터 연회장 한구석의 벽에 비스듬히 몸을 기댄 채 이쪽을 바라보고 있는 사내와 눈이 마주쳤다. 짐짓 외면을 하고 돌아서려던 졸핀이 불거진 배를 앞으로 내민 채 사내에게 다가갔다.

"아이고, 노앙 대표님. 그동안 별고 없으셨능교?"

"덕분에 잘 지내고 있습니다."

얼굴에 간사한 웃음을 띤 졸핀이 그런 그에게 다가와 입을 손으로 가린 채 한껏 목소리를 낮추어 물었다.

"재판은 아직 안 끝났십니까?"

"아직."

"하여간 검찰 쪽 친구들 사람 괴롭히는 데는 이골이 났심더. 이미 무죄판결난 걸 대법까지 물고 갈 기 뭐가 있다꼬. 주가라는 기 찌라시 한 장에도 오르락내리락하는 긴데 주가조작이라는 기 말이나 됩니까? 은행이라는 것도 장사인데 솔직히 노앙 대표님 입장에서야 어떻게든 싼값에 사려던 기 상식 아니겠습니까? 까멜리아에선 상식이 안 통하는 데서 모든 문제가 생기는 기라요. 좌우지간에 그래봐야 뭐, 벨 일이야 있겠십니까?"

"차관님께서 이리 걱정해 주시니 잘되겠지요."

차관이라는 말에 기분이 좋아진 졸핀이 손사래를 치며 짐짓 겸양을 떨었다.

"차관은 무슨…… 재무성 떠난 지가 언젠데. 도와 드리고 싶은 마음이야 굴뚝 같지만 야인으로 지내는 처지에 지가 뭔 힘이 있겠십니까?"

"야인이라니요? 까멜리아 금융을 손안에서 주무르시는 분께서 너무 겸손한 표현이십니다."

너스레를 떨던 졸핀이 그 말에는 대꾸도 않고, 곁을 지나가는 외국인 신사를 보고 반색을 하며 자리를 옮겼다.

노앙이 잔에 남은 술을 입에 털어 넣으며 그런 졸핀의 뒤를 마뜩잖은 눈으로 노려봤다. 그때, 묘령의 여인이 다가와 그의 팔을 살짝 잡아끌었다. 까멜리아은행과 유니온 페어의 법률 자문역을 맡은 로펌 까메리카의 샤리 변호사이다.

"축하하는 자리예요."

샤리를 돌아본 노앙이 입술을 비틀며 쓴웃음을 지어 보였다.

"축하가 될지 곡소리가 날지 두고 보자고."

주변 사람들에 둘러싸여 있던 바샤가 뒤늦게 그녀를 알아보고 반가이 손을 들어 보인다.

"어디서 향기가 난다 했더만 미인이 나타나셨고마."

그녀가 살며시 노앙에게 눈짓을 하곤 급히 바샤 쪽으로 종종걸음으로 다가갔다. 그녀를 둘러싸고 한바탕 웃음소리가 요란하게 터져 나왔다.

그쪽을 노려보던 노앙이 굳은 얼굴로 자리를 떴다. 인사도 없이 자리를 먼저 뜨는 그를 힐끔거리며 졸핀이 볼멘소리를 내어 놓았다.

"절마, 와 저러노?"

"글쎄요."

"아무래도 일 칠 기세다. 샤리 변호사가 컨트롤 잘해야겠다. 내가 보니까

네 글마……"

바샤가 노회한 웃음을 지으며 마른 손을 흔들어 졸핀의 말을 가로막았다.

"고마 놔둬라. 얼라들은 저라믄서 크는 기다."

그 말에 한바탕 폭소가 터졌다.

"그나저나 샤리가 큰 공을 세웠다. 고생 마이 했다."

바샤의 칭찬에 샤리가 보조개가 팬 얼굴에 환한 웃음을 지으며 고개를 숙였다.

고급 오피스텔에서 내려다보이는 수도 까멜리아리드의 밤거리는 오가는 차들의 불빛으로 화려하게 수가 놓였다.

침대 위에서 격렬한 정사를 나누던 노앙이 갑자기 여자의 몸에서 떨어져 나와 뒤로 벌렁 쓰러졌다. 요즘 들어 자주 겪는 일이었다. 섹스를 하다가 절정을 향해 치닫는 순간이면 그의 몸속에서 무언가가 불쑥 튀어나와 제동을 거는 것이 있었다. 그게 무얼까.

그에게 섹스는 돈과 같았다. 끝을 모르는 욕망의 깊이도 그러했고, 절정의 순간에 맞이하는 허망감도 그와 같았다. 그 허망감이 그를 끝없이 날아오르게 하였는지도 몰랐다. 그러나 그에겐 날개가 없었다. 그런 사실을 알게 되었을 때엔 내려앉기에 너무 높이 올라와 있었다.

그는 자신의 주변 인물들이 신주단지처럼 붙들고 있는 것이 돈이 아니라는 걸 알고 있었다. 그것은 탐욕이었다. 돈이 불러일으키는 욕망에 사로잡혀 있는 그들이 꿈꾸는 것은 돈 자체가 아니었다. 그것은 손에 잡히지 않는 욕망의 황홀한 무지개와 같았다. 결코 도달할 수 없는 갈증 같은 것이었다. 무엇이 그들을 목마르게 할까.

몸을 달궜던 샤리가 걱정스러운 얼굴로 그의 등을 다독였다.

"본사에선 뭐라던가요?"

탁자에 놓인 담배에 불을 댕겨 노앙의 입에 물려 주며 그녀가 물었다.

"팔고 나가겠다는 거지, 뭐."

길게 담배 연기를 내뿜은 노앙이 심드렁한 목소리로 대답했다. 그 말에 고개를 끄덕이며 샤리가 그를 끌어안아 자신의 벌거벗은 가슴에 품었다.

"화내면 지는 거예요. 불리할수록 웃어야 해요."

"웃게 생겼어? 아까 봤지? 산체레 국장 그 자식 주절거리는 거. 하여간 국산품들은 조금만 추어주면……"

"산체레 국장이 무죄로 나온 건 당신에게도 나쁘지 않아요."

"그렇다면 어째서 내 재판은 연기가 된 거지?"

자신을 추궁하는 듯한 말에 그녀가 고개를 돌린 채 차분한 음성으로 입을 열었다.

"대법원에서 파기될 가능성이 많아요."

노앙이 의외라는 표정을 짓고는 이내 침착한 얼굴로 그녀를 돌아보았다.

"재미있겠네."

"대법원장이 워낙 소심한 면이 있잖아요."

"그런가?"

"나중에라도 뒷말 들을까 몸조심하는 거지요."

"그렇지. 고결한 삶에 흠이라도 나면 곤란할 테니."

냉소를 지으며 노앙이 담배 연기를 폐부 깊숙이 빨아 당겼다. 입에서 빠져 나온 담배 연기가 가닥가닥 머리를 풀고 어둠에 잠긴 창틈으로 빨려 나갔다.

"모피아 나으리들께서는 이제 어떡하시려나?"

"그 사람들이야 돈이 가는 쪽으로 움직이는 거 아니겠어요?"

"글쎄, 그게 마음대로 될까?"

"유니온 페어는 어떻게든 팔고 나갈 생각이고, 재판은 안중에도 없어요. 그러면 당신만 남는 거예요."

이맛살을 찌푸리며 노앙이 깊이 빤 담배를 재떨이에 비벼 껐다.

"시소게임이군. 버리는 패가 되는 건가?"

"이해할 수 없어요. 이제 와서 어떻게 당신한테만 책임을 떠넘길 수 있느냐고요?"

"매각이 늦어졌다는 거…… 원래 본사에선 이삼 년 안에 팔아넘기려던 거였으니까."

"그게 어째서 당신 잘못이에요? 국내 여론이 좋지 않아서 모피아들도 납작 엎드려 눈치만 봤잖아요."

"누군가 희생양이 필요하겠지."

노앙이 비장한 얼굴로 어금니를 깨물었다. 그런 그를 연민의 눈으로 바라보던 샤리가 땀에 젖은 그의 머리를 쓰다듬었다.

"이제 어떡하실 거예요?"

"앉아서 당할 수는 없잖아."

"어쩌려고요?"

"나만 버리고 못 간다는 걸 알려 줘야 하지 않겠어?"

"이쪽 사람들은 모두 매각을 도울 게 뻔한데……"

"뱀을 잡을 때는 머리를 쥐어야지."

신음하듯 내뱉는 그의 말에 샤리가 걱정스러운 얼굴로 그에게 호소했다.

"당신은 혼자라고요. 칼자루를 쥔 건 저쪽이고."

"급소란 게 있잖아. 살짝 건드리기만 해도 꼼짝을 못하는…… 숨겨진 돈줄을 슬쩍 건드려 보면, 재미있지 않겠어?"

"아무리 억울해도 제 발등을 찧을 순 없잖아요."

"발등이 아픈지 목줄이 아픈지 찧어 줘야 알지 않겠어?"

자신만만한 노앙의 말에도 마음이 놓이지 않는 듯 그녀는 심각한 얼굴로 생각에 잠겼다.

"당신이 앞에 나서면 안 돼요. 지금 일거수일투족을 감시당하고 있어요. 까멜리아은행 업무에도 능하고, 저쪽에서 전혀 눈치를 못 챌 사람을 내세워요."

"눈치를 못 챌 사람이라……"

그녀의 말에 고개를 끄덕이며 골똘히 생각에 잠겼던 노앙이 무언가 짚이는 데가 있는 표정으로 딱 소리를 내며 손가락을 튕겼다.

"적임자가 있긴 한데. 오기도 있고, 한번 물면 안 놓는 턱이 아주 강한 친구가."

"누군데요?"

4

이리저리 수소문을 해 보았지만 질레의 행방은 묘연했다. 〈판타지아〉에서도 혈안이 되어 뒤지고 다니지만 아직 그녀를 찾지 못한 눈치였다. 질레가 그들의 손이 미치지 못할 곳에 꼭꼭 숨어 있기를 바라면서도, 루반은 그녀의 행방을 알지 못하는 상황이 견딜 수 없도록 답답했다. 〈판타지아〉에서 풀어 놓은 사람들에게 잡히기 전에 어떻게든 그녀를 먼저 찾아야 했다. 며칠 동안 머릿속에는 그 생각뿐이었다.

사무실에는 평소와 달리 족제비가 혼자 썰렁하니 앉아 있었다.

"애들은?"

"관뒀슈."

고등학교를 다니다가 그만둔 아이들 서넛을 알바 삼아 써 보았지만 애초부터 오래 붙어 있을 깜냥이 못되었다. 그저 피시방에 들어앉아 게임이나 하며 시시덕거릴 애들이었다.

"어디로 간대?"

"무슨 컨설팅인가 하는 디루 몰려 갔슈."

"컨설팅?"

"거시기 있잖유. 공장 애들 데모 허믄 까부수는 용역 뭐시기."

"그나저나 당장 네가 힘들겠다."

“일 없슈. 있어 봐야 거추적거리기만 하던 것들인디. 그나저나 걱정유. 요즘 애새끼덜은 너남적읎이 힘든 일은 죄 안 하려구 허니.”

그나마 보조로 데리고 있던 애들까지 그만두고 나니, 이제 족제비 하나 남았다는 생각이 절박하게 다가왔다. 족제비마저 떠나면 어찌 되려나. 막다른 골목까지 몰린 기분에 담배를 연거푸 두 대나 피워 문 루반은 족제비의 봉급을 챙겨 주지 못한 게 뒤늦게 생각났다. 정신을 차려 서둘러 금고를 열었다. 손에 집히는 대로 그 안에 든 돈을 헤아려 봉투에 담았다.

“사장님은 워쩌실려구유?”

제법 두툼한 돈 봉투를 받아든 족제비가 머뭇거리며 그의 눈치를 살폈다.

“두 달 치야. 나머지는 다음에 줄게.”

“애 시합두 메칠 안 남았대믄서유?”

“넣어 둬.”

빤히 사무실 사정을 아는 족제비가 마지못해 돈 봉투를 받아 주머니에 넣었다.

그때, 누군가 문을 열고 들어섰다. 흰색 원피스를 깔끔하게 차려 입은 묘령의 여인이 굽 높은 하이힐을 또각거리며 사무실 안으로 들어섰다. 구중중하던 사무실이 느닷없이 등장한 여인의 향수 냄새로 달착지근하게 채워졌다. 한눈에도 빼어난 미모와 품위 있는 자태가 예사롭지 않아 보였다. 난데없는 미인의 등장에 루반과 족제비는 당황하여 멀거니 넋을 잃고 바라볼 뿐이다.

“루반 사장님?”

자신의 이름이 불린 루반은 영문을 몰라 어리둥절할 뿐이다. 그런 그에게 여인은 잔잔한 미소를 지으며 손을 내밀어 악수를 청했다. 백옥을 깎아 만든 듯 가늘고 흰 손가락은 차마 마주잡기가 황감할 지경이었다. 엉거주춤한 자세로 그녀가 내민 손을 잡았다.

제 정신을 차린 족제비가 입가에 묻은 햄버거 케첩 자국을 손등으로 문지르며 재빨리 의자를 가져다 그녀에게 내주었다.

"일 좀 부탁드리려고요."

여인이 의자 끝에 살짝 걸터앉은 채 다리를 꼬고 담배를 빼어 물었다. 미처 시킬 틈도 없이 족제비가 제 라이터를 댕겨 그녀의 담배에 불을 붙여 주었다. 그런 족제비에게 가볍게 목례를 하며 여인이 마주 보기 눈부실 정도로 화사한 미소를 지어 보였다.

"계좌 하나를 조사해 주세요."

"계좌요?"

계좌라는 말에 루반이 어이없는 얼굴로 실소를 지었다.

"뭔가 잘못 찾아 오셨나 보네요. 여긴……"

"일억 드릴게요."

일억이라는 말에 루반과 족제비의 눈이 휘둥그레졌다.

"돈줄 찾는 거라믄 우리 사장님이 전문이유. 원래 은행에서 기셨잖유. 워서 듣구 오셨는지 몰라두 지대루 찾아오셨슈."

뜬금없는 제안에 머뭇거리고 있는 루반은 아랑곳 않고 족제비가 반색을 하며 재빨리 끼어들었다.

"계좌 주인이 누구인지, 어디로 돈을 보냈는지 알아봐 주시면 돼요."

아무것도 아닌 것처럼 건네는 그녀의 말에 루반은 입술을 실그러뜨리며 쓴웃음을 지었다.

"어디서 무슨 이야기를 듣고 오셨는진 모르겠지만, 그런 쪽하고 발 끊은 지 오래 되었습니다. 그런 일이라면 직접 은행을 찾아가 부탁하슈."

"내놓고 할 일이 못되어서요."

여유를 찾은 루반이 뭔가 미심쩍은 눈으로 그녀의 얼굴을 꼼꼼히 살펴보았다. 그런 그의 반응에는 아랑곳도 않고 그녀가 지갑에서 명함을 꺼내 건네주었다. 아무것도 적혀 있지 않고 전화번호만 적혀 있는 명함이었다.

"소송에 필요한 게 좀 있어서요."

그녀의 설명에도 불구하고 루반은 여전히 미심쩍은 얼굴로 명함과 상대의 얼굴을 번갈아 살폈다. 선뜻 대답을 않자, 족제비가 답답하다는 얼굴로 다시 끼어들었다.

"그러니께 돈 보낸 사람이 누구인지, 워디루 보냈는지럴 찾아 주믄…… 일 억을…… 주신다는 거쥬?"

그 말에 여인이 잔잔한 미소를 지으며 고개를 끄덕였다.

"당장 돈이 필요하실 텐데. 착수금예요."

여인이 손가방에서 봉투 하나를 꺼내 탁자 위에 올려놓았다. 루반이 무어라 대답을 하기도 전에 그녀가 몸을 일으켰다.

"너무 오래는 기다리게 하지 마세요."

가볍게 목례를 하고, 그녀는 조금 전 들어올 때처럼 하이힐 소리를 또각거리며 사무실 밖으로 걸어 나갔다.

귀신에 홀린 기분이었다. 여인이 놓고 간 명함을 만지작거리는 루반을 족제비가 답답해 죽겠다는 표정으로 흘겨보았다.

"일억이래잖유. 일억!"

족제비의 호들갑에도 루반은 여전히 개운치 않은 얼굴이다. 보아 하니 큰 돈이 걸린 소송인 듯한데, 그런 자료를 이런 허름한 사채업체를 찾아와 부탁을 한다는 게 말이 안 되는 일이었다. 게다가 일억이라는 돈의 액수도 상식적으로 이해하기엔 너무 컸다. 내놓고 할 수 없는 일이라 하지만, 하필이면 자신을 찾아온 이유가 석연치 않았다.

"생각이 많으면 인생이 고달프다잖여."

옆에서 턱을 받치고 채근하는 족제비를 밀쳐 내고, 착수금이라고 놓고 간 봉투를 집어 안을 살폈다. 수표 석 장이 들어 있었다. 곁에서 지켜보던 족제비가 봉투를 탈탈 털어 수표의 금액을 확인하고는 목소리를 높여 호들갑을 떤다.

"삼천이유. 삼천!"

"아무 돈이나 덥석 물었다가 어떻게 되는지 몰라?"

"시방 우리가 똥인지 된장인지 가릴 때유? 돈이래믄 일단 물구 봐야 허는 거 아뉴? 난 안즉 배가 고프다, 스티브 잡수두 그리 말혔잖유."

"너나 많이 잡수."

루반은 자신의 눈앞에서 일어난 일들이 뜬금없으면서도 뭔가 꺼림칙하다는 느낌을 지울 수가 없었다. 대체 이게 무슨 일인지 좀 더 지켜볼 일이라는 생각이 들었다.

옆에 붙어 안달이 난 족제비를 밀어내고 벽에 걸린 시계를 들여다보았다. 밤 9시 14분. 문득 생각이 난 듯 루반이 집에다 전화를 걸었다. 액정이 깨진 휴대폰을 타고 아들 차오의 목소리가 새어나왔다. 이 시간에 차호가 합숙소에 있지 않고 집에 있는 게 의아한 루반이 자신도 모르게 목소리를 높였다.

"너, 왜 집에 있어?"

"응, 그냥."

"시합 얼마 안 남았대며?"

"응."

"엄마는?"

"…… 일 나갔어."

무슨 일을 나갔느냐고 묻지만 아들은 모른다고 얼버무리기만 했다. 사무실 정리를 족제비에게 맡기고, 루반은 서둘러 차를 몰고 집으로 향했다.

"지나가다 나도 한번 본 거야."

집에 남아 있던 아들을 앞세워 루반은 전처가 일한다는 곳을 찾아 나섰다. 네온사인 불빛이 화려한 심야의 유흥가 골목을 벌써 한 시간째 헤매고 있지만 아들은 정확한 위치를 짚어 내지 못했다.

"가게 이름이라도 있을 거 아냐."

루반의 채근에 아들은 제가 무슨 잘못이라도 저지른 양 고개를 푹 숙인 채 대답을 하지 못했다. 한숨을 내쉬며 담배 한 대를 새로 피워 문 그의 눈에 허름한 건물에서 서너 명의 여자들과 걸어 나오는 전처의 모습이 들어왔다. 낮선 남자에 이끌려 길가에 세워진 승합차에 오르는 전처를 보고 급히 차에서 내려 뒤쫓으려던 루반은 영문을 모른 채 눈만 둥그렇게 뜨고 바라보는 아들을 돌아보고 걸음을 멈추었다.

"먼저 집에 가 있어."

주머니에서 집히는 대로 돈을 쥐어 준 루반은 이미 저만치 앞서가는 승합차를 뒤쫓으러 급히 차를 몰았다. 승합차는 요란한 불빛이 번쩍거리는 유흥가 골목을 이리저리 빠져나가 어느 노래방 앞에 멈추었다. 차에서 내린 전처는 여자들과 어울려 노래방으로 들어갔다. 마주 오는 차를 피하느라 시간을 끌던 루반이 뒤늦게 노래방으로 따라 들어갔다.

요란한 음악 소리가 새어나오는 노래방에 들어선 루반은 이 방, 저 방을 뒤져 전처를 찾기 시작했다. 그리고 어느 번쩍거리는 불빛 아래서 술 취한 남자들 품에 안긴 채 노래를 부르는 전처가 눈에 들어왔다. 그 모습을 본 루반이 무작정 노래방으로 들어가 전처의 손을 거칠게 잡아끌고 밖으로 나왔다.

전처를 반강제로 차에 태우고 집으로 향하던 루반이 따지듯 물었다.

"지금 뭐 하는 거야?"

창밖만 내다보던 전처가 고개를 돌려 루반을 노려보았다.

"돈 벌러 일 다녀, 왜?"

경멸어린 눈으로 그녀를 돌아보며 그가 빈정거리듯 내뱉었다.

"돈 버는 게 고작 노래방이냐?"

"무슨 상관이야?"

"이렇게 살려고 이혼하자던 거였어?"

시종 빈정거리는 말투에 전처가 표독스러운 눈으로 그를 노려보았다.

"약속한 돈이나 제대로 줘 봐."

"그동안 보낸 생활비는 어쩌고?"

"이따금 생각나면 질금질금 보내는 생활비? 당장 올려달라는 전세금은 어쩔 거야? 이번 달까지 이천 안 올려 주면 집도 쫓겨날 판이야. 애 합숙비는?"

"연극인가 뭔가 한다는 그 새끼는 뭘 하고?"

"왜 그이 얘길 꺼내? 차오는 당신 아이야. 당신 입으로 약속한 거나 제대로 지키라고."

성난 얼굴로 손을 치켜들었던 루반은 그 말에 이내 무르춤해져 고개를 돌리고 말았다. 전처와 헤어질 때 주기로 한 위자료도 아직 일억이 남아 있고, 무엇보다 아이가 프로구단에 들어갈 때까지 책임지고 뒤를 대겠다고 한 약속이 있었다.

"합숙비 밀렸다고 차오는 시합도 못 나가."

아파트로 둘러싸인 초등학교 운동장에서는 야구복을 입은 아이들이 한창 연습을 하고 있었다. 운동장 가장이에 여기저기 흩어진 야구공을 줍는 차오의 모습이 눈에 들어왔다. 아들을 보고 반색을 하며 부르려던 루반은, 차오가 코치 앞으로 불려가 머리를 조아리고 야단을 맞는 걸 보고 멈칫 걸음을 멈추었다. 무얼 잘못했는지 차오가 땅바닥에 엎드려 기합을 받았다. 코치가 무어라 목소리를 높이며 발로 차오의 허벅지를 걷어찼다.

눈앞에서 아들이 나동그라지는 걸 본 루반은 다자고짜 코치에게 달려가

멱살을 잡고 한 대 후려쳤다. 엉겁결에 얻어맞은 건장한 체구의 코치가 몸을 일으키더니 곧바로 루반을 향해 주먹을 휘둘렀다. 보기 좋게 볼때기를 한 대 쥐어 맞은 루반이 비틀거리며 뒤로 쓰러졌다. 곁에서 지켜보던 차오가 달려와 울음을 터뜨리며 그를 일으켜 세웠다.

"미리 말씀을 하시지요."

뒤늦게 차오의 아버지라는 걸 안 코치가 난처한 얼굴로 변명을 했다. 부축하는 그를 뿌리치고 루반이 주춤주춤 일어섰다.

"이 학교는 학생인권조례도 없어요? 왜 체벌을 합니까?"

곰 같은 코치는 연거푸 고개를 숙이며 어쩔 줄을 몰라 했다. 달려들어 한 판 벌이고 싶었지만 옆에서 걱정스러운 얼굴로 지켜보는 아들을 보고 루반은 억지로 화를 눌러 참았다.

수돗가에서 대충 코피를 닦고 나서, 루반은 거친 걸음으로 합숙소 안의 사무실로 들어갔다. 두 다리를 책상 위에 얹고 티브이 코미디 프로그램을 보며 낄낄거리던 감독이 난데없이 등장한 그를 보고 놀라서 일어섰다.

"차오 아버지입니다."

긴장한 기색이 역력했던 감독은 차오라는 말에 이내 맥 풀린 얼굴로 건성건성 고개를 숙였다.

"합숙비 밀린 거 납부했습니다."

"아, 그래요."

떨떠름한 표정을 짓는 감독에게 루반이 품에서 봉투를 꺼내어 손에 쥐어주었다. 감독의 안색이 급변하며 화사한 웃음을 흘렸다.

"이번 시합에는 뛰게 되겠지요?"

"아, 그럼요. 차오가 타격 감각 하나는 타고 났거든요."

그런 감독의 면상을 한 대 후려갈기고 싶은 충동을 억지로 참으며 루반은 아들을 잘 부탁한다며 머리를 숙였다.

"어깨 펴!"

잘못을 저지른 것처럼 축 처져 있는 아들의 어깨를 쳐 주며 루반은 지갑에서 지폐 몇 장을 꺼내 주었다. 아이는 발끝으로 땅만 후벼 팔 뿐, 선뜻 받으려 하지 않았다.

"어려서 고생한 사람이 성공하는 법이다. 너, 위인전 많이 읽었잖아. 간디, 그래 인도의 성자 간디 말이야. 옷이 없어서 물레를 돌려 누더기를 지어 입었잖아."

"간디는 없는데."

"없어? 아빠가 사 줬잖아. 세계를 움직인 위인들."

"거기에 간디는 없는데요."

"그래? 아빠가 또 사 줄게."

아들과 헤어져 차에 오른 루반의 코에서 다시 코피가 흘러나왔다.

'위인전에 간디가 없다는 게 말이 돼?'

피가 흐르는 코를 문질러 닦은 휴지를 거칠게 창밖으로 내던지며 루반이 볼멘소리로 중얼거렸다. 열린 차창으로 후끈한 바람이 들이쳤다. 차의 후사경에 매달린 기도문 종이가 빙글빙글 돌며 거기 적힌 글자가 내보였다.

'돈만 보고 살자.'

루반은 빙글빙글 돌아가는 기도문 종이를 뚫어지게 바라보았다. 일억이라면 급한 대로 한숨 돌릴 수 있는 돈이었다. 은행이라는 말이 자꾸 모래알처럼 마음에 거슬렸다. 머릿속에서 지워 버린 지 오래된 그 글자가 여전히 자신의 주변을 맴돈다는 사실이 묘했다.

얼마 전에 만났던 질레와 그 일들이 겹쳐지며 머릿속을 복잡하게 만들었다. 돌아보고 싶지도 않고, 애써 무관심해 오던 기억들이 새록새록 되살아나며 그를 당혹스럽게 했다. 꺼림칙한 기분대로 하자면, 더 고민할 것도 없이 딱 잘라 거절하면 될 일이었지만, 마음 한구석에는 어떤 막연한 기대감 같은 게 스멀스멀 스며 나왔다.

5

오렌지 타운 한복판에 우뚝 솟은 특급 호텔 내부는 대낮에도 환히 밝힌 거대한 샹들리에 불빛으로 휘황찬란했다. 매끈한 대리석이 깔린 호텔 로비는 먼지가 부옇게 덮이고, 쭈그러진 구두로 딛기가 민망할 지경이었다. 루반은 자신도 모르게 주눅이 들었다. 서류 가방을 들고 분주히 오가는 사람들은 하나같이 매끈하고 옷매무새는 어디 하나 흐트러진 데가 없었다. 자꾸 움츠러드는 어깨에 힘을 주며 루반은 일부러 다리를 벌려 팔자걸음을 걸었다.

전화로 여인이 일러준 15층 객실로 향했다. 미로 같은 복도를 이리저리 헤맨 끝에 드디어 객실 앞에 이르렀다.

조심스레 문을 열자 시내 풍경이 한눈에 내려다뵈는 유리창이 한 면을 차지한 방 안 풍경이 눈을 압도했다.

문 앞에서 기웃거리는 루반을 보고 여인이 환한 웃음을 지으며 맞이한다.

"생각보다 빨리 답을 주셨네요."

"뭔 일인지 들어나 보죠."

쭈뼛거리며 소파에 엉덩이를 얹는 루반의 맞은편에 여인이 경쾌한 몸짓으로 마주앉았다.

"어려운 일은 아니에요."

수첩에서 종이 한 장을 꺼냈다. 종이에는 낯선 계좌 번호가 적혀 있었다.

“이 계좌에서 빠져나간 돈이 어디로 흘러들어갔는지 거래 내역과 돈 주인을 찾아 주면 돼요.”

“개인정보 보호법을 모르실 리는 없으시고……”

“아니까 못하는 거 아니겠어요?”

여인이 눈을 찡긋거리며 그를 향해 웃음을 지었다. 그야말로 눈부신 웃음이었다. 떨떠름한 얼굴로 앉아 있던 루반이 마지못해 그녀가 건네주는 종이를 받아들었다.

“쉬운 일은 아닐 테고……”

“일억도 적은 돈은 아니잖아요?”

조금의 주저함도 없이 내어놓는 그녀의 말에 대꾸할 말이 변변찮아 이내 입을 다물었다.

“일단 시작해 보세요. 이쪽에서도 도움이 될 정보를 찾아볼 테니까요.”

꺼림칙한 기분으로 자리에서 일어서려는데, 그녀가 지나가는 말처럼 한마디를 얹었다.

“이 일은 우리만 알고 있어야 하는 거 아시죠?”

뭔가가 있다. 루반은 여인을 만나고 돌아오면서 직감적으로 이번 일이 단순한 소송 자료를 찾는 게 아니라는 생각이 들었다. 뭔가 구린 냄새가 나는 돈이라는 게 직감적으로 느껴졌다. 이런 일을 쫄딱 망한 은행원 출신의 사채업자에게 맡긴 의도가 무언지 여인의 속내를 이리저리 가늠해 보았지만, 선뜻 잡히는 게 없었다.

"너, 요새 자주 본다."

"왜 벌써 지루해졌냐?"

"몇 년씩 안면 까고 연락도 않더니……"

은행 앞의 식당은 점심을 먹으러 나온 회사원들로 북적거렸다. 젓가락 끝으로 이를 쑤시던 베르친이 뭔가 미심쩍은 눈으로 루반의 안색을 살폈다. 몸집은 크지만 유난히 크고 둥근 눈이 소년처럼 유순해 뵈는 베르친은 최근 들어 옛 직장 동료의 잦은 출현이 예사롭지 않게 느껴지는 모양이었다.

"계좌 좀 뒤져 줘."

"내가 왜?"

베르친은 자세한 이야기는 듣지도 않고 당장 코웃음을 치며 루반의 부탁을 거절했다.

"어떤 놈이 돈 떼어먹고 튀었는진 몰라도 번지수를 잘못 짚었다."

"내 사정 알잖아?"

애절하게 바라보는 루반을 쏘아보던 베르친이 체념한 얼굴로 한숨을 길게 내쉬었다.

"아이, 씨발. 그런 눈으로 보지 좀 말어."

자리에서 일어서려던 베르친이 마음이 약해져 다시 주저앉으며 손으로 사래질을 쳤다.

"돈이라고 다 돈인 줄 알아? 사채업 그거 아무나 하는 거 아냐."

"이번 한 번만 도와주라."

"전직 은행원 돈은 먼저 보는 놈이 임자라잖아. 미쳤다고 사채꾼 아가리에다 퇴직금을 밀어 넣냐?"

"정말, 너! 내가 왜 이렇게 되었는데?"

불끈 화를 내는 루반의 기세에 베르친이 움찔하여 짐짓 미안한 기색을 지었다.

"어떤 놈 계좐데?"

"이래서 사람은 벗이 필요한 거야."

루반이 반색을 하며 주머니에서 쪽지를 꺼내 베르친에게 내밀었다. 계좌가 적힌 쪽지를 들여다보던 베르친이 뜨악한 얼굴로 그를 치켜다보았다.

"뭐야 이건?"

"묻지 말고 그냥 알아봐 줘."

초조한 얼굴로 루반이 담배를 피워 물며 사정을 했다.

"뭘 알아야 되는 건데?"

"계좌 거래 내역하고 돈 주인만 알아봐 주면 돼."

"불법인 거 알지? 이래 봬도 내가 경제 정의에 앞장 서 온 사람이다."

"그래서 높은 놈들 전화 한 통이면 쏙쏙 빼다 바쳤냐?"

"왕년에 계좌 추적 하면 루반이 전설 아녔어?"

"그래서 추심 일 하고 있잖아."

입에 물고 있던 담배 연기를 베르친의 얼굴에 훅 내뿜으며 루반이 빙긋이 웃음을 지었다. 멀리서 담배 냄새를 맡은 식당 아줌마가 득달같이 쫓아와 식당 벽에 붙은 '금연' 표시를 손가락으로 가리키며 벌금이 십만 까멜이라고 기차 화통 삶아 먹은 소리로 닦달했다. 피우던 담배를 급히 비벼 끄며 루반이 멀쑥한 얼굴로 두덜거렸다.

"담배도 맘대로 못 피우게 하는 나라가 나라냐?"

"꼬우면 십만 까멜 내고 피워."

"식후불연이면 삼초즉사라는 말도 요즘은 안 통하나 봐."

"돈 없는 개털이면 삼초즉사야."

루반과 헤어져 은행으로 돌아온 베르친은 직원들이 퇴근하기를 기다려, 단말기 앞에 앉았다. 주머니에서 꺼낸 쪽지에 적힌 계좌를 이리저리 조회해 보지만 잡히는 게 없다. 베르친은 벽에 걸린 시계를 돌아다보며 고개를 갸웃거렸다. 망내 전산망을 뒤져도 쪽지의 계좌는 모습을 드러내지 않았다. 그럼, 그렇지. 그리 쉬운 일이라면 루반이 자신을 찾아와 통사정을 하지도 않았을 것이었다.

직원들이 퇴근한 뒤의 은행은 유난히 썰렁하다. 야근을 핑계로 밤이 늦도록 사무실에 남아 벌써 몇 시간째 단말기에 들러붙어 있지만 별무소득이다. 어지럽게 화면을 채우고 지나가는 숫자와 기호들을 뚫어지게 살피던 베르친이 지친 모습으로 의자 깊숙이 몸을 뉘고 전화기를 집어 들었다.

"야, 없다."

"없다니?"

"깨끗하다니까."

"그럴 리가 있나. 다시 뒤져 봐."

"대포 통장 아냐?"

"대포든 뭐든 나와야 하잖아."

"요샌 중국 놈들이 하도 이상한 짓을 많이 하니까."

"잘 찾아 봐. 장난할 사람이 아니더라고."

"대체 누구 건데?"

그 말에 루반은 선뜻 대답을 하지 못한 채 우물거리고 말았다. 자신도 상대가 누군지를 알지 못하니 무어라 답변할 입장도 되지 못했다.

전화를 끊고 나서 루반은 명함에 적힌 여인의 전화번호를 눌렀다.

"뒤져 봤는데, 그런 계좌가 없던데요."

"없는 게 아니라 못 찾은 거겠지요."

"있으면 왜 못 찾겠습니까? 나도 은행 밥깨나 먹은 사람이오."

전화 건너편의 여인은 그 말에 짧게 웃으며, 차분한 목소리로 말을 이었다.

"일억이 적은 돈은 아니지요. 그리 쉽게 찾을 수 있으면 왜 일을 시켰겠어요. 분명히 있어요. 2003년 3월쯤 될 거에요."

루반은 무언가 상대에게 농락당하고 있는 기분이 들었다. 이쪽을 환히 들여다보고 있는 듯한 상대에 비해 자신은 아무것도 들여다 볼 게 없었다. 여인의 단호한 말투가 바늘처럼 그의 알량한 자존심을 찔러 댔지만 무어라 반박할 틈이 보이지 않았다.

일억이 결코 적은 돈은 아니라는 그녀의 말은 트집을 잡을 여지가 없었다. 아무리 돈이 흔한 세상이 되었다고 해도 일억이라는 돈은 아무에게나 건넬 만한 액수는 아니었다.

루반은 그녀가 자신에 대해 적지 않은 것을 알고 있으리라는 생각이 들었다. 자신이 할 수 있는 일이 무얼까를 생각해 보았다. 전직 까멜리아은행의 행원, 은행을 지키려고 돈키호테처럼 앞장섰다가 쫓겨난 신세. 술에 젖어 자포자기로 지내다가 마누라에게 이혼 당하고 아이마저 빼앗긴 한심한 인간. 몇 푼 안 되는 퇴직금마저 사채꾼의 꾐에 빠져 투자했다가 빚만 떠안고 졸지에 사채업자 노릇을 하고 있는, 이런 자신이 할 수 있는 일이 무얼까. 그녀는 그런 자신에게 무엇을 기대하고 있는 것일까.

6

오색 등불이 내걸린 고급 주점의 고즈넉한 방에서 몇 사람이 모여 환담을 나누고 있다. 까멜리아 전통 옷을 곱게 차려 입고 악기를 탄주하는 여자들의 시중을 받으며 술을 마시는 인물들의 면면이 예사롭지 않다.

유니온 페어 본사에서 온 제임스 리가 가운데 자리에 앉아 있고, 그 곁에 까메리카의 샤리 변호사가 동석하고 있다. 맞은편에는 재무성 산체레 국장과 졸핀이 뭔가 긴장된 안색으로 앉아 있다.

눈부시게 흰 셔츠 차림의 제임스 리가 졸핀에게 잔을 내민다.

"조만간 재무위원장으로 가실 겁니다. 높은 자리로 가시거든 잘 봐주십시오."

그 말에 졸핀이 황감한 얼굴로 허리를 굽혀 절을 한 뒤에 두 손으로 잔을 받아들었다.

"제가 할 일이 있다면 협조를 해야지요. 어려울 때 은행을 살려 주셨는데, 도울 일이 있으면 응당 도와야 하지 않겠습니까."

"너무 오래 붙들려 있었어요. 아시다시피 저희는 시간이 생명입니다."

넙죽 잔을 비운 졸핀의 잔에 술을 채우며 제임스 리가 은근한 목소리로 말을 건넸다.

"그기 노조와 시민 단체가 자꾸 산업자본 문제를 물고 늘어지는 바람에……"

졸핀이 제임스 리의 안색을 살피며 궁색하게 머리를 조아리며 변명을 늘어놓았다.

“아무래도 일본에 있는 골프장부터 팔아 버리셔야겠습니다.”

두 사람이 주고받는 이야기를 듣고 있던 산체레 국장이 걱정스러운 얼굴로 제임스 리에게 조언을 건넸다.

“그건 달의 뒤편처럼 비하인드 스토리인데 문제가 되겠습니까?”

“나중에라도 그게 드러나면 저희 입장이 난처해집니다.”

소심한 관료 출신인 산체레 국장은 요즘 들어 노조와 시민 단체가 유니온 페어의 산업자본 문제를 들고 나서는 분위기에서 행여 그 불똥이 자신에게 튈까 봐 노심초사하고 있었다.

유니온 페어가 일본 내 자회사로 거느리고 있는 JM홀딩스의 실체가 드러난다면 그건 여간 심각한 일이 아니었다. 골프장 관리회사인 JM홀딩스의 자산까지 포함하면 비금융 계열회사 자산 합계가 은행법에서 규정한 2조 까멜을 초과하게 된다. 이리 되면 유니온 페어는 명백한 산업자본으로 까멜리아 은행을 인수할 자격조차 없었다는 이야기가 나올 수밖에 없었다.

“조금 시간이 필요하지만, 그게 문제가 된다면 서둘러 정리하도록 하겠습니다.”

무언가 석연치 않은 표정을 지었지만 제임스 리가 불안해 하는 산체레 국장에게 정리를 약속했다.

“다 지난 일이지만 아직도 유니온 페어가 은행을 인수할 자격이 있느니 없느니 떠드는 자들이 있습니다. 일단 팔고 나면 지나간 일을 꼬투리 잡아도 소용이 없으니까요."

산체레 국장이 미안한 기색으로 변명이라도 하듯 말을 길게 늘어놓았다.

"지나간 버스인 기라요. 지나간 버스에 손 흔들어 봤자죠."

손짓까지 섞어가며 늘어놓는 졸핀의 너스레에 모두 웃음을 터뜨리며 잠시 어색했던 방안의 분위기가 풀어졌다.

"손만 흔들면 괜찮지만 시끄럽게 떠들어 대니 문제입니다. 벌써부터 노조가 짖어 대던데……"

"껍데기만 남은 노조가 뭘 하겠십니까? 메칠 길거리에서 짖어 대다 말겠지."

"그러니 어디 해외에서 투자나 하려 하겠습니까? 우린 노조가 늘 문제입니다."

이맛살을 찌푸리며 노조를 탓하는 산체레 국장에게 졸핀이 머리를 흔들며 끼어들었다.

"노조보다 국회가 걱정인 기라요. 야당 의원들이 특검이니 청문회니 떠들어 대고 나설 텐데."

"야당에도 우리 쪽 사람이 있잖습니까? 야바나 쏘르니 의원 같은 분들이야 첨부터 우리와 손발을 맞춘 입장이니 알아서 분위기를 잘 잡아나가지 않겠습니까?"

"그 양반들 참 까메리카 고문 아입니까? 샤리 변호사가 알아서 신경 좀 써주세요."

옆에 앉아 아까부터 이야기를 듣고만 있던 샤리를 향해 졸핀이 진지한 얼굴로 부탁을 했다. 그의 말에 샤리는 야릇한 웃음을 지으며 고개를 끄덕였다.

"언론 쪽은 내가 알아서 핸들링을 할 테니 그건 걱정 마시고."

진지하게 그들이 주고받는 이야기를 듣고 있던 제임스 리가 정색을 하며 당부를 했다.

"이번 매각이 잘못되면 여러분이나 나나 난처한 입장이 될 겁니다. 조금의 차질도 없도록 만전을 기해 주시기 바랍니다."

그 말에 방 안에 있던 사람들이 모두 긴장한 얼굴로 고개를 끄덕였다.

"경제도 살리고, 나라도 살리는 일인데 차질이 있으면 되겠습니까? 염려는 붙들어 매이소."

호기롭게 목소리를 높이는 졸핀의 말에 모두 얼굴빛이 한결 밝아졌다.

"지난번 카드사 합병할 때 문자로 해고 통지를 보내 말끔히 정리하는 걸 보니까네 우리 기업은 아직 멀었다는 생각이 들대예. 우린 아직 한참 배워야 겠습디다."

"세계는 글로벌 경쟁 시대로 접어든 지 오래인데, 아직도 민족자본이니 뭐니 떠들며 벽만 쌓아 올리려 하니, 참 답답합니다."

제 뜻을 세상이 알아주지 않아 늘 불만스럽던 산체레 국장이 이맛살을 찌푸린 채 구시렁거렸다.

"그러다 아이엠에프를 또 한 방 두들겨 맞아야 정신을 버쩍 차리지 않겠십니까?"

빈정거리는 말투로 졸핀이 맞장구를 쳤다.

"그럴 리가 있겠습니까? 이렇게 애국적으로 노력하시는 분들이 계신

데……"

제임스 리가 잔을 들어 세 사람과 건배를 했다.

"자, 까멜리아의 금융 발전을 위하여, 건배!"

계좌가 보이지 않는다는 말이 루반은 도무지 이해가 되지 않았다.

"2003년 3월 무렵이라더라. 잔돈푼도 아닌 거 같은데 거래 계좌가 안 보인다는 게 말이 되냐?"

채근하듯 묻는 말에 베르친은 난감하기만 했다.

"뒤질 만큼 뒤져 봤다니까."

"단말기나 두들기지 말고, 전산실을 좀 뚫어 봐."

"내가 공공칠이냐? 그런 건 니 전공이잖아?"

"전산관리팀에 아는 사람 없어?"

"있으면? 고객 개인 자료 빼서 사이좋게 콩밥 먹자고?"

"실수로 빠뜨린 게 있어서 확인 좀 하자고 둘러대."

"그리 쉬우면 니가 해 봐."

"봉급에 보너스까지 꼬박꼬박 챙겨 먹으면서 계좌 하나 못 찾냐?"

전화를 끊고서 베르친은 내키지 않는 걸음으로 전산실을 찾아갔다. 평소 가까이 지내던 전산 관리실의 홍계 대리에게 부탁해 통합망으로 2003년 무렵의 거래 계좌를 조회해 보았다. 단말기에 어지럽게 오르내리는 계좌의 숫자들을 들여다보던 홍계 대리의 눈이 화면에 떠오른 계좌 하나에 멎는다.

"어, 이건 해외 지점 건데요."

"해외 지점?"

"엘에이 퍼시픽 유니온 뱅크 것으로 나오네요."

"엘에이?"

베르친의 얼굴에 순간 긴장한 기색이 감돌았다. 퍼시픽 유니온 뱅크는 까멜리아은행의 로스앤젤레스 현지법인이었다. 베르친은 유니온 페어가 까멜리아은행을 인수하고 얼마 되지 않아 퍼시픽 유니온 뱅크가 매각된 사실을 생각해 냈다. 알짜배기 해외 지점을 매각한 일로 한동안 시끄러웠던 기억이 났다. 폐쇄된 지점 자료는 전산실의 보관 자료에서만 조회가 가능했다.

"누구 거라고 나오나?"

"사우스웨스턴 기업이라고 되어 있는데요."

"뭐 좀 거래된 게 있어?"

"두 건이 있는데, 금액이 크네요."

"어디로 들어갔어?"

"펀드 같은데요. 'GMF Ⅳ S KAMELLIA Ⅰ' 하고 'GMF Ⅳ S KAMELLIA Ⅱ'……"

화면에 뜬 송금처를 급히 메모지에 적던 베르친은 펀드라는 말에 문득 뭔가 머리를 스치는 게 있었다. 주머니에서 전화기를 꺼내 급히 어딘가로 전화를 넣었다.

"공대위, 줄메 변호사시죠? 지난번에 버뮤다 조세 피난처에 세운 페이퍼 컴퍼니들 이름이 뭐죠? 예, 유니온 페어 거요."

할렐루야 금융 사무실 문을 왈칵 밀치고 들어온 베르친은 대뜸 루반에게 계좌가 적힌 쪽지를 내밀며 다그치듯 물었다.

"너, 이거 누구 오다야?"

뿌옇게 먼지에 덮인 거울 앞에서 면도를 하고 있던 루반이 비누 거품을 덕지덕지 턱에 바른 채 대수롭잖은 듯한 얼굴로 돌아보았다.

"왜?"

"너, 이게 무슨 돈줄인지나 알고 뒤지는 거냐?"

"내가 알게 뭐야? 알아 봐달라니까 하는 거지."

그런 루반을 베르친이 한심하다는 얼굴로 혀를 차며 쏘아보았다.

"유니온 페어가 은행 사들일 때 투자한 돈줄이라면?"

"유니온 페어?"

"선수가 왜 이러셔?"

유니온 페어라는 말에 루반의 얼굴에 순간 긴장감이 감돌았다. 베르친은 그런 루반에게 메모지 한 장을 퉁명스럽게 내밀었다.

'GMF Ⅳ S KAMELLIA Ⅰ', 'GMF Ⅳ S KAMELLIA Ⅱ'

"이게 뭐야?"

"유니온 페어가 버뮤다에 만든 펀드야."

"그런데?"

"사우스웨스턴 기업 돈이 그리 들어갔으니, 까멜리아은행 사들이는 데 쓰였겠지."

"그럼, 그 여자는?"

베르친은 당황스러워하는 루반의 얼굴을 흘겨보며, 스마트폰에 뜬 여자 사진을 내밀었다.

“까메리카 로펌 변호사 샤리. 까멜리아은행 접수할 때 유니온 페어 쪽 법률자문 담당……”

스마트폰 속의 사진은 분명 자신을 찾아왔던 여인이 틀림없었다. 루반의 눈앞에 하이힐 소리를 또각거리던 그녀의 요염한 자태가 선명하게 떠올랐다. 자신도 모르게 얼굴이 벌겋게 달아올랐다. 뭔지는 모르지만 그녀의 손에 놀아났다는 기분이 뒷덜미에 끈적거리며 들러붙었다.

“그 여자가 왜?”

“그걸 내가 어떻게 알아?”

한심하다는 얼굴로 베르친이 루반을 바라보며 혀를 찼다.

“잘 모르겠지만 공대위 쪽에서는 뭔가 작업을 하는 게 아니냐고 하던데.”

“공대위라니?”

“까멜리아은행 공동대책위원회.”

“그걸 내가 몰라서 물어? 벌써 거기다 까발렸냐?”

“나도 뭔가 짚이는 게 있어 확인을 해 봤어. 노조 쪽이야 은행 내부 일만 알지만 그쪽엔 변호사부터 금융자본 감시 활동가며, 그 방면에 빠삭한 전문가들이 수두룩하….”

말이 끝나기도 전에 루반이 눈썹을 치켜 올리고 버럭 목소리부터 높였다.

“뭔지도 모르면서 왜 동네방네 나발을 불고 다니느냐고?”

“넌 니가 어떻게 쫓겨났는지 벌써 잊어 버렸냐?”

그 말에 자리에서 벌떡 일어나 당장 한 대 쥐어박기라도 할 듯하던 루반이 멈칫하며 주먹을 내려놓았다.

"성질낼 일이 아냐. 노앙이 관련된 것일 수도 있는 일이라고."

불끈 하는 루반의 성질을 잘 알고 있던 베르친이 누그러진 말투로 그를 달래어 자리에 눌러 앉혔다. 노앙이라는 말에 루반은 마지못해 분을 가라앉히며 베르친의 다음 말을 기다렸다.

"그 인간이 어쨌다는 거야?"

"노앙이 은행을 사들인 당사자야. 원래부터 모피아 놈들 시다바리 노릇하면서 그 덕으로 유학도 가고, 엠비에이 출신 펀드 매니저로 활약하다가 유니온 페어 까멜리아 대표로 금의환향한 거잖아. 넌, 좆 됐고."

"너, 아침부터 그딴 소리 하러 찾아왔냐?"

"너 좆 되는 거 지켜보기만 한 나도 괴로웠어. 지금도……"

베르친의 말에 한동안 잊고 지내던 지난 일들이 슬그머니 되살아났다. 일부러 지우려고 무던히 애를 썼고, 이제는 까맣게 잊었다고 여겼던 기억들이 눈앞에서 차곡차곡 되살아나는 걸 루반은 온몸에 전율을 느끼며 지켜보아야 했다.

국제통화기금(IMF)의 충격은 깊었다. 느닷없이 맞이한 국가 부도 사태는 국민들에게 심각한 충격과 내상을 입혔다. 금융의 최전선에서 일하던 은행원들의 입장도 그와 별반 다르지 않았다. 외환 사정이 심각하다는 소리는 돌았지만, 일개 오퍼상이나 중소업체도 아닌 국가가 그렇게 무력하게 부도를 맞을 줄은 상상도 못했다.

대통령이 쫓기듯 물러나고, 새로 대통령이 선출되었지만 그라고 뾰족한 수가 없었다. 그저 여기저기서 급전을 돌려 구멍 난 나라 금고를 채우기 바빴다. 미셸 캉드쉬를 앞세운 IMF의 요구를 군소리 한 마디 없이 받아들여야 했다. 그저 받아들이는 정도가 아니라, 한 술을 더 떴다. 위기는 증폭되고, 정부는 국민들의 애국심에 호소했다. 전란과 온갖 재난을 겪는 데 익숙한 국민들은 누란의 위기에 빠진 조국을 구하기 위해 금으로 장식한 담뱃대부터 돌잡이 금반지까지 갖다 바쳤다.

은행돈을 빌려 부동산 투기에 앞장섰던 기업들은 은행들이 빌려준 돈을 거둬들이고 돈줄을 꽁꽁 묶자 줄지어 파산을 맞았다. 거덜이 난 기업들은 여름 장 저물녘의 야자열매처럼 떨이로 팔려갔고, 새로 기업을 사들인 주인들은 가차 없이 직원들의 목을 잘랐다. 용케 살아남은 기업들도 장마에 불은 개울에 묵은 쓰레기 치듯, 한때 한 가족이라 부르던 직원들을 길거리로 내몰았다. 정부는 경제개혁이니 구조 조정이라는 명분으로 오히려 이를 부추겼다. 평생을 새벽부터 밤늦도록 야근에, 접대에 공휴일까지 술 상무 노릇을 하며 가정과 자신을 팽개쳤던 직원들은 속절없이 거리로 내몰려 신문지를 덮고 잤다. 때 묻은 넥타이를 맨 그들은 그런 와중에도 자신을 노숙자라고 생각하지 않았다. 다리에 아직 힘이 남은 이들은 명예롭지 않은 명예퇴직금으로 식당이나 노래방, 호프집을 차렸다. 퇴직금만으로는 감당할 수 없어 은행에서 대출을 받고, 친척들에게 빌린 돈으로 장사를 시작했다. 골목마다 가게가 다닥다닥 생기고, 몇 개월이 지나면 수시로 주인이 바뀌고 간판이 바뀌었다. 그

와중에 살판난 건 간판 가게뿐이었다.

경기는 급강하하고 소비가 눈에 띄게 줄었다. 국가 부도를 맞은 국민들은 쓸 돈도 없었지만, 있는 돈도 안 썼다. 정부에서는 제발 돈을 물 쓰듯이 써 달라고, 낭비가 애국이라고 호소했다. 그래도 믿을 건 돈밖에 없다고 생각한 국민들은 변기 수조에 벽돌을 넣고, 밤이 되면 전등을 서둘러 끄고 일찌감치 잠이 들었다. 비상이 걸린 정부에서는 돈이 없으면 외상으로라도 낭비하라고 국민들을 유혹했다. 고등학생들에게도 신용카드를 마구 발행해 주었다.

전 세계의 하늘을 맴돌며 죽어가는 나라들을 살피던 금융자본들이 대머리 독수리처럼 몰려들었다. 간신히 살아남은 기업들이 구조 조정이라는 이름으로 기업 사냥꾼들의 먹이가 되었다. 기업에 대책 없이 돈을 꾸어주었던 은행들도 비틀거리기 시작했다. 돈을 빌려주는 조건으로 은행 3개를 넘기라는 캉드쉬의 요구에 따라 퍼스트내셔널 은행과 아멜리아 은행이 헐값에 팔려나갔다. 아직 하나가 더 남았다. 펠로우십 은행과 내셔널 시티즌 은행은 한입에 삼키기엔 너무 덩치가 크고, 꺼칠꺼칠한 털이 많았다. 털도 안 뽑고 삼킬만한 은행이 어디 있을까.

남발했던 신용카드가 부실해지면서, 시중의 은행들이 자금 압박을 받았다. 루반이 다니던 까멜리아은행도 까멜리아카드가 적자를 내고, 국내 기업들이 줄도산을 하면서 떼인 돈이 늘어나며 자금 사정이 좋지 않았다. 사내에 이런저런 소문들이 돌았지만 은행을 팔아 넘겨야 할 정도로 부실한 상태라고는 누구도 생각하지 않았다. 카드사의 어려움은 모든 은행이 겪는 것이었고, 10여 년간 '리딩 뱅크'로 착실하게 성장해온 까멜리아은행은 다른 은행에 비해 재정 상태가 그리 나쁜 편이 아니었다. 카드사 때문에 일시적으로 생긴 자금 압박은 그리 심각한 편이 아니었고, 증자나 해외에서 투자를 받으면 해결될 일이었다. 실제로 독일의 코메르츠방크로부터 외자를 유치하고, 다른 외국의 투자 기관들과 구체적인 이야기가 오가는 상황이었다. 금융관리원은 2002년 공적 자금을 받지 않은 까멜리아은행에 대해 경영 개선 권고를 해제하기에 이르렀다.

그런 중에 느닷없이 유니온 페어가 등장했다. 은행이 매각될지도 모른다는 소문이 나돌기 시작했다. 말도 안 된다고 여겼던 소문이 언론을 타기 시작했다. 정부가 상당한 지분을 갖고 있는 은행이 넘어가는 걸 보고만 있으리라고는 생각하지 않았지만, 앞서 은행들을 살리려고 공적 자금을 들이부었다가 부지기수로 떼어먹힌 정부는 더 이상 댈 돈이 없다고 오리발을 내밀었다.

사내의 분위기는 어수선했다. 상황이 급박하게 돌아가면서 행원들은 둘로 나뉘었다. 매각은 말도 안 된다며 무슨 수를 써서라도 막아야 한다는 주장과, 금융 개방이 가시화되면 어차피 겪을 일이니 무작정 반대할 일은 아니라는 주장이 맞섰다.

루반은 매각을 반대하는 쪽에 섰다. 묵묵히 자신의 일만 해 오던 그였지만, 정부가 출자한 은행을 알아서 살아남으라고 팽개치는 꼴을 좌시할 수가 없었다. 노조의 비상대책회의에서도 루반은 목소리를 높여 매각 반대를 주장했다. 몇 번 목소리를 높였더니 그에게 대의원 감투가 내려졌다. 노조 조합원이기는 해도 집회나 행사 자리에 가도 뒷자리에서 꿀 먹은 벙어리처럼 앉았다가 오던 그였다. 루반은 태생적으로 조직이라는 염색체가 부족한 사람이었다. 노조 회의에 참석하게 된 것도 사내 야구 동호회에서 절친하게 지내던 베르친이 오랫동안 침을 발라 그의 안면을 봐서 몇 차례 간 것이 고작이었다.

그런 그가 목소리를 높인 것은 조직을 위한다기보다는, 순전히 앉은 채 도매금으로 이리저리 물 간 생선처럼 팔려 가는 처지에 대한 오기였다. 발목에 흙을 묻힌 채 주는 여물만 우물거리며 씹다가도, 비위에 거슬리면 욱하여 제 머리로 외양간의 토벽을 들이받는 시골 소를 닮은 그였다. 베르친의 말에 따르면, 그는 '머리가 단단하다'라는 뜻이 담긴 이름 탓에 들이받다가 망할 팔자라고 했다.

"그런데 왜 그 여자가 나를 찾아왔냐고?"

"노앙 소식은 알고 있지?"

루반은 그저 무관심한 얼굴로 고개만 끄덕였다.

"요즘 소송이 걸려서 골이 아프거든. 워낙 치고 빠지기를 잘하는 인간이니 어떻게든 빠져나가겠지만."

유니온 페어 까멜리아 대표 자리에 오른 노앙이 주가 조작 혐의로 재판에 회부되었다는 소식은 알고 있었다. 은행을 그만둔 뒤로 의식적으로 은행 쪽 일은 무관심하려 했지만 들려오는 소리에 귀를 막고 지낼 수는 없었다.

"그런데 그 재수 없는 자와 내가 무슨 상관이냐고?"

"그걸 모르겠어. 노앙과 샤리는 한배를 탄 사이인데, 샤리가 유니온 페어 펀드에 들어간 돈줄을 캐는 이유가 뭔지……"

"뭣도 모르면서 뭔 말이 그리 많아. 난 그냥 돈만 받으면 되는 거야."

공연히 의혹거리들을 잔뜩 늘어놓아 머릿속만 어지럽힌 베르친을 흘겨보며 루반은 고개를 내저었다.

"돈만 생각할 게 아니야. 지금 돌아가는 꼴이 여간 어수선한 게 아냐."

그런 베르친의 말에 루반은 가슴속에서 무언가 불끈 치밀어 오르는 걸 간신히 참아야 했다.

"새삼 어수선할 게 뭐가 있어."

이럴 줄 몰랐느냐는 말이 목젖을 건드렸지만 루반은 숨을 크게 들이마시고는 고개를 돌렸다. 이미 다 지나가 버린 일이었다. 무어라 말을 하려던 베르친이 이내 입을 다물고 착잡한 표정으로 창밖으로 눈을 돌렸다.

유니온 페어라는 사모펀드가 은행을 인수한다는 소리가 물 위로 떠오르면서 루반의 목소리도 더욱 높아졌다. 대의원에서 쟁의부장이라는 감투를 뒤집어쓴 그는 눈치만 살피는 노조 집행부를 성토하는 한편, 우왕좌왕하는 동료들에게 투쟁을 독려하는 데 혼신을 다했다. 베르친의 말로는 고양이 새끼인 줄 알고 길렀더니 호랑이 새끼였다며 혀를 내두를 정도였다. 그는 달궈지기는 늦어도 한번 달궈지면 식을 줄 모르는 돌솥처럼 뜨거운 사람이었다. 노조 집행부 간부들이 그에게 너무 과격하다며 추이를 보아가며 대응하자고 걱정을 할 정도였다.

"목이 걸린 판에 뭔 과격? 목이 잘린 뒤에 뭔 대응을 하려고 추이를 지켜봅니까?"

사내 교섭 회의 자리에서도 늘 얼굴을 마주치는 임원들에게도 대놓고 쓴소리를 주저하지 않았다.

"작년 체육대회 때 단상에서 뭐라 하셨습니까? 평생직장의 한솥밥 금융가족이라셨잖아요. 멀쩡한 은행을 정체도 모를 사모펀드에 팔아넘기면서 무슨 놈의 평생직장에 한솥밥입니까?"

그러는 중에 그는 회사와 매각파들에겐 시나브로 눈엣가시 같은 존재가 되어 버렸다.

"유니온 페어가 먹튀를 한다는데 얌전히 보내 줘야겠냐?"

"먹튀할 줄 몰라서 멀쩡한 은행을 사채꾼 놈들한테 팔아먹었냐?"

사채꾼들이라는 말에 베르친은 둘러댈 말이 궁색하여 입맛만 쩍쩍 다셨다.

"장기 투자란 말만 믿었던 거지."

"믿을 게 없어서 사채꾼 말을 믿어?"

"그땐 몰라서 당했지만 지금은 달라. 공대위도 꾸려졌고, 시민들 여론도 우호적이야."

"공대위 좋아하다 공수표 된다."

시종 빈정거리는 투로 이죽거리는 루반의 말에도 베르친은 불쾌한 내색을 하지 않았다.

"금융 전문 변호사도 있고, 경제학 교수도 있어서 만만찮아."

"만만찮으면? 먹고 튀겠다는데 바짓가랑이라도 잡고 늘어지려고?"

"바지가 아니라 대가리를 잡아야지."

"뭔 대가리?"

"유니온 페어가 애초부터 은행을 사들일 자격 자체가 없었던 거거든."

그 말에 우선 한숨부터 길게 내어놓은 루반이 기어코 담뱃대 부러지는 소리를 내질렀다.

"그걸 인제 알았어? 호랑이 담배 피던 시절 이야기 그만하고……"

"유니온 페어가 은행을 사들인 돈에 까멜리아 놈들 게 들어가 있다면?"

"까멜리아 놈은 펀드에 돈 태우면 안 되는 법이라도 있냐?"

"은행 매각을 결정짓는 권한을 지닌 놈들 돈이 들어가 있다면?"

"그거야 완전 매국노지."

"그걸 잡으면 게임 오버야."

베르친의 말에 루반은 뜨악해 하면서도 무언가 관심이 가는 얼굴로 돌아보았다.

"확실해?"

"검은 머리 외국인이라고 전부터 떠돌던 이야기가 있었어."

"유니온 페어 펀드에서 들어온 돈이잖아?"

"2003년 유니온 페어가 까멜리아은행을 먹을 때, 주금 납입을 하루 남겨놓고 투자자를 바꿔쳤어. 그 돈이 자그마치 6,350억이라고."

"근데?"

"승인이 떨어진 다음에 전격적으로 들어간 거야. 그게 뭘 의미하는지 모르겠어? 뭉칫돈을 싸들고 기다리던 자들이 승인 나기를 기다렸다가 한방에 들이민 거라고. 일반 투자자로서는 엄두도 못 낼 일 아니겠어?"

"그렇다고 그 돈이 까멜리아 놈들 거라고만 볼 순 없잖아. 유니온 페어야 워낙 텍사스 기름쟁이들 돈 놀려 대는 놈들인데."

"버뮤다에 종이 회사 다섯 개를 만들었는데, 자본금이 0 까멜이야. 그리고 승인이 나자마자 새로 펀드를 만들어 다섯 개 회사로 들어온 투자금을 쐈다 이거야."

"그러거나 말거나."

"2001년에 유니온 페어 펀드에 들어간 까멜리아 놈들 돈이 있었다 하자. 이 돈을 까멜리아은행 사들이는데 태우려는데 얼굴이 까질 수 있는 거야. 그래서 0 까멜짜리 종이 회사 다섯 개를 새로 만들어 바로 펀드로 쏜 거지."

"근데 왜 0 까멜이야?"

"다른 투자자들 돈과 섞이지 않게 관리하려는 거지. 이놈 저놈 돈 섞이면 아무래도 샐 가능성이 있으니까."

"너, 많이 똑똑해졌다."

조롱하듯 빈정거리는 루반의 말에 베르친이 멀쑥해져 얼굴을 붉혔다.

"그러지 좀 마라. 나도 많이 반성하고 노조도 열심히 싸우고 있다."

"노조는 무슨. 개뿔이라고 그래."

"그때는 정말 아무것도 몰랐던 거야. 대통령도 모르고 당한 일이잖아."

"몰라서 동지를 팔아 먹냐?"

"국내 은행으로 합치는 것보다는 해외 쪽에서 인수하는 게 났다고 본 거 아니냐. 그때야 다 죽을 판이었으니까."

"그래서 저 살겠다고 남을 죽여?"

정작 루반을 괴롭히는 것은 노앙이 아니었다. 이미 그는 기억에서 지운 지 오래 되었다. 직장을 그만두면서 그에 대한 미움도 은행 금고 속에 넣고 나온 것이다.

루반을 절망시킨 것은 까멜리아은행 매각을 앞두고 함께 싸웠던 동료들이었다. 유니온 페어를 향해 들었던 동료들의 도끼가 자신을 찍어 내는 데에 쓰이리라고는 상상도 못했던 일이었다. 자신의 가슴을 파고들던 동료들의 도끼날은 견디기 힘들 만큼 차갑고 아렸다.

베르친의 말처럼 불시에 찾아든 은행 매각을 앞두고 은행원들은 물론이고, 노조 간부들조차 유니온 페어가 어떤 회사이고, 매각이 앞으로 은행과 자신에게 어떤 결과를 가져올지 알지 못했다. 오랫동안 몸담아 왔던 은행이 넘어간다는 불안감만 정체 모를 내압으로 증폭되어 임계치에 다다르고 있을 뿐이었다.

그런 중에 국내 합병보다는 해외 인수가 낫다는 말이 돌았다. 기존의 국내 은행으로 합병이 되면 구조 조정이 따라붙을 테고 수많은 직원들의 목이 잘려 나가리라는 사실을 두려워했다. 신분만 확실히 보장해 준다면, 외국 자본에 넘어가 글로벌 은행으로 덩치를 키우는 것도 나쁘지 않다는 이야기들이 조심스럽게 나돌았다. 미국이나 유럽과의 자유무역협정(FTA) 체결이 성사되면서 금융의 개방이나 국제화는 물러설 수 없는 추세였다. 더 이상 문을 걸어 잠그고 민족자본을 내세울 수는 없다는 기류가 노조 집행부 회의 자리에서도 공공연히 나왔다.

그런 말을 들을 때마다 루반은 책상을 뒤엎으며 목소리를 높여 맹렬히 비난했다. 펀드라는 게 어떤 건지 모르느냐, 제 나라 정부도 관심을 두지 않는 은행에 대해, 오로지 투기를 업으로 삼는 해외 사모펀드에게 그런 순진한 기대를 거는 게 가당한 일이냐고 질타했다.

루반은 추세를 좀 더 지켜보자며 자꾸 뒤로 물러서려는 노조를 강박하는 한편, 눈치만 살피는 동료 은행원들을 독려했다. 노조 사무실에 간이침대를 놓아두고 그 안에서 숙식을 하며 매각 반대 투쟁에 앞장섰고, 매각 인수 분위기가 고조될 막바지 무렵에는 본관 로비에서 한 달 동안이나 단식 농성을 벌이기도 했다.

출근하던 동료들은 슬금슬금 그를 피해 다른 출입문으로 돌아서 다녔고, 노조에서는 노골적으로 그의 강경한 투쟁 방식을 비난하는 목소리가 새어나오기 시작했다.

결국 노조는 현재 은행원들의 신분을 보장하는 조건으로 유니온 페어에 매각을 수락하기로 했다. 루반의 곁에는 어느 결에 아무도 남지 않았다. 그의 입장을 이해하고 함께하던 베르친마저 조직의 결정을 따르라며 그를 설득했다.

노앙이 앞장서서 추진한 매각 작업이 성사될 무렵에 루반은 회사로부터 불법 노동행위와 영업 방해 및 회사 명예 훼손 행위를 이유로 해고되었다. 노조와 회사의 교섭 조건 중에 비공식적으로 요구한 사항이라는 걸 나중에야 알게 되었다.

"노조의 요구 조건을 받아들이겠다. 다만 루반은 정리해 달라."

노조 집행부는 다소 논란은 있었지만, 대마를 살리기 위해서는 사석을 버려야 한다는 생각으로 동지의 목을 팔아넘긴 것이다.

베르친은 아직까지도 루반에 대해 마음의 빚이 남아 있었다. 회사는 은행원들의 신분을 보장하라는 노조의 요구를 받아들이는 조건으로 루반의 목을 요구했다. 그동안 눈엣가시로 보이던 루반에 대한 거부감도 있었겠지만, 그 이면에는 실질적인 매각 작업의 실무 책임을 맡았던 유니온 페어 쪽 노앙의 입김도 들어갔음직했다.

노조의 그런 결정에 대해 베르친도 목소리를 높여 항의를 해 보았지만 이미 대세는 어느 한 사람의 희생을 안타까워할 상황이 아니었다. 수천 명의 직원들 목이 더 시급한 논의거리였다.

비공식적인 제안이기 때문에 드러내 놓고 싸울 건더기도 없었다. 회사는 법무팀을 앞세워 루반이 그동안 벌인 농성이나 시위 활동의 불법성에 대해 소송 준비까지 마친 상태였다. 만약 끝까지 루반이 저항했다면, 그는 해고는 물론이고 엄청난 금액의 영업 손실을 내건 회사 측의 민사소송에 말려들어가 파산하고 말 지경이었다.

그럼에도 불구하고 노조가 그리 하면 안 되는 일이었다. 조합원들의 권익과 신분을 보장해야 하는 게 노조의 가장 큰 소임이라고 해도, 그걸 위해 함께 싸운 동지의 목을 내걸 권리는 누구에게도 없었다. 그건 잔인하고 비인간적인 일이었다. 노동자가 노동자를 팔아넘기는 세상. 베르친은 그 안에 자신이 몸담고 있다는 사실이 끔찍했다.

베르친의 아버지는 평생토록 쇳밥을 먹는 철공소 노동자로 살았다. 잠자리에 들 때마다 머리맡에 둔 재떨이에 쇳가루가 섞여 나오는 시커먼 가래를 뱉었다. 고된 노동에 시달린 아버지는 퇴근 때마다 공장 앞의 선술집에서 돼지 껍질을 안주삼아 싸구려 럼주를 마시고 흥건히 취해 돌아왔다. 술에 취한 아버지는 으레 베르친을 불러 앉혀 놓고 한 글자도 틀리지 않는 훈계를 잊지 않았다.

“너, 어금니 꽉 깨물고 공부 열심히 해라. 공부 열심히 해서 너는 아버지 같은 노동자로 살지 말아라.”

베르친은 아침마다 아버지가 뱉은 가래침이 진득거리는 재떨이를 물로 닦으며 어금니가 으스러지도록 깨물며 다짐했었다. 아버지 같은 노동자로는 살지 않겠다고. 어떻게든 눈부시게 흰 와이셔츠에 넥타이를 매고 펜대를 굴리며 살겠다고.

그런데 지금 생각하면 그건 잘못된 가르침이었다. 노동자 아버지가 자식에게 노동자가 되지 말라고 가르치는 세상에서 어떻게 노동자가 이길 수 있겠는가.

베르친은 저 말고도 수많은 노동자들이, 노조의 간부들이 그런 아버지의 가르침을 받으며 산 것을 알고 있었다. 거리에 나가 지금도 머리에 띠를 두르고 절규하며 싸우는 노조원들 가운데서도, 적지 않은 노동자들이 그 아버지의 가르침을 따르기 위해 싸우고 있는 게 현실이었다. 지금의 굴욕을 참고 견디며, 한시라도 서둘러 과장이 되고 부장이 되어 노동자의 신분에서 벗어나는 욕망을 한처럼 가슴에 품고 싸우고 있는 것이다.

실제로 그런 사람들 가운데 운이 좋게 자신의 뜻을 이루어 부장 자리도 꿰차고, 드물게 사장이나 경영자 자리까지 오른 사람도 있었다. 그런데 슬프게도 그런 사람일수록 노동자로 살았던 지난 시절의 한풀이라도 하듯 노동자들을 괴롭히는 데에 앞장섰다. 자신이 겪었던 노동자의 아픔과 약점이 어느 결에 그들의 무기가 되었다.

베르친은 적어도 그런 자가 되고 싶지는 않았다. 그는 아버지의 가르침을 거부하기로 마음먹었다. 거기에는 루반에 대한 채무가 그의 가슴 한구석에 저울추처럼 늘 무겁게 매달려 있었다.

지난 생각에 잠겨 있던 두 사람은 어색한 얼굴로 서로를 바라보았다.

"노동자가 무슨 힘이 있냐? 노동자의 힘은 노동자에게서 나오는 거라고 네가 말했잖아?"

베르친의 말에 루반이 입술을 뒤틀며 쓴웃음을 지었다.

"노동자의 힘은 개뿔."

"지금 노조는 그때와 달라. 미우나 고우나 노동자가 믿을 게 노조밖에 더 있냐?"

"난 돈을 믿기로 했어."

단호한 목소리로 잘라 말하는 루반을 베르친은 안타까운 눈으로 바라볼 뿐이었다.

"네가 섭섭해 하는 건 알겠지만, 유니온 페어가 먹고 튀는 걸 그냥 보고만 있을 순 없잖아. 네가 왜 이렇게 되었는데……"

"사모펀드가 돈놀이 하는 건 물고기가 물속에서 사는 것이나 다름없는 거야. 그걸 몰랐던 놈들이 멍청한 거지."

"문제는 유니온 페어는 빈손으로 은행을 집어 먹은 거야. 자기 돈은 1,700억밖에 없었어. 나머지 1조가 넘는 돈을 여기저기서 끌어댄 거라고."

"사모펀드가 제 돈으로 장사하는 거 봤냐? 돈이야 전주들이 태우는 거 몰라?"

한심하다는 얼굴로 루반이 베르친을 바라보며 퉁명스럽게 내뱉었다.

"적어도 그 가운데 6,350억에서 7,000억 이상이 까멜리아 놈들 거라고 보고 있어."

구체적인 수치까지 들이미는 베르친의 말에 루반의 표정이 조금은 진지해졌다.

"그만한 돈을 굴릴 큰손이 있다고 보는 거야?"

"6,350억이지만, 여기저기서 긁어모았겠지. 관리는 한두 놈이 했겠지만."

"계주 오야."

"그 펀드 가운데 S가 들어가는 두 개가 있는 거야."

그 말에 루반은 베르친이 건네준 메모지에 적힌 펀드 회사의 계좌를 심드렁하니 들여다보았다.

"뭔가 냄새가 나지 않아? 공대위에선 그 S자가 검은 머리 외국인들 계좌라고 보고 있어. 얼굴 까지지 않게 따로 관리하는 암호, Secret, 말 되지 않아?"

"그렇게 잘 알면서 왜 못 잡냐?"

"면상들을 봐라. 가만히 앉아서 당할 놈들이냐. 돈 있지, 빽 있지, 거기에 머리 잘 돌아가는 로펌들 끼고, 로펌은 검사, 판사 다 거느리고 있는데……"

"그 잘난 공대위며 노조는 뭘 하시고?"

"빠져나가지 못할 확실한 증거가 필요해."

증거라는 말에 루반은 코웃음을 치고 창밖만 내다보았다.

"의도가 뭔진 몰라도 까메리카 로펌 변호사가 너를 찾아왔을 땐, 뭔가 있지 않겠어? 솔직히 지금 네가 까메리카 눈에서 보면 뭐가 있냐?"

"내가 어때서?"

"뭔가 있어. 유니온 페어 일을 하던 까메리카 변호사가 유니온 페어 펀드 계좌를 캘 때는……"

"그래서 어쩌라고? 그만 둬?"

엇나가는 투로 루반이 버팅기자 베르친이 정색을 하며 목소리를 낮춰 이야기를 건넸다.

"일단 저쪽에서 시키는 대로 해. 저것들이 뭘 꾸미는지 알아낼 때까지."

나라 밖의 사모펀드에 집어넣을 돈이라면 덩치가 작지 않을 테고, 그런 돈을 태울 사람들이라면 쉽게 흔적을 남길 턱이 만무했다. 돈줄이 쉽게 드러날 리도 없고, 투자자의 신분을 생명처럼 보장하는 국제적인 펀드들이 어떠하다는 걸 루반도 모르지 않았다.

유니온 페어와 관련된 변호사가 의뢰한 일도 개운치 않았지만, 지금 루반에겐 질레를 저 지경으로 만든 노앙에 대한 반감이 더 컸다. 노앙을 잡는 함정이라면 일억이 아니더라도 한번 파헤쳐 볼 만한 일이라는 생각이 오랫동안 잊고 지낸 오기를 작동시켰다.

"난 몰라. 한 놈만 잡을 테니까."

"누구? 노앙?"

7

하루를 뭉그적거리던 루반은 베르친의 채근을 거듭 받고서야 마지못해 샤리를 찾아갔다.

"사우스웨스턴 기업이 'GMF Ⅳ S KAMELLIA Ⅰ' 하고 'GMF Ⅳ S KAMELLIA Ⅱ'에 300억, 200억, 까멜화로 집어넣었더군요."

루반이 건네는 서류를 받아든 샤리는 보조개가 살짝 패는 웃음을 지으며, 그걸 한 번 훑어보고는 이내 탁자 위에 내려놓았다.

"설마 이걸로 일억을 달라는 건 아니겠지요?"

기껏 알아온 정보가 성에 안 찬다는 샤리의 반응에 루반은 적잖이 기분이 언짢았다. 예상을 않았던 건 아니지만 면전에 대고 조롱하는 듯한 그녀의 태도가 자존심을 건드렸다. 불편한 기색을 눈치 챈 샤리가 차분한 목소리로 말을 이어나갔다.

"사우스웨스턴이란 회사가 펀드에 그만한 돈을 베팅할 만큼 여유가 있는 기업인가요?"

"그거야 세무서에서나 알 일이고요."

"실제 돈 주인을 찾아 주세요."

루반은 자신의 입에서 당장 유니온 페어와 노앙의 이름이 튀어나오려는 걸 꾹 눌러 참으며 그녀의 표정만 살폈다.

"할 수 있는 일이긴 한가요?"

"설마 제가 아무에게나 일을 맡겼겠어요?"

"숨기려고 작정한 돈이라면 찾기가 쉽지 않아요."

"드러내지 않고 해외로 펀딩을 하려면 어떻게 하냐고 여쭈어 봐도 될까요?"

처음과 달리 정중하게 묻는 그녀의 말에 루반은 당황스러워 선뜻 대답을 하지 못했다.

"그거야 방법이 없는 건 아니지만……"

"그 방법대로 찾아 주세요."

루반은 상대가 결코 만만찮다는 걸 온몸으로 느낄 수 있었다. 의자에 앉은 자세가 조금도 흐트러지지 않은 채 샤리는 묘한 웃음만 지으며 루반을 바라보았다.

샤리가 사우스웨스턴 기업의 뒤에 숨어 있는 실제 돈 주인을 찾으라고 했다는 말에 베르친은 그럴 줄 알았다는 듯이 고개를 끄덕였다.

"뭔가 감이 올 것도 같은데…… 히든카드를 손에 쥐겠다는 거 아니겠어?"

"펀딩만으로는 문제가 없지. 사모든 헤지펀드든 내 돈 내가 투자하겠다는 데야 뭔 잘못이 있겠어?"

"잘못이 없는데 얼굴을 숨기려 한다면? 둘 중의 하나지. 세금을 떼어먹든지, 아니면 얼굴이 알려지면 곤란한 분들이시거나."

"펀드에 돈 집어넣는 투자자들이야 돈 불려 달라고 맡기는 거고, 어디에 투자하느냐는 건 펀드사가 알아서 하는 거 아냐? 꼭 그 돈이 까멜리아은행 사들이는 데 들어갔다고 장담할 수 없잖아?"

모처럼 진지하게 나오는 루반의 태도에 베르친의 안색이 여느 때보다 눈에 띄게 밝아졌다.

"전에 말했잖아. 유니온 페어가 까멜리아은행 인수 승인이 나고서, 주금 납입 하루 전에 갑자기 투자자를 바꾸었다 이거야. 7,000억의 돈을 새로 만든 다섯 개 펀드로 따로 관리를 했단 말이야. 그것도 까멜화로 딱 100억 단위씩 아귀를 맞춰서. 그건 콕 찍어서 까멜리아은행에 베팅한 돈이라는 얘기 아니겠어?"

베르친의 설명에도 루반은 무언가 석연치 않은 표정이었다.

"그렇다 치고, 그 큰돈을 흔적을 남기지 않고 펀딩을 하려면?"

"그쪽이야 네가 전문이잖아. 가장 손쉬운 게 메릴린치 같은 해외 투자사들이 들여온 역외펀드에 집어넣는 거고, 그 다음엔 조세 피난처에 박아둔 돈을 베팅하는 거……"

"그런데 일단 뭉칫돈이 사우스웨스턴 기업을 거쳐서 들어갔다 이거야."

베르친과 루반은 이마를 맞대고 퍼즐을 풀 듯 조각난 단서들을 조립해 나갔다.

"검은 머리 외국인 얘기가 나오자, 국회에서 유니온 페어에 까멜리아은행 인수 자금 환전 문건을 요구했거든. 모두 외국계 은행 네 개에서 들어온 걸로 되어 있는데, 도이치방크만 빼고는 나머지 은행들은 별의별 이유를 대며 환전 내역 전표를 제출하지 않는 거야."

2005년 10월에 국회 요구로 까메리카 로펌이 '까멜리아은행 인수 자금 환전 관련 문건'을 마지못해 제출했는데, 환전 건수는 총 23건으로 밝혀졌다. 여기엔 도이치방크 9장, 외국환 매입 증명서 1장과 은행 확인서 1장만 기재되어 있었다. 6,000억을 주무르기에는 턱없이 모자란 건수였다.

"검찰이 조사했잖아. 전액 해외에서 들어온 자금이라고?"

"시늉만 하다 말았겠지."

"신문에 보니까 검찰이 열세 차례에 걸쳐 아흔 곳 이상을 압수해서, 900 박스가 넘는 서류와 50만 건이 넘는 이메일까지 뒤졌다고 나발을 불던데, 그 정도면 털 만큼 턴 거 아니겠어?"

"은행 밥 먹던 놈이 그것도 모르냐? 검찰이야 외국환 매입 증명서만 보고 해외에서 들어온 돈이라고 판단한 거지만, 그게 허점이 있다는 거 알잖아?"

베르친의 핀잔에 잠시 생각에 잠긴 루반이 눈이 반짝이며 빛을 낸다.

"돌려치기?"

"그래. 국내 은행에 선물환 계약을 하면 은행은 외국환 매도 증명서를 떼어 주게 되어 있잖아. 그러다가 나중에 달러로 환전하면 은행에선 다시 외국환 매입 증명서를 떼 주고."

"그래서, 국내 돈이 비행기도 안 타고 해외에서 들어온 것처럼 둔갑했다?"

소액주주인 개미들은 할 수 없는 일이지만, 웬만한 기업의 이름을 빌리면 가능한 일이다.

"그럼, 검은 머리 외국인 놈들 돈이 나가지도 않고 국내은행에 있었다?"

"그래서 암만 뒤져도 안 나오는 거야."

"그래서 해외에서 자금을 들여온 걸로 알려진 해외 은행들이 환전 내역 전표를 안 보여주는 게 투자자가 샐까 봐 그런 게 아니고, 아예 없으니까 그런 거라?"

"아직 헤드가 녹슬진 않았구만. 도이치방크만 깠지만 허당이잖아? 나머지도 다 허당이라는 게 드러나면 어케 되겠어?"

"누구 대가리에서 나왔는지 제법 괜찮은데."

계좌 추적에 일가견이 있다고 자부해 온 루반이 오랜만에 호적수를 만난 듯 눈빛을 빛냈다. 그런 그를 바라보는 베르친의 얼굴에 흐뭇한 웃음이 감돌았다.

"그럼 어디를 뒤져야 잡을 수 있을까?"

"국내 은행이라면 어디서 움직였을까? 이리 빼서 저리 넣으며 냄새를 풍기고 다니진 않았겠지."

"공대위 쪽 말로는, 국세청이 유니온 페어 펀드 3호, 4호 투자자의 상당수가 동일인이라고 발표했대. 그러니까 유니온 페어가 처음 들어와 사들인 부실채권과 부동산 펀드에 투자했던 자들이 번 돈을 가지고 까멜리아은행 사들이는 데 재투자했다는 말이지."

"안에서 돌렸구만."

"빙고! 우리 은행 안에서 다 주무른 거야."

"선물환 계약 내역!"

8

유니온 페어 까멜리아 대표이사 사무실은 벌써 한 시간 넘게 안에서 잠겨 있었다.

“그동안 주가 상승분도 있고, 배당금만으로도 적잖은 수익을……”

“우리는 경영인이 아니에요. 투자자들 돈을 늘려 주는 펀드라는 걸 잊지 말아요.”

얼굴이 붉어진 제임스 리가 격앙된 목소리로 마주 앉은 노앙을 질책하고 있었다.

“내셔널 시티즌 은행도 무산되고, HSBC 쪽도 날아갔소. 벌써 7년이 넘었어요, 7년.”

“그건 아시다시피 이쪽 여론이 좋지 않아서……”

“만날 사람들은 다 만났고, 커미션도 나눠 줄 만큼 다 나눠 줬는데, 무슨 여론을 말하는 겁니까?”

“까멜리아는 사정이 좀 다릅니다. 아직 로비스트라는 게 합법화되어 있는 것도 아니고.”

노앙의 말에 제임스 리는 코웃음을 치며 더 들을 필요도 없다는 듯 손사래를 쳤다.

“그러니 투자자들에게 좀 더 기다려 달라고 말하라는 겁니까?”

"그건 아닙니다만, 절차라는 게 있어서……"

"어떤 절차를 말하는 겁니까?"

"재무위에서 매각 승인이 나야……"

"그건 졸핀 씨와 다 이야기가 되어 있으니 염려 말아요."

"그렇게만 된다면야……"

말꼬리를 흐리는 노앙의 표정을 살피던 제임스 리가 날카롭게 따져 물었다.

"잘 안 될 수도 있다는 말입니까?"

"까멜리아의 정치판이 워낙 예측하기 어려운 터라, 눈치만 살피는 관료들은 언제 어떻게 변할지 모르지요."

"그래서요?"

"재무위에서 결정을 미룰 수도 있습니다."

그 말에 제임스 리가 의미심장한 웃음을 지으며 노앙을 바라보았다.

"사람은 변할 수 있겠지만 황금은 변하지 않는 겁니다."

"하지만 황금이 사람을 변하게 할 수도 있지요."

공손히 두 손을 모으고 있던 노앙이 모처럼 목소리를 높였다. 그의 말에 언짢은 표정을 짓던 제임스 리가 책상 위에 얹힌 대표이사의 명패를 만지작거리다간 훌쩍 자리에서 일어나 밖으로 걸어 나갔다.

혼자 남은 노앙이 장에서 술병을 꺼내 잔에 따랐다. 자신을 향한 칼날의 서늘한 기운이 목줄기에 느껴졌다. 그것은 단호하고, 생각보다 빠르고 가깝게 다가오고 있었다. 입안으로 들이킨 스트레이트 양주가 목젖을 뜨겁게 적셨다. 지나온 길들이 파노라마처럼 그의 눈앞을 스치며 지나간다. 여기까지인가.

노앙은 지난 노정들을 후회하지 않았다. 무엇보다 그가 불만스럽게 생각하는 것은 아직 그가 마음속으로 품고 있는 야망들에 이르기엔 지금의 현실이 턱없이 모자라다는 사실이었다. 그는 아직 배가 고프고, 갈 길이 너무 멀리 남아 있었다. 여기에서 끝내려고 시작한 걸음이 아니었다. 그가 이 길을 위해 무엇을 포기하고, 버렸는지 남들은 알지 못할 것이다. 그는 자신의 길을 가로막는 모든 것을 희생했다. 그것이 자신이라면 자신도 버릴 각오가 되어 있었다.

오래전에 겪었던 수모를 그는 아직도 생생히 기억하고 있었다. 은행에 있던 시절에 금융관리원 임원들의 식사 자리에 불려가 인사를 나누게 되었다. 극진히 접대를 하고 나오는 자리에서 금관원 국장에게 허리를 굽히며 자신의 명함을 정중히 내밀었다. 툇마루에 걸터앉아 구두를 신으려던 국장은 그의 명함을 힐끔 훑어보고는 이내 반으로 접어서 구두 주걱 삼아 신발을 신었다. 그때 노앙은 숯불을 얹은 듯 얼굴이 벌겋게 달아오를 만큼 모욕감을 느꼈지만 비굴한 웃음을 지어 보여야 했다. 지렁이가 얼굴을 기어가는 듯한 웃음의 근질거리는 느낌을 그는 지금도 떨쳐 내지 못하고 있었다. 남의 명함을 구겨 신발을 신던 장본인이 졸핀이었다.

이제 공은 졸핀에게 넘어갈 모양새였다. 제임스 리의 말대로라면 졸핀이 재무위원장으로 들어갈 가능성이 컸다. 좌면우고하지 않고, 밀어붙이는 데는 이골이 난 인간이니까.

문제는 노앙 자신의 운명이 걸린 주가조작 사건의 재판이었다. 대법원에서 파기 환송된다면, 그가 어떻게 나올까? 유니온 페어 본사의 속셈은 이미 드러나 있다. 은행을 팔고 엑시트(탈출)하는 것밖에 없다. 그들이 전선에서 포로로 잡힌 자신을 구하기 위해 애를 쓰리라는 건 기대도 하지 말아야 할 것이다. 미국에서 펀드매니저를 하며 배운 것은 돈 앞에선 어떤 의리나 우정도 기대해서는 안 된다는 것이었다.

그 자신도 동정을 구하거나, 의리를 앞세울 생각은 애초부터 없었다. 적어도 자신을 버리고 가지 못하는 수를 찾아야 했다. 탈출하려는 유니온 페어의 퇴로는 어찌 되었든 재무위원회의 결정에 달려 있었다. 제임스 리도 그걸 알고 있으니 그 자리에 졸핀을 앉히려 움직였을 것이다. 그렇다면 졸핀이 쉽사리 움직이지 못하는 방도를 찾아야 한다. 그가 속한 모피아들의 약점을 잡아, 그들이 쉽게 자신을 버릴 수 없게 만들어야 하는 것이다. 모피아가 살려면 자신을 구해야 하고, 자신을 구해야 유니온 페어도 무사히 빠져나갈 수 있다는 메시지를 전해 주어야 할 것이었다.

노앙 일병 구하기. 잔에 남은 양주를 단숨에 들이켜고 난 노앙의 얼굴에 회심의 미소가 감돌았다. 언제고 그들의 이름이 박힌 명함을 눈앞에서 구겨 자신의 발뒤꿈치에 접어 넣을 날이 올 것이다. 오고야 말 것이다.

베르친이 전산실 직원을 협박 반, 회유 반으로 설득해 조회해 봤지만 사우스웨스턴 기업 명의로 된 선물환 계약 내역은 없었다.

일은 난관에 부딪쳤다. 뭔가 냄새는 났지만, 손에 잡히는 건 하나도 없었다. 안개 속을 헤매는 기분이었다. 일억이라는 돈의 문제가 아니었다. 유니온 페어나 까멜리아은행과 관련된 일에도 루반은 별반 관심이 없었다. 단지 노앙과 관련된 일이라면 그게 뭐든 들여다보고 싶었다. 어쩌면 그 속에는 질레의 문제도 끼어 있으리라는 막연한 느낌이 들었다.

질레의 행방은 여전히 오리무중이었다. 무소식이 희소식이라지만, 한번은 꼭 만나고 싶었다. 무엇이 그녀를 파괴시켰는지, 자신을 버리고 떠나 그녀가 맞이한 불행의 전말을 그녀의 목소리로 듣고 싶었다. 어쩌면 그것은 무엇이 그녀를 자신에게서 떠나게 했는지에 대한 오래 묵은 답이었는지도 몰랐다.

초조한 얼굴로 사무실 안을 서성거리는 루반은 아랑곳도 않고, 족제비는 벌써 몇 시간째 컴퓨터에 들러붙어 자판을 또닥거리고 있었다. 컴퓨터에서 흘러나오는 랩 음악 소리가 거슬려 루반이 마뜩잖은 눈으로 족제비를 째려보았다.

"뭐 하냐, 지금?"

"일기 써유."

음악에 맞춰 어깨를 건들거리며 족제비가 건성으로 대답했다.

"니가 뭘 한 게 있다고 일기를 써?"

"왜 읎슈? 날씨부텀 오늘 일어난 일, 돈 쓴 거……"

"그럴 시간에 미수금 받아올 생각이나 해라. 일기 쓴다고 돈이 생기냐, 밥이 생기냐?"

"아, 호랭이는 죽어서 가죽을 남기구 사람은 블로그를 남긴대잖유. 내두 요즘 이렇게 적어 놓지 않으믄 깜박깜박 혀유."

루반이 가소롭다는 듯 웃음을 지으며 빈정거렸다.

"거기다 내 욕 써 놓은 거 아냐?"

짐짓 컴퓨터를 훔쳐보는 시늉을 하자, 족제비가 재빨리 화면을 감추며 항변을 했다.

"아, 사장님은 프라비시두 몰러유? 글구 내 블로그는 아무나 못 봐유. 비공개유."

"보나마나 야동이나 잔뜩 올려놨겠지, 뭐."

야동이라는 말에 족제비가 야릇한 웃음을 지으며 은근한 목소리로 말을 건넸다.

"진짜 화끈헌 거 있는디 보실튜? 내 사장님헌티만 특별히 공개를 헐 게유. 잠 안 올 때 들이다보셔유."

루반이 한심하다는 얼굴로 웃어넘기고 만다.

"그나저나 은행에선 연락읎슈?"

없다고 하자, 족제비는 제가 외려 조바심을 내며 안달이다.

"전화래두 해 봐유. 맥놓구 앉아서 기다리지만 말구. 일억이유, 일억!"

"너도 돈, 돈 하다가 돌아 버리는 수가 있다."

"시방 까멜리아에서 돈이 아니믄 뭐가 있슈?"

옆에서 턱을 바치고 보채는 족제비에게 차분히 타이른다.

"생각을 해 봐라. 일억을 그냥 주겠냐? 뭔가 있어."

"있긴 뭐가 있슈? 있어 봤자 죽기백에 더 허겄슈."

덥석거리지 말고 신중하라는 말에 족제비는 불뚱가지까지 내며 언성을 높였다.

“사장님. 이런 말 안 헐려구 혔는디유. 지가 워찌다 이 짓 헌 줄 알유? 촌구석에서 돈 벌겠다구 올라와 나이트 삐끼부텀 노가다에 갈비집 빼박이까정 지두 안 혀 본 거 읎슈. 돈이란 게 참 허망혀유, 쌔빠지게 벌어두 손가락에 쥔 물처럼 남는 건 언제나 빈 손유.”

모처럼 풀어 놓은 제 이야기가 심란한지 족제비가 하던 이야기를 멈추고 착잡한 얼굴로 담배를 피워 물었다.

“느는 건 카드 빚에 돌려막기루 헐떡거리다가, 뱐 사장 돈까정 빌려 쓰게 된규. 아시잖아유. 버는 족족 이자 갚다가 벌렁 나자빠지니께, 뱐 사장이 신장 떼자구 달려들드라구유. 사정사정해서 뱐 사장 그 인간 밑에서 이 짓 허게 된규.”

술자리에서 벌써 몇 번이나 들어온 이야기를 족제비는 여전히 비장한 목소리로 늘어놓았다.

“은제까정 이러구 살 순 읎잖유. 지두 일억만 있으믄 고향 내려갈규. 여서 살라구 붙들어두 안 살규. 가서 장개두 들구, 소도 기르구…… 내두 폼 나게 살아 볼규.”

“누가 살지 말라고 했냐?”

일장 연설을 늘어놓는 족제비의 이야기를 건성으로 흘려들으며 루반은 족제비가 내어놓은 담배 갑에서 한 개비를 뽑아 물었다. 지금 그의 머릿속에는 샤리와 노앙의 관계에 대한 생각뿐이었다.

까메리카 변호사라면 까멜리아은행을 유니온 페어에 팔아넘기는 일에 모피아들과 눈과 배를 맞춰온 패들이었다. 유니온 페어의 실무격인 노앙이야말로 샤리에겐 떼려야 뗄 수 없는 카운터 파트너였을 것이다. 그런데 그녀가 어째서 유니온 페어의 돈줄을 캐려 하는 것일까.

"뭔 생각을 하는규? 일억 받을 궁리나 하시래니께."

"냄새는 나는데, 잡히지가 않네."

혼잣말처럼 중얼거리는 루반의 말에 족제비가 눈을 빛내며 달려들었다.

"뭔 냄새유? 아, 돈 냄새래면 증권 쪽 아니겄슈?"

"증권?"

"증권 찌라시 일을 하는 고향 친구 놈이 있는 디유? 냄새래믄 그쪽이 빠삭혀유. 김일성이 죽은 것두 정보부보담 먼저 알아낸 디유. 있잖유? 뽕 맞은 연예인덜 리스트부텀 스폰서루 돌려먹은 놈들 명단까정 증말 정보부 할애비래니께유."

담배 연기가 자욱한 사무실에는 여기저기 전단지와 신문들이 어지럽게 널려 있다. 머리가 덥수룩한 '찌라시' 업체 직원 반얄에게 들러붙어 족제비가 아까부터 무언가를 사정하고 있다.

"긍께 사우스웨스턴이라는 데가 워떤 회사이구, 오너란 놈이 워뜬 자냐, 요걸 알아봐 달라 이거 아녀?"

"응, 그려. 글구 내친 김에 가벼운 걸루 한 가지만 더 부탁헐 게. 샤리란 변호사 여편네와 노앙이란 놈이 요즘 뭘 허는지, 워뜬 사이인지 알아봐 줌 고맙겄어."

"근디, 단가가 을매짜린디?"

"네미, 친구끼리 뭔 단가여. 그냥 우정 출연으루 혀."

그 말에 반얄은 메모를 하느라 손에 쥐고 있던 볼펜을 책상에 내던지며 정색을 하고 목소리를 높였다.

"뭔 소리여? 여기두 엄연히 사업허는 디여."

"아, 삭막하게 사업은 뭐구 단가는 또 뭐여. 남두 아닌 고향 동무끼리."

"그러는 니는 워째 돈 안 갚는 채무자덜 장기는 빼다 판댜? 그것두 우정 출연여?"

"지랄! 산 채루 깝데기 벳기는 증권 바닥보담 차라리 인간적여. 낭중에 찐허게 한 잔 살 테니께 알아나 봐 줘."

"이게 보기보담 엄청 품이 많이 들어. 암만 친구래두 두 건이나 맨입으루 주문허는 건 여간 염치읎는 일인 중이나 알어. 내야 그렇다 치지만 애쓴 이덜 헌티는 낭중에 꼭 찐허게 한 잔 사야 혀."

이리저리 컴퓨터 자판을 두드려 보던 반얄이 신통찮은 얼굴로 족제비를 돌아보았다.

"벨 볼일 없는 인간인가 부네. 여그 족보에도 읎혀 있덜 않는 걸 보니."

"못 찾는 겨?"

"초등학교 때 따먹은 기집애 빤쓰 색깔두 찾아내는 디서 못 찾을 게 워딨어. 염라대왕 자지 사이즈두 알아내는디, 쫌만 지둘려 봐."

담배 한 대를 꼬나물고 반얄이 분주하게 이리저리 전화를 걸었다.

"응, 샤리. 까메리카 여자 변호사고, 노앙이란 것은 유니온 페어 까멜리아 대표이사를 해 먹었댜. 하여간 그것들이 관련된 건 죄 긁어모아 봐. 그려. 수고!"

그런 반얄이 하는 양을 신기한 눈으로 바라보던 족제비가 부러운 눈으로 물었다.

"시방 전화건 디가 워디여?"

"워디라믄 알겄어? 여서 전화 한 방 날리믄 일분 안에 수천 군데루 날아가. 뉴욕부텀 아프리카 나이로비까정!"

"돈두 솔찮이 벌겄네?"

"워쩌? 전업허려구?"

"암만 혀두 심각허게 생각 줌 해 봐야 쓰겄어. 가랑이 찢어지게 뛰댕겨 봐야 배 째라는 것덜 투성이구. 이 일두 쓰리디 중 하나래니께."

"배를 직접 째는 겨?"

"내는 좀 더 부드러운 디를 째지."

족제비가 제 아랫도리를 손으로 슬슬 문지르며 킬킬거리는 중에 반얄의 전화벨이 요란하게 울린다.

"으응, 그려. 소스가 워디여? 누구? 오렌지타운 곰보 아줌씨. 그려, 거그면 확실허지. 그려? 그 참 재미지네. 근디 요즘 둘이서 빠구리만 허는 겨? 으잉, 샤리, 그려? 여시구만 그려. 세숫대야가 좀 되나 부네, 그려. 수고!"

호기롭게 전화를 끊은 반얄이 두 손바닥을 붙여 보이며 족제비에게 전화 내용을 전했다.

"애인 사이랴. 오렌지타운 구석에 오피스텔 잡아놓고 정기적으루 붕가붕가를 허는 관계인디, 샤리 고것이 바샤 노인네허구는 수양딸 노릇허믄서 왔다갔다 헌댜."

"바샤?"

"그려, 부총리 해 먹든…… 근디 그것들이 뭘 헌다구 니덜허구 돈거래럴 헌다냐?"

"왔다갔다란 게 뭐여? 설마 수양아범허구 붙어먹는 건 아니겄지?"

"넌 생각허는 기 워째 시골 역전다방에서 양아치 노릇헐 때 허구 하나두 발전이 읎냐?"

"그러니께 왔다갔다 허며 뭘 허는지두 알아 봐 달라구."

"바빠."

"보니께 전화 한 통이믄 앉아서 삼만 린디, 허는 김에 말깜히 알아봐 봐."

"하여간 고향 앞세운 것들은 친구가 아니라 원수래니께. 알아보는 대루 전화헐 테니께 그런 중 알어."

숙소 삼아 묵는 변두리 여관방에서 애인과 한창 씨근벌떡거리며 뒹굴던 족제비가 요란스레 울어 대는 전화를 투덜거리며 받아들었다.

"요즘 것들은 꼭 결정적 순간에 전화질이래니께."

투덜거리던 족제비는 반얄의 전화인 걸 알고 팬티 바람으로 방바닥에 납죽 엎드려 무언가를 적기 시작했다.

"으잉, 사우스웨스턴 오나가 바게루인디, 원래는 금융관리원 과장 노릇해 먹다가 관두고 엠엔에이루 망해 가는 기업인 사우스웨스턴을 인수혔다. 명색이 신발 맨드는 회산데 본사 공장은 비워 놓고, 미국 지사에서 이따금 고철 같은 거 수입이나 한두 건 한댜. 그거야 빤한 전관예우에 기업 사냥질이니께 벨루 새롤 게 읎는 뉴스구. 따끈하니 귀가 솔깃한 신상 정보가 하나 있는디, 바게루가 그 부총리인가 장관인가 해 먹던 바샤 막내 동서다 이거구만."

"그 참, 신통허네. 며칠 새 그걸 워뜨케 알아냈댜?"

"여그가 프로여, 프로. 기냥 페이스북이니 이런데 까발리는 아마추어 애덜 허군 류가 다른 디여."

"참, 그러네. 근디 샤리 변호사 년은 뭐 줌 뒤져 봤냐?"

족제비의 찬탄에 반얄은 일단 헛기침부터 점잖게 내어놓고 한껏 고무된 목소리로 말을 이었다.

"그거 말여. 샤리란 것은 노양과 그렇구 그런 사인디, 요즘 노양이가 재판에 걸렸는디 암만혀두 콩밥 줌 먹을 거 같드라는 정보여."

"그려? 뭘루다? 설마 간통이나 물총은 아닐 테구."

"유니온 페어 주가조작 건으루 고법에선 이겼는디, 대법에서 되돌려 보낼 거 같다는디?"

"그럼 워찌 되는겨?"

"워찌 되긴, 좆 되어 부리는 거지."

"그럼 깔치는 그냥 독수공방으루 옥바라지허는 겨?"

"명색이 까메리카 변호산디, 놈씨를 워뜨케든 빼내려 애를 쓰지 않겄어?"

"뭘루다가. 아무리 까멜리아 법이란 것이 유전무죄 무전유죄라지만 그기 쉽게 되겄어."

"들어온 정보루는 그 수양아범인가가 부총리꺼정 해 먹었는디, 모피아 왕초랴?"

"모피아?"

"아, 재무성에서 힘깨나 쓰던 것들이 똘똘 뭉쳐서 나와바리 관리하는 거 말여."

"네미, 조폭두 아니구 공무원들두 나와바리가 있나베."

"검사부터 판사, 의사, 변호사…… 사자 들어가는 것들은, 허다 못해 촌 핵교 교사들에, 면사무소에서 인허가 도장 눌러 대던 동서기 주사들까정 전관예우라는 게 있는 거 몰러?"

"변호사까지는 알겄는디, 교사는 뭐여?"

"아, 퇴임 후에 애덜 수학여행 가는 여관방 영업부장 노릇허잖여."

"네미, 개털들만 하염읎이 쓸쓸허구만."

"세금 걷던 국세청 것들이 낭중엔 럼주 병뚜껑 회사루다 가는 게 뭔지 알어?"

"럼주 회사라믄 몰라두, 병뚜껑은 뭐여?"

"아, 병뚜껑으루다가 세금을 따지잖여."

"말하자믄 쁘로카 노릇을 허는 거네."

"쁘로카라구 허믄 그것덜이 기분 나빠 혀. 로비, 로비스트라구 혀야 혀."

"로비구 갈비구 간에, 네미, 드런 놈덜, 술맛 떨어지네."

옆에서 찰싹 달라붙어 통화 내용을 엿듣는 애인의 젖가슴을 공 주무르듯 하던 족제비가 뒤미처 생각난 듯 본론으로 돌아갔다.

"근디, 샤리가 그 모피아란 것들과 친하다 이거여?"

"그려. 모피아들 뒷돈 대고, 멕여살리는 게 로펌 아녀."

"그럼 노앙두 모피아덜 허구 짝짜꿍일 틴디, 워째 외론 처지가 되었을까?"

"션찮게 처먹였든지, 아니믄 서루 더 처먹겠다구 쌈박질이래두 벌였든지 뭔가 있겄지."

"그렇게 처먹구두 더 처먹어?"

그 말에 반얄이 혀를 차는 소리가 전화기를 타고 고스란히 전해왔다.

"넌 기러니께 변두리 사채꾼뱅에 안되는 겨. 조직이 커질수록 처먹는 것두 많아야 허는 겨. 저 혼자 처먹는 게 아녀. 위루두 바치구, 아래루두 나눠 주구. 사람이란 게 원래 먹는 거 가지구 의가 상허는 벱여. 존 대가릴 보믄 알잖여. 아랫것들 잘 걷어 먹이니께 팔자에 읎는 절간살이에 옥살이꺼정 허구 나와두 쫄개들이 여적지 하늘 뫼시듯 허잖여. 혼자 처먹은 물타우럴 봐. 병져 누워두 개미새끼 한 마리 얼씬거리덜 않잖여. 사람은 뭐래두 으리가 있어야 허는 겨."

"기러니께 지금 밥그릇 쌈이 벌어졌다 이거 아녀. 근디 정보는 확실헌 겨?"

"정성을 다하는 국민의 방송, 까비에스 까멜리아 방송보담 백 배는 정확하고 신속한 정보여."

"근디 뭔가 증거가 있어야 헐 거 아녀? 그냥 말루만 그렇다 허믄 되는 겨?"

"증거? 그건 니가 발루다 뛰어서 알아봐야지. 사진을 찍든가, 녹취럴 따든가."

"헌 김에 그것까지 서비스루 혀 주믄 안 되겄냐?"

"우린 앉아서 허는 일만 허지 오프라인은 안 뛰어. 음지에서 양지를 지향허는 기 우리 모토여."

"네미. 안 되믄 말지, 거창허기 철학꺼정 읊구 있네 그려. 그려, 알겄어. 뛰는 건 내 전공인께 워디 가랑이 찢어지게 뛰어 보지, 뭐."

전화를 끊고 나서 족제비는 크게 흡족한 듯 회심의 미소를 지었다. 옆에 껌처럼 들러붙어 있던 여자가 족제비의 웃는 모습을 보고 한껏 애교스러운 목소리로 물었다.

"오빠, 뭐, 좋은 일 있어?"

"응. 쫌만 지둘려 봐. 큰 걸루 한 건 헐 테니께."

"증말?"

콧소리를 내며 들러붙는 애인을 끌어안으며 족제비는 그윽한 눈길로 바라보았다.

"에찌야."

"오빠, 왜 그런 눈으로 봐. 징그럽게."

"니 오빠랑 결혼할텨?"

에찌라 불린 여자가 입을 비죽 내밀며 종알거렸다.

"결혼은 뭐 물 떠놓고 하나?"

"걱정 말어. 오빠두 한칼이 있어. 내가 누구여, 구멍만 있으믄 워디든 쑤시구 들어가는 족제비여. 잠시만 기다리라 이거여. 토탈 서비스루 서프라이즈헌 일을 해낼 테니께."

9

수영장이 있고, 잘 손질된 잔디가 깔린 정원에 화환들이 즐비하다. 교외의 한적한 별장에서 이름만 대면 다 알만한 명사들이 속속 모여들어 가든파티를 즐기고 있다.

까멜리아 전통 의상을 차려입은 바샤와 양복 차림의 손자가 손님들의 축하를 받느라 여념이 없다.

“총리님, 축하드립니데이.”

“뭘, 이제 박사 딴 걸 가지고.”

“그래도 하버드 박사가 어디 쉬운 일입니까? 세계에서도 영재들만 모아 놓은 곳인데.”

곁에 섰던 손님들이 입을 모아 손자의 박사 학위 취득을 축하하는 말을 늘어놓았다. 몇 걸음 떨어진 곳에 서서 그 모습을 지켜보고 있던 샤리가 곁에 선 졸핀에게 귓속말로 물었다.

“전공이 뭔가요?”

“이코노믹스. 절마는 이제 탄탄대로인 기라.”

“근데 몇 살이나 되었나요? 군대 갈 나이가 된 것 같은데.”

“미국 시민권자 아이가. 총리님 며느리가 임신 육 개월 때, 미국 가서 저아럴 낳았다 안하나.”

샤리가 씁쓸한 얼굴로 고개를 끄덕였다. 군함 침몰 사건이 벌어졌을 때 지하 벙커에 들어가 비상안보회의를 주재하던 정부 각료들 가운데 국방성 장관만 빼고 모두 이런저런 사유로 병역 미필자였다고 꼬집던 가십 기사가 생각났다. 그 가운데 한 인물이 어느 공중파 방송에 나와 "요즘 병사들의 복무 기간이 짧아 전투 능력이 현저히 떨어져 안보상 큰 허점을 드러내고 있다"며 발을 굴러가며 개탄하던 장면도 떠올랐다. 그이는 공부를 하느라 나이가 많아 군대를 가지 않았고, 그의 두 아들도 이빨이 고르지 않다는 이유로 병역을 면제받았다는 사실을 그녀는 알고 있었다.

한때 대학의 학보사에서 선배들과 철학 스터디를 하던 시절의 기억들이 아련하게 떠올랐다. 밤늦도록 필사한 사회과학 책을 읽으며 토론하는 자리에서 목소리를 높이며 부의 축적과 지배 권력의 부패를 질타하던 자신의 모습이 생경한 느낌으로 눈앞에 어른거렸다.

남들은 손가락질을 할지 몰라도 그녀의 마음속에는 여전히 정의에 대한 뜨거운 열망이 잉걸불처럼 남아 있었다. 세상을 바꾸려면 무엇보다 힘이 있어야 한다는 사실을 그녀는 살아오면서 뼈저리게 겪었다. 수많은 사람들이 몸에 불을 붙이고 옥상에서 뛰어내리고, 입에 인분을 먹으며 절규해도 세상은 언제나 힘 있는 자들의 몫이었다. 들불처럼 일어선 민중의 저항도 시간이 지나면 흔적도 없이 사그라지고, 소나기 피하듯 엎드려 있던 권세가들은 여전히 대를 이어 영화를 누렸다.

이따금 그녀는 남모르게 민주 열사 묘역을 찾았다. 황량한 바람 속에서 부스럼처럼 엎드려 있는 봉분들 곁에 주저앉아 싸구려 럼주를 마셨다. 그 가운

데는 그녀와 함께 운동을 하다가 분신한 선배들의 무덤도 이끼에 덮인 채 이곳저곳에 놓여 있었다. 그녀는 무덤 속의 선배들에게, 자신은 이렇게 맥없이 눕지 않으리라고 다짐했다. 힘을 얻어서 자신이 꿈꾸던 세상을 반드시 이루리라고 마음을 다지곤 했다.

그런데 날이 갈수록 그녀는 그런 다짐에 자신이 없어졌다. 힘을 얻기 위해서는 더 큰 힘에 굴복해야 하고, 그녀가 지금까지 얻었다고 믿은 힘은 그런 상대에 비하면 보잘 것이 없었다. 그녀가 노앙을 믿는 것은 그의 흔들림 없는 자신감이었다. 뉴욕에서 엠비에이 과정을 하며 만난 그는 그야말로 보잘 것 없는 사람이었다. 그러나 그의 눈에 담긴 야심과 열정이 그녀의 마음을 사로잡았다.

그는 만족을 모르는 사람이었다. 그것이 그를 끝없이 앞으로 나아가게 하고, 흔들리지 않게 하는 힘이었다. 그런 그가 이제 막다른 벽에 부딪친 것이다. 그녀는 그가 그 벽을 넘지 못할 것을 알고 있었다.

요즘 한창 인기를 끌고 있는 아이돌 여자 가수들이 정원에 마련된 가설무대에서 흥겨운 율동과 함께 노래를 부르고 있다. 등이 깊게 패인 드레스를 걸친 샤리는 손에 칵테일 잔을 들고 아는 얼굴들과 환담을 나누었다. 스티븐 호크를 비롯한 외국 인사들과 산체레 등의 금융계 관료들의 모습이 눈에 띄었다.

아까부터 샤리를 눈여겨 바라보고 있던 졸핀이 다가와 슬쩍 귓속말을 건넸다.

"오늘 참 곱데이."

"고맙습니다."

"노앙 대표는 무척 바쁜가 보대."

"글쎄요."

"그 양반 요즘 뭘 하고 다니나?"

졸핀의 물음에 그녀가 거북한 얼굴로 흘겨보았다.

"그걸 왜 제게 물으시나요?"

쌀쌀맞은 그녀의 답변에도 졸핀은 능글맞은 웃음을 지으며 치근거렸다.

"그러지 마라. 내도 듣는 귀가 있고 보는 눈이 있는 기라."

그때 손자를 앞세우고 손님들을 돌아보던 바샤가 다가오자 졸핀이 달려가 허리가 꺾어지게 절을 올렸다.

"왔나. 요즘 뭐 하나?"

"좀 쉬고 있습니다."

그 말에 바샤가 안되었다는 얼굴로 혀를 찼다.

"고생 많데이. 힘든 일은 다 맡아 하고, 욕만 바가지로 먹고……"

"이럴 줄 알았으면 기냥 은행이 넘어가든, 나라가 휘청거리든 몰라라 하고 봉급이나 타먹으며 납작 엎드려 있을 걸 그랬다는 생각이 쪼금은 듭니다."

그런 그에게 바샤가 슬쩍 눈을 흘기며 한 마디를 건네 붙였다.

"나랏일 하는 사람이 그라믄 쓰나? 욕을 먹더라도 할 일은 해야 안하나?"

"예, 예."

"쫌만 기다리 봐라. 좋은 일 있을 기다."

그 말에 기다렸다는 듯이 졸핀의 허리가 구십 도로 꺾어졌다.

바샤가 자리를 옮긴 뒤, 졸핀이 다시 샤리에게 다가와 말을 붙였다.

"샤리 변호사가 요즘 노앙 대표 하고 무슨 일 하고 다니는지 대충은 안다. 마, 줄 잘 스그라."

은근한 목소리로 말을 건네던 졸핀이 그녀의 팔목을 슬그머니 쓰다듬었다.

"니, 내한테도 잘 쫌 해 봐라."

앞서 자리를 뜬 바샤 쪽을 눈으로 가리키며 샤리가 교태 어린 눈웃음을 지어보였다.

"어르신도 같은 말을 하시던데…… 두 분이 무슨 약속이라도 하셨나 봐요."

그 말에 졸핀이 당황하며, 쓰다듬던 그녀의 팔목을 슬그머니 내려놓았다.

"먼저 잘 좀 해 주시면 안 되나요?"

샤리가 그의 팔을 붙들며 콧소리 섞인 목소리로 아양을 떨었다.

"낼 경제 수석하고 골프 치러 가는데, 같이 가자."

"찌라시에 도는 말을 믿어도 되냐?"

루반이 전하는 이야기를 듣고 난 베르친이 반신반의한 얼굴로 고개를 갸웃거렸다.

"이 나라에선 유언비어가 뉴스보다 정확한 거 몰라?"

"좋아. 그게 사실이라면…… 사우스웨스턴을 내세워 돈을 태웠다 치면……"

"환치기."

환치기란 말에 베르친은 어이없다는 표정으로 대뜸 고개부터 내저었다.

"역외펀드도 있고, 조세 피난처도 있는데, 그런 손쉬운 방법을 두고 환치기를 했을까?"

"손쉬운 게 불안할 수도 있지. 남들이 다 아는 방법으로 큰돈을 움직이는 걸 조심스러워할 수도 있잖아. 펀드라는 건 어쨌든 투자자 명단이라는 게 남게 마련이고, 흔적이 남게 되는 게 꺼림칙할 수도 있지."

"환치기도 그 큰 금액을 차떼기로 주고받을 수는 없잖아."

"일단 사우스웨스턴을 내세워 미국에서 돈을 태우고, 여기에서 기업 간의 정상 거래처럼 주고받았겠지."

"물건 값이든, 채무든 그 정도 뭉칫돈이 움직였다면 어딘가에 흔적이 남아 있을 텐데."

베르친은 여전히 미덥지 않은 표정이다.

"일단 2003년 전후로 사우스웨스턴과 관련된 금융 거래 내역을 뒤져 봐. 어딘가에 있을 거야."

"또 뒤져?"

"은행을 지키겠다며? 검은 머리 외국인을 잡으면 게임 오버라고 하지 않았어?"

자신이 했던 말을 루반이 빈정거리듯 되뇌자 베르친은 무어라 더 대꾸를 할 수 없어 입맛만 쩍쩍 다셨다.

"기자회견이나 하고, 길거리에서 머리에 띠 두르고 악만 쓰지 말고 일 좀 해라. 제발."

"너나 잘해."

베르친은 루반과 헤어지자마자 곧바로 전산실로 향했다. 홍게 대리는 거듭된 부탁에 난감해 하면서도 은행 매각을 막기 위한 일이라는 말에 마지못해 응해 주었다.

"사우스웨스턴 거래 내역은 없는데요?"

"몇 백억을 내지르는 회사가 금융 거래 내역이 없다?"

의아해 하는 베르친에게 홍게가 어느 무렵이냐고 물었다.

"2003년 전후로 뒤져 봐."

"2003년요?"

기억을 더듬던 홍게가 무언가 생각이 난 듯 혼잣말처럼 중얼거렸다.

"그 무렵 자료가 유실되어 시끄러운 적이 있긴 했는데……"

"유실되다니?"

"쉬쉬하면서 내부에서 처리한 사안이라 밖에선 모를 거예요. 2003년 당시에는 몰랐는데, 나중에 감사 준비하다가 알게 되었대요. 그 일로 금융관리원에서도 사람들이 들락거리고 행장님과 담당 부서장들이 모여 대책 회의도 몇 번 연 걸로 알고 있어요."

"난 금시초문인데……"

"저희도 잘 몰라요. 삭제된 자료가 뭔지는 모르지만 일단 지금 서류상으로는 하자가 없어요."

"뭔가 켕기는 게 있으니 말끔히 지우려 했구만. 그때 담당이 누구였는데?"

"루엘 차장님요."

"루엘 차장?"

루엘이라는 말에 베르친의 표정이 굳어졌다. 루엘이라면 까멜리아은행 매각에 결정적 역할을 한 팩스를 금융관리원에 보낸 장본인이었다. 그 공으로 계약직이었던 루엘은 정식 직원이 되어 재무기획부 차장 자리까지 올라갔지만, 주변의 곱지 않은 눈길을 견디지 못하고 스스로 사표를 던지고 직장을 그만두었다. 그리고 암 투병을 하다가 이태 만에 세상을 떴다.

"나중에 들은 소리로는 루엘 차장이 지웠다는 말이 있었어요. 확인된 사실은 아니고요. 떠돌아다니던 말이라서 믿을 건 못 되지만."

"루엘 차장이 왜?"

"모르죠. 그땐 벌써 돌아가시고 난 뒤니까 회사에서도 그냥 덮은 거 같아요."

사우스웨스턴 오너가 바샤의 동서라는 '찌라시' 정보가 베르친의 머리를 스쳤다. 무언가 이 일의 이면에는 음침한 힘들이 도사리고 있는 느낌이 들었다. 바샤 정도라면 무슨 일을 못하겠는가.

질레가 갈만한 곳들을 수소문하고 다니느라 루반은 날이 저물어서야 사무실로 돌아왔다. 추심을 나갔는지 족제비도 뵈지 않고 텅 빈 사무실은 을씨년스럽기만 했다. 어디에서든 무탈하게 지내면 되지. 속으로 그리 생각하면서도 여전히 그의 마음은 질레에게 향해 있었다. 요즘 들어 머릿속이 헝클어진 짚을 쑤셔 넣은 것처럼 뒤숭숭하여 꿈자리도 사나웠다. 사무실에 앉아 서류들을 만지던 은행원 시절이 새삼 그리워졌다. 안온하던 지난 시절로 돌아갈 수 있다면……

주머니 속에서 울어 대는 전화가 부질없는 생각에 빠져 있던 루반을 들깨웠다. 전처였다. 올려 달라는 전세금을 어쩔 것이냐는 채근에 루반은 기어이 목소리를 높이지 않을 수 없었다.

"내가 다 알아서 해결할 테니 애 뒷바라지나 잘해."

갈라선 뒤에도 여전히 전처의 꽁알거리는 잔소리를 듣는 것은 견디기 힘든 일이었다.

"시합이 며칠 안 남았잖아. 쓸데없이 돈 벌겠……"

말도 다 하기 전에 전처는 전화를 툭 끊어버렸다. 매사가 늘 그런 식이었다. 하고 싶은 말만 하고, 이편의 이야기는 들으려고도 하지 않는…… 울화가 치밀어 들고 있던 전화기를 집어던지려는데, 다시 전화벨이 울렸다.

"말도 안 끝났는데 왜 끊어?"

버럭 소리를 지르던 루반은 상대가 베르친임을 알고 멀쑥해졌다.

"제발 욱하지 좀 마라."

"됐고. 찾으란 건 찾았어?"

무어라 한 마디 덧붙이려던 베르친이 한숨을 길게 내쉬었다.

"깔끔하니 지웠더라."

"지워? 누가?"

"루엘이."

"루엘? 왜?"

"모르지. 꽁생원 같은 걔가 혼자 할 일은 아니고, 위에서 누군가 시켰겠지. 전부터 금융관리원에 자주 드나들더라고."

"근데 왜 지우냐고?"

"뭔가 구린 데가 있었나 보지. 걔, 성격 너도 알잖아? 시키는 대로 하는 거."

답답하다는 듯이 루반이 목소리를 높여 전화기에다 소리친다.

"증거는 있어?"

"다 지워 버렸는데, 뭔 증거?"

"거래 내역을 맘대로 지울 수 있는 거야?"

"뭔가 냄새는 나는데, 대놓고 몰아세울 입장도 아니잖아?"

"노조 쪽에서 할 수도 있잖아?"

"명분이 없잖아. 고객 뒷조사를 하는데 필요하다고 할 수도 없는 일이고."

"맨날 머리에 띠 두르고 악만 쓰면 뭐하냐? 그런 거 하나 해결 못하고."

"거기서 노조가 왜 나오냐?"

자꾸 일이 꼬여 가는 기분에 루반은 애꿎은 베르친에게 화풀이를 했다.

"사람이 죽으면 빚만 남는 법이라더니…… 죽은 사람한테 몽땅 뒤집어씌우는 거구만."

"그 친구 워낙 소심하잖아. 윗대가리들이 죽으라면 죽는 시늉도 하는 캐릭터잖아. 생각을 해 봐. 몇 백억이나 되는 사우스웨스턴 돈만 거래 흔적을 쏙 빼 버린 게 단순히 실수겠어?"

"그이한테 무슨 이야기를 들은 거 없어?"

"그 친구 그만둘 때까지 거의 혼자 지냈어. 같은 부서 직원들과도 잘 어울리지 않는 스타일이었거든. 팩스 문제가 드러나면서는 말 건네는 사람도 없어졌지만."

"그래도 가까이 지낸 사람이 있을 거 아냐?"

그 말에 베르친이 뒤미처 생각이 난다는 듯 입속말로 중얼거렸다.

"베누가 좀 챙기긴 했지."

"주정뱅이 베누?"

사내에서 술꾼으로 소문난 베누는 루엘과 같은 부서에 있었다. 술만 사 준다면 누구라도 기피할 베누가 아니었다. 그런 사람에게 들을 만한 이야기가 있을 리 만무했다.

"그만둘 때까지 그래도 루엘 차장과 말을 섞고 지낸 건 베누뿐이야."

"베누는 어떻게 지내는데?"

같은 부서에도 있었지만 술을 좋아하던 베누는 소심한 루엘이 팩스 건으로 사내에서 따돌려져 괴로워할 때마다 그의 입장을 동정해 유일한 술친구가 되었던 사이라고 했다. 루엘 차장이 그만둔 뒤에 베누는 카드사로 전보되었다가 문자로 해고 통지를 받고 그만두었다고 한다.

"은행 관두고 지금 뭐 하는데?"

"부듯가 어디서 개를 기른대."

"개?"

베르친을 앞세우고 찾아간 개 농장은 부듯가 외곽의 후미진 산자락에 들어앉아 있었다. 비릿한 개 냄새가 먼저 그 위치를 말해 주었다.

칸칸이 시멘트 블록으로 욕조처럼 만든 견사마다 빼곡하니 개들이 들어앉아 있었다. 컨테이너를 개조해 만든 허름한 창고 앞에서 베누는 옹기종기 엎드려 있는 강아지들을 붙들고 뭔가를 하고 있었다.

차에서 내려 다가가도 베누는 힐끔 이편을 한번 돌아볼 뿐, 하던 일을 멈추지 않았다. 공기 펌프 주입구를 강아지 귀에다 대고 힘껏 누를 때마다 강아지는 비명을 지르며 마당에 나동그라졌다.

"뭘 하는 거야?"

"일해."

"자전거도 아니고 강아지한테 뭔 바람을 먹인대?"

베누는 들은 척도 않고 나머지 강아지들 귀에 바람을 다 넣은 뒤에야 자리에서 일어섰다.

"들어봐야 워디 살 될 소리가 있간?"

어느 한적한 시골 출신의 그는 뒤에 서 있는 루반을 돌아보곤 담배부터 청했다.

"뭔 일이래. 워디 야구 시합이래두 나가는 겨?"

그와는 사내 야구 동호회에서 어울리며 한때 술병깨나 비운 사이였다. 감독 노릇을 자처했지만, 연습보다는 뒤풀이 자리에 술이나 마시러 오는 게 그의 주된 동호회 활동이었다.

"근데 강아지한테 뭘 하는 거야?"

"고막을 터뜨리는 겨. 소리를 들으믄 아무래두 신경을 쓰기 마련이구. 괜

시리 짖어 대느라 살뺵에 더 내려? 캄캄한 개장에서 보는 것두 읎구, 듣는 것두 읎으니께 그냥 먹는 족족 백 퍼센트 살루 가는 겨. 딴 디서는 오 개월을 멕이지만 난 삼 개월이믄 출하를 혀. 개장사는 사료 값에서 쇼부나는 겨."

그러고 보니 욕조 같은 개장에 움푹하니 갇힌 개들은 인기척이 나도 어느 한 마리도 짖지를 않았다. 마당에는 사납게 생긴 개 두 마리가 필시 얼마 전에 잡고 남은 개의 것으로 뵈는 뼈다귀를 분주히 뜯고 있었다.

"아무리 그래도 그것들도 생명을 가진 건데……"

베르친이 떨떠름한 목소리로 한 마디를 건네자, 베누가 마당에 놓인 숫돌에 칼을 갈며 퉁명스레 대답을 내어놓았다.

"생명은 무신? 개는 개여. 그러잖아두 메칠 전에 동물 애호단인가 뭔가 허는 것들이 찾아왔더라구. 개 잡는 사진을 찍는다나? 근디 저것들이 얼매나 짖어 대며 달려드는지 그것들이 카메라두 못 꺼내구 꽁지가 빠지게 도망갔대니께."

언젠가 제 목을 자를 칼을 가는 주인에게 연신 꼬리를 흔들기 바쁜 개를 보며 베르친이 한 마디 했다.

"개새끼는 개새끼네. 저 잡아먹을 줄도 모르고 꼬리 흔드는 꼴이라니."

"개 무시하지 말어. 돈만 주믄 즤 애비두 때려쥑이는 인간들보담 얼마나 인간적인디. 개가 들으믄 섭섭해 혀."

베누는 아침에 잡은 개에서 낸 것이라면서 벌건 개 간을 안주로 내오며, 서둘러 술병의 마개를 열었다.

"야구 시합하자고 찾아온 건 아닐 테고."

그간의 사정을 대충 추슬러 듣고 난 베누가 엽차 잔에 가득 따른 럼주를 한입에 털어 넣으며 이맛살을 찌푸렸다.

"루엘은 억울하게 죽었어."

뜬금없는 말을 내어놓고 베누는 다시 빈 잔에 술을 따랐다.

"팩스란 거 말여. 그거 루엘이 만든 게 아녀."

"그럼 뭐야?"

"그이가 엄청 소심허잖여. 그런 짓을 할 배포두 못 돼."

그러면서 그는 루엘이 죽기 전에 제게 했다는 이야기를 들려주었다.

"그 팩스란 걸 지 손으로 보내긴 했지만 지가 작성한 게 아니랴. 어느 날, 뜬금없이 노앙이 찾아왔대. 본부장이 식사나 하자고 해서 무슨 요리 집에 갔더니 거기 떡하니 노앙이 앉아 있더라는 거여. 노앙이야 예전부터 알던 사이고, 본부장이 다리를 놓아 마련한 자리이니 그냥 벌떡 일어설 수가 없었댜. 그 자리에서 다섯 장짜리 문건을 건네주더래. 그랴, 까멜리아은행 비아이에스(BIS) 그거 적힌 거 말여. 그걸 가만히 들여다보니께 비아이에스 수치가 터무니없이 낮드랴. 그래, 암만 루엘이래두 이건 아니다 싶어 난처해 하니께, 노앙이 모건인가 뭔가 국제적인 디서 맨든 것이라며, 믿을 만한 거다며 약을 치드랴. 그래두 그이가 은행 밥 한두 끼 먹은 게 아니잖여. 이건 좀 너무 아니라구 말혔더니, 노앙이 허는 말이, 은행 대출 손실이 최악일 경우 1조7,000억꺼정 될 수 있는디, 만약 그리 되믄 비아이에스가 6퍼센트에서 4퍼센트꺼정 떨어질 수 있다드랴. 그랴믄서 루엘헌티 괜히 낙관적으루 보고혔다가 낭중에 그 책임을 감당헐 수 있겠느냐며 샤시를 막 주드랴. 옆에 있던 본부장두 해외 투자가 무산될 경우를 대비해 방어적인 판단이 필요허다구 거들구 나서구."

베누의 말을 듣고 있던 루반은 자신도 모르게 움켜쥔 주먹에 힘이 들어갔다. 그의 불같은 성격을 아는 베르친이 힐끔거리며 안색을 살피느라 여념이 없었다.

"한 마디로 짜고 친 포커 판이구만. 사기꾼들이 따로 없네."

베르친의 말에 베누가 술잔을 거푸 비우며, 노앙이 루엘을 어르고 달래던 장면을 몸짓까지 섞어가며 들려주었다.

"깡드시한테 약속해서 은행은 넘어가게 되어 있다며, 어차피 넘어갈 거라면 제대로 살려 보자고 꼬이드래. 그 말에 루엘이 정말 이대루 하믄 은행을 살릴 수 있겠냐고 했더니, 은행이 문제가 아니라 잘못허다간 나라가 넘어질 판이라며, 아이엠에프를 또 겪게 헐 수는 읎잖냐구 허드래."

"어이구, 애국자 나왔네."

베르친이 베누의 말에 뒵들이를 하며 맞장구를 쳐 주자 술이 얼큰해진 그가 목소리를 높이며 본격적으로 이야기보따리를 풀었다.

"아무리 그랴두 은행이 아직 그럴 정도는 아니잖느냐고 허니께, 노앙이 허는 말이, 금융은 생물이라면서, 어렵다고 소문이 나면 그때는 이미 늦는 거라구 겁을 주드래. 그러믄서 행장이나 금융관리원 쪽하고도 다 야그된 일이니께 그냥 팩스만 금융관리원으루 넣어 주믄 된다 허드래. 그랴 루엘이 옆에 있는 본부장 눈치를 보니께, 이이가 허는 말이, 질질 끌다가 카드가 터지믄 그냥 앉아서 다 죽는다, 마침 장기 투자를 허겠다는 새 주인이 나타났으니 이 기회에 글로벌헌 금융으로 살려야 되지 않겠느냐며 북을 쳐 대드랴. 그러니

저두 더 이상 버틸 재간이 읎드라 이거여."

결국 루엘은 노앙이 시키는 대로 그가 건넨 문건을 팩스로 금융관리원에 넣었다는 것이다. 무엇보다 은행을 살리는 일이라는 말에 더 이상 마다할 수가 없었던 루엘은 은행이 넘어가고, 얼마 되지 않아 구조 조정이라며 직원들 목을 자르는 걸 보며 무언가 이게 아니다 싶었지만 그땐 이미 때가 늦었던 것이다. 유난히 소심했던 루엘은 죄책감에 시달리며 술로 버티다가 결국 병까지 얻게 된 것이라고 베누가 침통한 목소리로 말을 이어나갔다.

"노앙헌티 이용만 당허구, 은행 팔아먹었다는 욕만 배터지게 먹었으니 견딜 재간이 있었겄어?"

듣고 있던 루반이 분을 못 참아 남의 일처럼 이야기하는 베누에게 한 마디를 쏘아붙였다.

"당신은 그런 사실을 듣고도 가만히 있었어?"

"증거 있어? 그리고 얼마 안 있다 루엘이 죽은 겨. 들은 말뿐에 읎는데, 그걸 워디에다 혀? 헌다구 믿어 주겄어? "

"그럼, 사우스웨스턴 거래 자료는?"

베르친이 험악한 분위기를 돌리려는 듯 사우스웨스턴 이야기를 꺼내 놓았다.

"것두 시키는 대로 했을 겨. 이미 그땐 루엘 차장두 낚시 바늘에 목구녕을 꿴 처지였거든. 적어두 남들 야그허는 대루 루엘 차장이 돈이나 자리를 탐내서 그런 짓을 허지 않은 건 확실혀. 그이야말루 기냥 시키는 대루 헌 죄밖에 읎는 사람여. 그리구 욕은 지가 다 먹구. 오죽허믄 스스로 자리를 내놓고 나왔겄어. 그 스트레스가 병이 된 겨."

"노앙, 이 인간."

불끈 일어서려는 루반의 소매를 잡아 앉히며, 베누가 혼잣말처럼 중얼거렸다.

"노앙은 암것두 아녀. 것두 바지 사장일 뿐여. 진짜 죽일 놈들은 따로 있다니께. 그건 자네들두 잘 알 거 아녀."

"개장사가 더 잘 아네."

"돈 팔아먹는 놈들보담 개 팔아먹고 사는 게 훨 나은 겨. 개 비린내 난다고 손가락질하지만, 돈 만지는 놈들한텐 피 비린내가 나. 기냥 산 채루 뜯어먹잖여."

자조 섞인 웃음을 지으며 베누가 다시 새 술병의 목을 비틀어 빈 잔을 채웠다.

"내가 워째 짤린 중 알어?"

"술주정뱅이가 안 짤리는 게 이상한 거 아냐?"

"술로 치자믄 웃것들이 더 처먹으믄 더 처먹지, 럼주 병이나 비우는 나를 비허겄어?"

술잔에 가득 채운 럼주를 한입에 비우고 나서 베누는 피가 묻은 개 간을 손가락으로 집어 입에 넣었다.

"루엘 땜여."

"그건 또 뭔 소리야?"

"내가 루엘 차장헌티 들은 소리가 즉잖은께 그기 꺼림칙혔겄지. 내가 술은 좋아혀두 입이 무거운 사람여. 그이헌티 들은 소리 워디 가서 술김에두 한 매디럴 허투루 흘리질 않았어. 근디두 그것들은 맴이 편치 않았던 겨. 카드루 날리드니 목을 자른 겨."

"그걸 알구두 가만 있어?"

입가에 묻은 피를 손등으로 훔치며 베누가 술기 오른 몽롱한 눈빛으로 말을 이어나갔다.

"관두구 놔서 회사 법무팀 것들이 찾아왔드라구. 워디 가서 근거 없는 소리 함부루 떠들구 다니믄 형법 몇 조 몇 항, 뭔 죄루 콩밥 멕인다구 어르더라구. 그리구 위로금이란 걸 놓구 가드만."

먼 곳을 바라보며 혼잣말하듯 이야기를 내어놓는 베누의 얼굴 위로 쓸쓸한 그늘 같은 것이 짙게 덮여왔다. 무어라 한 마디 하려던 루반은 그 얼굴을 바라보다간 이내 앞에 놓인 술잔만 집어 들고 왈칵 들이켰다.

"그걸루 이거 시작헌 겨."

베누는 먹다 남은 개 간 한 조각을 곁에서 쪼그리고 앉아 꼬리를 흔드는 개들에게 던져 주었다. 덩치가 소만큼 큰 개들은 그걸 입에 넣으려 다투어 달려들었다가 곧 이를 드러내고 으르렁거리며 서로를 물어뜯고 싸우기 시작했다.

종이에 적힌 계좌를 들여다보며 골똘히 생각에 잠겼던 루반이 느닷없는 벨소리에 놀라 전화를 받아들었다.

"아이고, 과장님, 별고 없으셨어요? 무슨 일로 전화까지 주시고……"

생각지도 않은 금융관리원 전화였다.

"요즘 엉뚱한 짓하고 다니시대."

"엉뚱한 짓이라니요?"

"당신 사채업자 아니요?"

"맞습니다요."

"사채업자가 남의 뒤나 캐고 다녀?"

"무슨 말씀인지?"

"경거망동하지 말고 얌전히 있으라고. 지난번 불법 추심 건까지 다 까뒤집기 전에."

전화를 끊고 나서 얼굴이 굳어진 그를 바라보던 족제비가 이상한 낌새를 눈치 채고 연유를 물었다.

"워디유?"

"주티 과장."

"주티 과장유? 금융관리원 깐족이? 그 인간이 워째 전화래유?"

족제비의 말에 대꾸도 않고 루반이 뭔가 석연치 않은 얼굴로 생각에 잠겼다.

"도망간 반 사장, 그 씨벌 놈이 뭔가 찌른 거 아뉴?"

"금융관리원까지 나섰다?"

그때 사무실 문이 벌컥 열리며 예고도 없이 루반의 전처가 들어섰다. 사무실 안을 일별한 그녀는 여기저기 널린 술병을 보고는 이맛살을 잔뜩 찌푸렸다. 루반과 눈이 마주치자 그녀는 대뜸 언성부터 높였다.

“당신, 또 뭔 일을 벌이는 거야?”

“일은 무슨.”

“벌써 잊었어? 그 잘난 은행에 뭐가 미련이 남았다고 또 거기에 끼어들어?”

루반이 구석진 자리에 앉아 눈치를 살피는 족제비를 째려보았다.

“난, 아뉴. 난……”

눈이 마주치자 족제비가 당황하여 다급하게 손을 내저으며 얼버무렸다.

“전세금은 어쩔 거예요?”

두 사람이 언쟁을 벌이자 족제비가 슬그머니 자리에서 일어나 밖으로 빠져나간다. 그걸 지켜보던 루반이 휴지통을 집어서 족제비에게 던졌다. 보기 좋게 뒤통수에 휴지통을 맞은 족제비가 죽는 시늉을 하며 투덜거렸다.

“아, 워째 내헌티 그류?”

10

"여기도 이제 못 오겠고마."

골프장 부근의 전통 음식점 방에 들어앉아, 땀에 젖은 겨드랑이를 물수건으로 닦아 내던 졸핀이 볼멘소리로 투덜거렸다. 맞은편에 앉아 있던 산체레가 고개를 끄덕이며 한 마디를 얹었다.

"개나 소나 골프채를 들고 몰려드니……"

"그만큼 먹고 살 만하다는 얘기 아니겠어요?"

경제 수석 바양테가 상 가득 차려진 음식들이 별로 내키지 않는 듯 젓가락으로 이것저것 지분거리며 대꾸를 했다.

"유니온 페어 재판이 어떻게 될 것 같소?"

암소 갈비 한 점을 우물거리며 바양테가 거만한 자세로 샤리에게 물었다.

"글쎄요. 예상 외로 어려워질 것 같기도 합니다."

"고법에서 무죄를 때렸는데, 결정적 하자도 없이 대법이 그걸 뒤집어엎을 수 있는 거요?"

중간에 끼어든 졸핀이 이해가 안 된다는 얼굴로 그녀에게 물었다.

"1심 때 법정 구속까지 갔던 사안입니다."

"1심이야 물정 모르는 철부지들이고, 판결은 고법이 바로 한 기라요."

고등법원은 유니온 페어의 까멜리아카드 주가조작 혐의에 대해 1심과는 달리 무죄를 선고했다. 2003년 11월경 까멜리아은행 이사회 결의와 오간 전화 회의 내용 등을 감안할 때, 까멜리아카드 감자 계획이 실제로 논의됐음을 알 수 있는 만큼 허위로 감자설을 유포했다고 보기는 어렵다는 게 고법의 무죄 판결 취지였다.

가만히 오가는 이야기를 듣고 있던 바양테가 짜증스러운 얼굴로 입을 열었다.

"파기되면?"

"주가조작 혐의로 노앙 대표는 유죄 판결이 나겠지요."

그 말에 산체레가 바양테 수석의 눈치를 살피며 한 마디 끼어들었다.

"유니온 페어는 어떻게 되오?"

"양벌규정으로 벌금을 물게 되겠지요."

샤리가 담담한 어조로 태연히 대답했다.

"재판 결과가 나오기 전까지는 일단 매각은 어려워요."

바양테의 말에 졸핀이 당혹스러운 표정으로 이의를 제기했다.

"그리되믄 복잡해집니더. 원머니 뱅크와 매각 계약은 이미 오사마리를 지었는데요."

"일이란 게 절차가 있잖습니까? 재판도 안 끝났는데 매각 승인을 해 주면 여론이 가만히 있겠습니까?"

단호한 바양테의 말에 심각한 얼굴로 고민에 빠져 있던 산체레가 침묵을 깨고 밝은 표정으로 입을 열었다.

"잘된 일일 수도 있습니다."

"뭐가요?"

"여론이 시끄러우니 그냥 빠져나갈 수는 없고…… 국민들 입에 뭔가 물려줘야 하지 않겠습니까?"

"그럼?"

"이번 재판은 노앙과 유니온 페어를 같이 물고 들어가면 안 됩니다. 주가 조작 건은 노앙 대표 개인 건으로 몰고, 유니온 페어는 벌금이든 뭐든 빨리 재판을 끝내는 게 좋습니다."

산체레의 말에 잠시 생각에 잠겼던 졸핀이 손으로 무릎을 치며 쾌재를 불렀다.

"그기 참 말이 되네. 지금 유니온 페어 건으로 재판에 물린 게 세 건인데 그걸 다 무죄로 내면 시끄러울 기 뻔합니다. 두 건은 풀고 한 건은 물리 주는 게 묘수인 기라요. 당장 낼이라도 어른께 말씀드리고 법무성 쪽도 조율해서 두 달 내로 재판을 끝내는 걸로 하입시다."

졸핀이 자신 있는 어투로 잘라 말하다가 바양테의 눈총을 받고 찔끔하여 목을 움츠러뜨렸다.

"문제는 노앙인데, 가만히 있겠습니까?"

"가만 안 있으면? 뭐, 벨 수 있겠습니까? 그야말로 끈 떨어진 조롱박 신센데."

"그냥 조용히 나랏밥 좀 얻어먹고 잠깐 수양이나 하고 나오면 좋겠구만."

산체레와 졸핀이 죽이 맞아 이야기를 주고받다가 한쪽에서 말없이 앉아 있는 샤리를 보곤 능글거리는 웃음을 지어 보였다.

"샤리 변호사님이 또 노앙 대표한테 가서 이르는 기 아닌가 모르겠네."

"가서 전하라는 말씀으로 들리는데요?"

샤리가 야릇한 웃음을 지으며 두 사람을 돌아보았다.

"일을 성사시키기는 힘들어도 망치게 하기는 쉬운 법이지요."

모처럼 한 마디 내어놓은 그녀의 말에 찬물을 끼얹은 듯 방안의 분위기가 금세 싸늘해졌다.

"가만히 당하고만 있을 사람은 아니잖아요. 지금도 뭔가 준비를 하고 있는 눈치예요."

"뭔 준비?"

"잘 모르겠지만 혼자 감옥에 들어가지는 않겠다는 생각 아니겠어요?"

"물고 들어가겠다? 그러려면 뭐가 있으야 할 낀데. 우리한테 뭐가 있겠노?"

"뭔가가 있지 않겠어요?"

샤리의 말에 조금 전까지도 여유 만만하던 세 사람은 떨떠름한 얼굴로 이내 입을 다물었다.

"무죄 판결을 내면 만사 오케이 아이겠나? 샤리 변호사도 애 좀 더 쓰고, 어르신께 말씀드려 대법에 선도 찾아보고…… 대통령궁에서도 힘을 보태 주시면……"

졸핀이 바양테 수석의 눈치를 살피며 은근한 목소리로 중얼거리지만, 막상 그는 아무 대꾸가 없었다.

"노앙 대표가 이리 우리가 애쓰는 걸 알아나 주려나 모르겠네. 지난 일이지만, 주가는 와 장난쳐 가꼬 풍파를 만드노. 촌에 가믄 꼭대기에 달린 야자도 까마귀 먹으라꼬 몇 개는 남가 두는 벱 아이가."

졸핀이 서둘러 어색한 분위기를 봉합하려 너스레를 떨었지만 방안의 분위기는 쉽게 가벼워지지 않았다.

까멜리아리드역 부근의 노숙인 무료 급식 행사장에서 졸핀이 금융계 인사들과 함께 봉사 활동을 하고 있다.

행사장에 불쑥 나타난 노앙이 '사랑의 밥상'이라는 로고가 박힌 앞치마를 두르고, 급식대 앞 쪽으로 줄을 지어 선 노숙인들에게 배식을 해주는 졸핀을 보고 다가가 아는 체를 했다. 기자들이 카메라를 들이대자 만면에 부드러운 웃음을 지으며 노숙인들에게 인사를 건네던 졸핀이 그를 알아보고 어색한 웃음을 지어 보였다.

"바쁘실 텐데 봉사 활동까지 애쓰시고……"

"어데요? 바빠도 해야 안되겠십니까? 어려운 이웃들을 위한 일인데. 노블리스 오블리제라는 기 있잖습니까?"

두 사람이 서로를 바라보며 웃음을 터뜨렸다.

"노숙자들이 점점 는다니 걱정이네요."

"지난번에 뉴욕에 갔더니 거기도 홈리스들이 즐비합디다. 노숙자란 게 어느 나라든 있게 마련 아닙니까?"

"그렇긴 하지요."

"요즘 복지, 복지 떠드는데 옛날부터 가난은 나라님도 구제를 못 한다 했잖습니까. 뭣보다 노숙자들 본인의 마음가짐이 중요한 기라요."

그의 말에 노앙이 웃음을 지으며 건성으로 고개를 끄덕였다.

"그나저나 유니온 페어는 벨일 없습니까?"

"별일이야 있겠습니까. 뭐, 좀 이상한 소리가 있지만……"

"이상한 소리라니?"

"요즘 누가 은행 계좌를 뒤지고 다닌다는 말이 있어서요."

"계좌를 뒤져요?"

"한동안 검은 머리 외국인 찾는다고 시끄럽지 않았습니까. 아무래도 그걸 캐려는 거 아니겠습니까?"

그 말에 졸핀의 얼굴이 굳어졌다.

"참 씰데없는 짓하는 사람들도 많아요. 까멜리아는 괴담 천국인 기라요."

"그러게 말입니다. 그게 어디 뒤진다고 쉽게 나오겠습니까?"

노앙은 은근한 웃음을 지으며 그의 안색을 살폈다.

"매각을 앞두고 공연히 시끄러워지면 안 될 낀데……"

"그럴 리는 없겠지만, 만약 그게 드러나면 여간 시끄러워지는 게 아니겠지요? 까멜리아 사람들은 감정적이잖아요. 자기 나라 은행을 외국에 파는 일에 그 나라 투자자들 돈이 들어갔다? 모르긴 몰라도 나라가 뒤집어지지 않겠습니까?"

그 말에 밥을 푸던 졸핀의 손이 눈에 띄게 흔들렸다. 식판에 떠 주는 감자스프가 넘쳐흘렀다. 국자를 건네받으며 노앙이 단호한 목소리로 잘라 말했다.

"일단 제가 감지를 했으니 너무 신경 쓰지 마십시오. 단단히 조치해 놓겠습니다."

"내야 신경 쓸 게 뭐 있겠십니까? 공연히 시끄러워질까 그런 거지."

"그렇긴 하지만, 아무래도 돈이란 게 움직이다 보면 흔적이 남게 마련이고, 잡음도 생기게 마련이죠."

"자라 보고 놀란 가슴이 솥뚜껑 보고도 덜컥 한다잖습니까? 하도 애먼 소리를 듣다 보니 작은 일에도 솔직히 겁이 나는 기라요."

"사우스웨스턴 뒤를 캐더라고요. 어디까지 파고들지는 모르겠지만 별일 없을 겁니다."

사우스웨스턴이라는 말에 졸핀의 눈빛이 크게 흔들렸다. 노앙의 말에도 졸핀의 얼굴은 쉽게 밝아지지가 않았다.

"비즈니스엔 오고가는 게 있지 않겠습니까? 그 일은 제가 깔끔하게 처리할 테니 무언가 제게도 신경을 써 주셔야 하지 않겠습니까?"

그 말에 당혹스러운 표정이 역력한 졸핀의 얼굴을 힐끔 쳐다보고는 노앙은 식판을 들이미는 노숙인 노인에게 밥을 그득 담아 주며 고개를 숙였다.

"행복한 하루 되세요."

11

베르친의 손에 이끌려 공대위 사무실로 들어선 루반은 어색한 표정으로 주변을 기웃거렸다. 벽에 걸린 인권 행사나 노동 집회 포스터들이 묘한 감회를 느끼게 했다. 발을 들여놓긴 했지만 그의 마음은 가볍지가 않았다.

루반은 여전히 노조나 공동대책위원회 같은 조직을 믿지 못하고 있었다. 조직이라는 것이 지니고 있는 기계적인 관성이나 다수의 권익을 위해 소수의 희생을 감수해야 하는 태생적인 한계를 모르는 바는 아니었지만, 루반은 조직이라는 것이 지닌 비정함을 신뢰할 수 없었다.

악랄한 자본가들과 싸우는 사이에 자신도 모르게 상대와 다를 바 없게 되는, 흉보다 닮는다는 말처럼 조직이란 것은 태생적으로 자신들이 비난하는 패악들을 자신도 모르게 내면에 지니게 되었다. 자본이란 얼마나 매혹적인가. 그에 맞서 싸우는 사람들조차 자본이 지닌 욕망에 물들게 하는, 그것은 독에 손을 넣은 곰과 같았다. 도토리가 든 독에 손을 넣고서는 그걸 차마 놓지 못해 사냥꾼에게 잡히고 마는 곰. 배고픔도 견디기 힘들지만, 배를 불릴수록 함께 커져 가는 욕심이야말로 밖의 어떤 적보다 무서운 상대였다.

노동자가 믿을 수 있는 건 노동자밖에 없다는 베르친의 말도 허망하게만 들려왔다. 지난날 자신이 목소리 높여 외치던 그 말들을 듣던 사람들도 이런 허망감을 느꼈을까.

일단 한번 만나보기나 하라는 베르친의 채근을 못 이겨 공대위란 곳에 오긴 했지만, 이런 생각들은 여전히 그의 머릿속을 맴돌고 있었다. 쭈뼛거리며 한쪽에 서 있던 루반은 노조 쪽에서 나온 사람들이 내미는 손을 마지못해 마주 잡았다. 돌아가며 공대위 쪽 사람들과 통성명을 하고 나서 루반은 베르친이 등을 떠미는 바람에 주머니에서 사진 몇 장을 꺼내 놓았다.

"그러니까, 노앙과 샤리가 연인 사이다?"

베르친의 설명을 들은 줄메 변호사라는 이가 야릇한 웃음을 지으며 되물었다. 루반은 그 말에 아무런 대꾸도 하지 않았다. 곁에서 지켜보던 베르친이 보다 못해 그를 대신해서 한 마디 덧붙였다.

"노앙의 오피스텔로 둘이 들어가는 사진이랍니다."

모두 목을 길게 빼고 사진을 들여다보기 바빴다.

"씨발 것들이 이제 배까지 붙어먹는구만."

턱수염이 덥수룩한 노조 간부가 책상에 놓인 사진을 손가락으로 짚어 가며 투덜거렸다.

"그럼, 샤리가 유니온 페어 계좌를 뒤지는 건 뭣 때문이지?"

줄메 변호사가 고개를 갸웃거리며 좌중을 둘러보았다.

"그게 밝혀지면 제일 곤란할 사람들이 누가 있을까요?"

구석자리에서 턱을 괸 채 묵묵히 앉아 있던 제롬 교수라는 이가 헛기침을 하며 한 마디를 내어 놓았다. 뜬금없는 물음에 모두 의아한 얼굴로 서로를 쳐다만 볼 뿐, 선뜻 대답을 하지 못했다.

"그야 거기 돈 박아 넣은 것들이겠죠."

"환치기를 했다면 사우스웨스턴 혼자 감당할 일이 아닌데, 샤리가 하필 사우스웨스턴 계좌를 찍어 준 의도가 뭘까요?"

제롬 교수의 말에 베르친이 무릎을 치며 잘라 말했다.

"바샤! 바샤를 잡으려는 거야."

베르친의 말에 모두 뜨악한 얼굴로 그를 돌아보았다.

"바샤가 누구야. 그야말로 모피아들의 대가리 아니냔 말이야. 모피아들과 한판 하려는 거 아니겠어?"

"모피아나 까메리카나 그놈이 그놈인데, 뭔 한판?"

"모피아가 센가, 로펌이 센가 맞짱을 뜨려나 보지."

"그야 당근 모피아가 세겠지. 오죽하면 마피아라고 할까."

곁에서 주고받는 이야기를 듣고만 있던 루반은 모피아라는 말에 입안이 씁쓸해졌다.

모피아는 재무성의 영문약자(MOF, Minstry of Finance)와 마피아(Mafia)를 합쳐 만든 말이었다. 재무성 고위 관료들이 출신 학교와 인맥을 중심으로 뭉쳐 인사와 보직을 독점하며 조직적으로 이권을 채워 온 데서 생긴 별칭이었다.

이러한 관료들의 전횡을 견제하기 위해, 예전에는 예산을 주무르는 기획처와 금융을 관리하는 재정부로 나누어 서로를 견제하게 했다. 그 후에 경제 규모가 커지면서 업무의 효율성을 내세워 재무기획원으로 통합되었다. 전통적으로 기획처는 소수 정예의 엘리트 의식이 강한 데 비해, 재정부 출신들은 무엇보다 단결과 끈끈한 의리를 앞세워 그 성향부터가 달랐다. 취미로 하는 운동도 달라서 개인 성향이 강한 기획처는 야구를, 단결심을 강조하는 재정부는 축구를 즐겼다.

나중에 두 부서가 하나로 통합되면서, 대세는 재정부 출신들로 기울어졌다. 까멜리아 최고 명문인 까멜리아리드고 동문을 중심으로 까멜리아리드대 출신의 재정부 관료들의 커넥션은 군대를 방불할 만큼 조직과 서열을 중시 여기며 끈끈한 인맥으로 이어져 왔다. 기수와 출신을 엄격히 따지며 요직을 독점해 온 모피아들은 이 나라의 금융 정책과 인사를 자신들의 손으로 제 마음대로 주물러 왔다.

그렇게 흥청거리며 호사를 누리던 모피아들에게도 위기가 닥쳐왔다. 외환 파동을 겪으며 그 책임을 물어 요직에 있던 모피아들이 짐을 꾸려 쫓겨난다. 1999년 1월 18일, 외환 위기의 문제를 따지는 청문회 자리에서 재무기획원장이 외환 위기의 책임이 금융에 대한 구조 조정을 하지 못한 채 외화만 끌어들이려 한 재무기획원에 있다고 자인하기에 이르렀다. 부총리급의 재무기획원을 장관급 재무성으로 낮추고, 금융정책실을 국제금융국과 금융관리국으로 쪼개는 한편, 고위 관료들을 산하기관이나 해외의 한직으로 쫓아냈다.

그런데 막상 외환 위기를 수습하기 위해 기업들에 대한 구조조정을 하게 되면서, 쫓겨난 모피아들에게 다시 칼자루가 쥐어졌다. 얼굴만 바뀐 모피아들은 '까멜리아 경제의 소방수'로 화려하게 귀환하게 되었다. 모피아는 선후배의 인맥을 통해 요직을 돌아가며 꿰차고, 요즘은 해외 금융자본이나 까메리카와 같은 로펌의 고문 자리까지 차지하면서 전성기를 누리고 있는 것이다.

"아무리 한판 붙는다 해도 샤리가 바샤를 털어서 어쩌려구요? 만약에 사우스웨스턴 기업을 털어 검은 머리 외국인의 정체가 밝혀졌다 합시다. 그러면 바샤뿐만 아니라, 재무위며 재무성, 까메리카에 유니온 페어까지 몽땅 죽는 건데…… 원숭이 잡겠다고 야자나무 숲에 불을 지르겠습니까?"

"그걸 모르겠다 이겁니다. 뭔가 있긴 있는데……"

설왕설래하느라 소란스럽던 사무실의 분위기가 그 대목에서 조용해지며 모두의 눈길이 루반에게 쏠렸다.

"환치기 증거는 찾지 못했으니 속단할 수는 없지만, 이번에 루반 씨에게 뒤지라고 한 계좌가 검은 머리 외국인과 관련된 건 확실한 거 같아요."

줄메 변호사가 자신을 지목하였지만 루반은 무어라 덧붙일 말이 없어 꿀 먹은 벙어리처럼 입을 다물고 아무 말도 하지 않았다.

"그럼 바샤가 정말 유니온 페어에 투자를 했다는 겁니까? 자기 나라 은행을 사모펀드에 팔아먹는 일에 부총리까지 한 사람이?"

"유니온 페어가 까멜리아리드은행, 모닝캄뱅크를 인수하려 할 때만 해도 금산분리법을 내세워 사모펀드라 안 된다고 버티던 금관원이 어째서 까멜리아은행 때는 그렇게 친절해졌느냐를 봐야 합니다. 피이스뱅크와 부동산에 투자했다가 별 재미를 못 본 유니온 페어가 적극적으로 모피아들에게 로비한 것도 있겠지만, 그 정도 도장값 얻어먹는 걸로 그렇게 무리수를 둬 가면서 유니온 페어를 밀어주진 못했을 겁니다."

"그럼 뭐가 있는 거지요?"

"모피아들은 까멜리아은행이 부실하지 않다는 사실을 알고 있었지요. 유니온 페어든 무어든 거기에 투자를 하면 떼돈을 벌 수 있다는 사실을 누구보다 잘 알고 있지 않았겠어요?"

실제로 까멜리아에 나와 있던 노앙이 유니온 페어 클레이 셔먼 회장에게 보낸 투자 분석서를 보면, 까멜리아 경제는 상승으로 반전하고 있고, 향후 3~5년간 성장할 것으로 예상하며, 까멜리아의 경제 등급이 멕시코를 능가할 것으로 보인다고 보고하면서 까멜리아에서 은행을 사들이는 것이 고수익 투자를 위한 절호의 기회라며 까멜리아은행 매수를 강력히 건의한 것으로 알려져 있었다.

"워낙 물이 좋은 판이니 모피아들이 발목쟁이 걷어붙이고 직접 끼어들었다?"

"제 돈이 없으면 어디서 끌어다가 계주 오야 노릇이라도 하지 않았겠어요?"

"말 되네."

"제 돈을 안 태웠다 해도, 제가 잘 보일 윗분의 돈을 대신 맡아서 불려 주려 했는지도 모르지요."

"윗분이라면 바샤?"

"그 이상일 수도 있겠지요."

바샤 이상이라는 말에 모두 입을 벌린 채 서로의 얼굴만 둘러볼 뿐 누구도 선뜻 입을 열지 못했다.

"그런데 노앙과 샤리가 그렇게 가까운 사이라면, 이번 일을 노앙도 알고 있다는 이야긴가요?"

화제가 노앙 쪽으로 쏠리자 직접 그의 재판을 지켜봤던 줄메 변호사가 헛기침을 하고 나서 이야기를 끌고 나갔다.

"사실 노앙은 가련한 처지가 된 거지. 까멜리아은행을 사들이자고 유니온 페어에 강하게 제안한 게 노앙이란 말이야. 본사에서 오케이가 떨어지고 인수 협상을 잘 끌고나가다가 예기치 않은 암초를 만난 거야. 금융 당국에서 골아파하던 까멜리아카드 건을 들이민 거야. 카드 대란으로 돈줄이 말라가는 까멜리아카드를 끼워 팔겠다고 나온 거지."

"그렇지. 은행보다 카드를 팔았어야 맞는 말이지."

크게 공감한다는 듯 은행 노조 간부가 중간에 끼어들어 목소리를 높였다.

"근데 그건 노앙도 예상치 못한 것이었거든. 알짜배기 은행만 빼먹으려고 생각했는데, 골 아픈 카드를 끼워 넣을 줄은 몰랐지. 그때 금관원이 그거 하나는 잘한 거 같애. 카드를 합병시켜야 한다는 조건을 밀어붙인 거야. 유니온 페어도 할 수 없이 그걸 받아들이는데, 문제는 까멜리아카드 주가가 너무 높았던 거야. 그대로 가면 까멜리아카드 2대 주주로 24.7%의 지분을 갖고 있던 올림푸스 제너럴 펀드의 지분을 매수하는 데 비용이 너무 많이 드는 거야."

"생돈이 나가게 생겼구만."

"은행이 완전 미끼 상품이었네."

저마다 한 마디씩 끼어들어 시끄러워지자 제롬 교수가 조용하기를 기다려 이야기를 이어나갔다.

"유니온 페어는 그것 말고도 더 심각한 문제가 있었어요. 유니온 페어가 1조3,833억이라는 헐값으로 까멜리아은행 주식을 51% 사들여서 경영권을 손에 쥐게 되는데, 만약에 까멜리아카드와 합병하게 되면 추가로 인수 대금이 들어가면서 전체 지분율이 50% 이하로 떨어져 경영권이 흔들릴 수도 있던 거거든요. 죽 쑤어서 개 주는 꼴이 되는 거지요. 앗, 뜨거워라 했을 겁니다. 보나마나 유니온 페어는 카드 합병 건을 사전에 알지 못했던 책임을 노앙에게 떠넘겼을 테고, 노앙은 어떡하든 카드의 주가를 떨어뜨려야 했죠."

"아, 인수 비용만이 문제가 아니었군요."

제롬 교수의 말을 듣던 베르친이 미처 몰랐던 사실을 알게 되었다는 듯이 고개를 끄덕였다.

"작전은 대성공이었어요. 감자설을 흘리고, 경영 지원을 무 자르듯 뚝 끊어서 까멜리아카드를 더 부실하게 만들었지요. 그러니 카드 주가가 폭락할 수밖에요. 결국 유니온 페어는 싼값으로 까멜리아카드 주식을 사들이고 51%를 훨씬 넘기는 지분을 손에 넣게 되지요."

"아니, 어차피 자기 게 될 회사라면 어떻게든 살리려 애쓰는 게 상식인데, 일부러 경영을 악화시키고 루머를 퍼뜨려 주가를 폭락시키다니……"

"사모펀드에 경영이 무슨 문제야? 어떻게든 싸게 사서 붙여먹고 튀는 게 우선이지."

노조 간부들이 벌겋게 달궈진 얼굴로 서로 이야기를 주고받느라 잠시 이야기가 끊겼다.

두반은 그런 노조원들을 바라보며 착잡한 기분이 들었다. 파업이나 집회를 할 때마다 회사 경영과 민생을 둘러대는 언론들의 비난은 언제나 노동자들에게만 향했다. 그들의 논조에서 노동자들은 언제나 회사가 망하건 말건

제 봉급만 챙기려는 자들로 그려졌다. 그러나 정작 회사를 걱정하고 사랑하는 사람이 누구일까. 파업을 하다가도 비가 내리면 공장 안으로 달려 들어가 기계에 기름칠을 하고 나온다는 까멜리아의 노동자들이었다. 말끝마다 회사를 걱정하고 직원들을 사랑한다는 경영자들은 위기에 빠지면 뒤도 돌아보지 않고 제 몫만 챙겨 튀기 바빴다. 외환 파동 때 평생을 직장을 위해 새벽부터 나와 밤늦도록 야근으로 가정을 팽개치고 헌신했던 노동자들은 오로지 기업이 어렵다는 이유만으로 수천 명이 거리로 쫓겨났다. 노숙자가 되거나, 파산을 하여 스스로 목을 매기도 했지만 루반은 어느 경영자도 그리 되었다는 이야기를 들어본 적이 없었다.

"어쨌든 그걸로 노앙이 일심에서 법정 구속 돼서 5년형을 받았고, 이심에서는 무죄로 풀려났는데, 이제 대법이 어찌 나오려나?"

금융 감시 활동가의 말에 줄메 변호사가 답을 내어놓았다.

"법정 구속도 네 번이나 영장을 기각한 끝에 여론에 밀려 튀어나온 판결인데, 이심에선 그냥 털썩 풀어 줬잖아. 전 같으면 대법에서 법리상 크게 문제만 없으면 그냥 이심 판결을 받아들이는 게 관례지만, 지금 찬드마 대법원장 코가 석자나 빠져서 이리저리 고민이 많을 거야."

"코가 석자나 빠졌다뇨?"

"아, 찬드마가 변호사 해 먹을 때 까멜리아은행 소송대리인 노릇을 했잖아. 그래서 노앙 구속영장이 네 번이나 빠꾸 맞았을 때 말이 많았거든."

"맞아. 노앙의 영장 청구를 놓고 영장 판사하구 검사들이 음식점에서 만난 게 뽀록이 나서 한동안 시끄러웠지. 그때 우리가 성명도 낸 적이 있잖아."

"노앙의 영장이 안 떨어져서 조율을 하느라 만났다고 했는데, 요즘 검사와 판사 놈들은 업무를 술집에서 보는가 보네."

"네 번이나 돌려보내도 센토 검사가 줄기차게 밀어 넣으니까, 판사들이 좀 살살 하자고 꼬시려던 거겠지, 뭐."

한바탕 성토와 웃음소리가 사무실 안에 뒤섞이며 지나갔다.

"어쨌든 산체레는 로비를 하긴 했는데 실패한 로비라고 풀어 주고, 졸핀은 공무를 하다 일어난 손실이기 때문에 의도성이 없다고 풀어 주고 나서, 이제 노앙마저 풀어 주기엔 아무리 뻔뻔스러운 이 나라 법관들이라 해도 염치가 없게 생겼어."

"주가조작이란 건 유니온 페어 자격 문제보다는 좀 덜 치명적인 문제이기도 하고."

"그게 어디 가벼운 문제입니까? 중범죄예요. 미국 같으면 평생 감옥에 있을 일이라고요. 그걸 알면서도 이 나라 법이란 걸 얼마나 우습게 알았으면 그따위로 해 먹느냐고?"

금융 감시 활동가가 분을 참지 못하겠다는 얼굴로 목청을 높였다.

"까멜리아카드 감자한다고 흘려서 주가를 일부러 떨어뜨린 뒤에 헐값으로 사들인 건 명백한 주가조작이지. 증권거래법 위반. 합작 설립한 자산유동화회사(SPC)에 수익률을 조작하고 부실채권을 저가로 양도해 243억 까멜이나 손해를 끼친 건 '특정 경제 범죄 가중 처벌법'상 배임, 21억 까멜의 세금을 탈루한 건 '특정 범죄 가중 처벌법'상 탈세 혐의야."

법률 전문가답게 줄메 변호사가 법조문을 조목조목 늘어놓으며 격앙된 어조로 목소리를 높였다.

"원칙대로 하면 노앙은 최소 3년 이상을 옥에서 지내야 할 겁니다. 옥살이만 하는 걸로 끝나는 게 아니라 다신 금융 쪽으로는 돌아가진 못할 겁니다. 재판에 걸려 징역까지 산다는 건 그 바닥에선 그야말로 무능함을 내보이는 일이니까요. 노앙으로선 치명적인 거지요. 무슨 수를 쓰든 빠져나가려 할 겁니다."

"그리되면 유니온 페어는?"

"양벌규정이 있으니까 벌금을 먹겠지."

줄메 변호사의 말에 노조 간부가 미심쩍은 얼굴로 물었다.

"벌써부터 양벌규정이 위헌이니 어쩌고 신문 방송에다 대고 짖어 대는 것들이 있던데, 벌금을 제대로 물겠어요?"

"안 내면 어쩔 거야?"

줄메 변호사의 말에 제롬 교수가 고개를 저으며 말을 이었다.

"벌금을 무는 게 문제가 아니라, 유니온 페어는 산업자본이라는 자격 문제가 불거지는 게 뭣보다 부담스러울 겁니다. 산업자본 문제가 밝혀지면 팔고 빠져나가는 일도 어렵게 될 테니까요."

"그럼 어찌 되나요?"

"유니온 페어는 아마 서둘러 재판을 끝내려고 할 겁니다. 매각 승인의 도장을 쥔 재무위가 재판 결과가 나올 때까지 기다리겠다고 하니, 산업자본 문제가 시끄러워지기 전에 벌금이든 양형이든 재판을 빨리 끝내서 팔고 나가려 하겠지요."

제롬 교수의 말에 모두 고개를 끄덕이며 어떻게든 재무위가 매각 승인을 서두르지 않도록 막아야 한다는 데 의견이 모아졌다.

“그렇다면 샤리의 의도는 뭘까요?”

베르친이 루반을 바라보며 혼잣말처럼 중얼거렸다.

“샤리야말로 고민이 많을 걸. 노앙과의 사랑이냐, 아니면 실리냐를 놓고 엄청 고민하겠지.”

샤리와 학교 선후배 사이라는 줄메 변호사가 복잡한 표정으로 속생각을 꺼내 놓았다.

“양다리라…… 그렇다면 진짜 바샤와 노앙 사이에서 고민하는 거야?”

“걔가 학교 다닐 때만 해도 지금 같지가 않았어. 정의감도 있고, 운동도 열심히 했거든. 지금이야 힘센 놈들 틈에 끼어 지내지만 모피아들 시다바리나 하면서 살 애가 아니라니까. 고민하는 게 많을 거야. 궁지에 몰린 노앙을 보면서 자기도 방향을 틀거나, 살 길을 찾을 비장의 카드를 손에 쥐려는 게 아닐까?”

줄메 변호사의 말에 금융 감시 활동가가 무릎을 치며 공감을 표했다.

“말 되네. 그 여자 보통내기가 아니더라고. 생긴 건 여우같이 생겨 갖고, 어수룩한 남자들 간깨나 빼먹겠더만.”

“내 간 좀 빼먹어 줬으면 좋겠네.”

샤리의 사진을 번갈아 들여다보며 저마다 한 마디씩 내어놓는 바람에 사무실 안은 금세 어수선해졌다.

“그런데 샤리 정도면 진짜 돈 주인이 누군지 알고 있지 않을까요?”

베르친이 심각한 얼굴로 제롬 교수를 돌아보며 물었다.

"일단 서류상 되어 있는 사우스웨스턴 기업 정도겠지요. 그 뒤의 실제 돈 주인을 안다 해도 그걸 입증할만한 증거가 있어야 하지 않겠어요?"

"그걸 루반에게 시켰다?"

그 말에 모두의 눈길이 루반에게 다시 쏠렸다. 묵묵히 돌아가는 이야기만 듣고 있던 루반은 갑자기 자신에게 쏟아지는 눈길이 당혹스러웠다.

"난 아는 게 없어요. 솔직히 난, 그 여자가 왜 날 찾아왔는지 그 이유도 모르겠습니다."

"그럼 우릴 찾아오겠습니까?"

웃으며 건네는 노조 간부의 말에 루반이 난감한 얼굴로 뒷말을 얼버무리고 말았다.

"동지, 어깨가 무겁소. 한번 동지는 영원한 동지 아니겠습니까? 한번 힘 좀 써 보입시다."

자신의 손을 맞잡고 흔드는 노조 간부의 행동에 루반은 어정쩡한 얼굴로 할 말을 잃고 그저 고개만 끄덕였다.

여러 생각이 겹치며 심경이 복잡해진 루반이 사무실 밖의 베란다로 나가서 담배를 피워 물었다. 언제 따라 나왔는지 노조 조끼를 걸친 젊은이가 곁에 다가와 말을 건넸다.

"선배님 입장이 난처하시지요? 하지만 그냥 앉아서 당할 수만은 없지 않습니까? 선배님 이야기 다 들었습니다. 지난 일은 죄송하게 되었지만 노조도 예전과 다릅니다. 이번엔 끝장을 볼 겁니다."

처음 보는 앳된 얼굴의 노조원이 얼굴이 붉게 상기된 채 그에게 정중히 고개를 숙였다. 길거리에서 농성이라도 벌이다 왔는지 헝클어진 머리와 구겨진 옷매무새에서 찬바람 냄새가 느껴졌다. 루반은 문득 그의 모습에서 까맣게 잊고 지내던 지난날의 자신을 보는 기분이 들었다. 가슴에서 불끈 뜨거운 게 솟아올랐다. 루반은 그 앳된 얼굴 위로 그가 앞으로 겪게 될 회의와 배신과 패배의 어두운 그늘들이 겹쳐지며 착잡한 기분이 들었다.

"끝장이 아니라 이겨야 하는 싸움을 해야 하지 않겠어요?"

루반이 쓴웃음을 지으며 앳된 노조원에게 지나가는 말처럼 웅얼거렸다. 용케 그 말을 알아들은 노조원이 그의 손을 굳게 잡으며 단호한 목소리로 입을 열었다.

"지는 싸움도 있잖습니까. 져도 해야 하는 싸움도 있구요."

담배 두어 대를 나눠 피는 동안 루반은 아무 말도 하지 않았다. 그건 말로 전할 수 없는 일이었다. 그저 열심히 하라는 말에 자신을 투샨이라고 소개한 노조원은 허리를 꺾어 절을 올렸다.

사무실로 들어가자 머리를 맞대고 이야기를 나누던 사람들이 모두 루반을 바라보았다. 노조 간부라는 이가 미안한 얼굴로 그에게 부탁의 말을 건넸다.

"힘들겠지만 루반 동지가 고생 좀 해 주셔야겠습니다."

샤리가 시킨 일을 하는 척하며 의도가 정확히 무엇인지를 알아봐 달라는 부탁이었다. 내가 왜 그 일을 해야 하느냐는 말이 입 밖으로 울컥 튀어나오려던 루반은 자신을 뚫어지게 바라보는 투샨의 눈과 마주치자 목구멍까지 튀어나온 말을 슬며시 되삼키고 말았다. 루반은 눈을 질끈 감으며 무언가 자신의 의지와 관계없이 어디론가 자신의 삶이 굴러가는 소리를 들었다.

"고맙다. 도와줄 줄 알았어."

곁에서 초조한 얼굴로 지켜보던 베르친이 만면에 웃음을 지으며 그의 어깨에 팔을 내둘렀다.

어제 줄메 변호사라는 이가 일러준 까메리카 법률사무소 건물 앞에서 루반은 벌써 한 시간 넘게 기다렸다. 출근 시간이 되자 주차장은 고급 외제차들로 속속 채워졌다. 담배를 반 갑이나 비우고 나서야 차에서 내리는 샤리의 모습이 눈에 들어왔다.

루반이 다가가자, 샤리는 조금 놀란 표정을 짓다가 이내 미소를 지어 보였다. 자신의 사무실로 데려가서는 따뜻한 커피부터 한잔 건네준다.

"좋은 소식이라도 가져 왔나요?"

혀만 대어도 솜사탕처럼 녹아버릴 듯 달착지근한 목소리였다.

"나한테 무슨 일을 시킨 겁니까?"

잔뜩 굳은 루반의 표정에 그녀는 적잖이 당황한 얼굴이다.

"아침 인사 치고는 듣기 거북하네요."

"알아 봐 달라는 계좌가 유니온 페어와 관련이 있더만."

그 말에 그녀는 태연한 얼굴로 고개를 갸웃거렸다.

"그런가요? 설령 그렇더라도 뭐가 문제지요?"

"뭘 알고 싶은 겁니까?"

"내가 묻고 싶네요. 뭘 알고 싶은 거지요? 시킨 일이나 하면 되는 거 아닌가요?"

"당신 노앙과 어떤 사이요?"

"사채업이 아니라 흥신소를 하시나 보네요."

그녀의 얼굴 위로 희미하게 조소가 어른거렸다.

"당신과 노앙이 작당해서 멀쩡한 은행을 유니온 페어에 팔아치운 거 아니오?"

"그런가요?"

"당신들 루엘 차장한테 무슨 짓을 시킨 거요?"

"노앙 씨 도운 게 어디 나뿐인가요? 루엘 차장도 일조를 한 걸로 알고 있는데요."

"당신들이 비아이에스를 조작해서 루엘 차장한테 덮어 씌웠잖소."

자신도 모르게 루반의 목소리가 높아졌다. 지나가던 직원들이 힐끔거렸지만 샤리는 조금도 흐트러짐이 없이 그의 얼굴만 흥미로운 눈으로 바라보았다.

"그 비아이에스란 게 어떻게 만들어졌는지는 아시나요?"

그 말에 버럭 소리를 지르려던 루반이 머뭇거렸다.

"잘 모르시는 거 같은데, 큰 비밀도 아니니 내가 알려 드릴게요."

응접실 의자에 요염한 자세로 앉은 샤리는 뜨거운 커피를 루반의 잔에 채워 주며 차분한 목소리로 이야기를 들려주었다.

"유니온 페어 측 재정 자문사의 가멜이 까멜리아리드 고등학교 동창인 재무성 정책국장 산체레를 만났어요. 산체레 국장은 이렇다 할 해외 투자 유치 실적을 못 올려 상당히 초조할 때였고, 졸핀 국장도 부실 은행들을 제대로 손을 못 대고 있어 핀치에 몰릴 때였어요. 그럴 때 가멜이 노앙 대표를 데려와 까멜리아은행 인수를 제안하자 내심 반가웠던 거예요. 어떻게든 성사시키기 위해 재무성과 재계에 포진하고 있던 전현직 모피아 관료들의 도움을 받아 '프로젝트 트로이'라는 기획안을 만들어 본격적으로 까멜리아은행 인수 작업을 시작하게 되지요. 그런데 문제는 유니온 페어가 눈독을 들인 까멜리아은행이 매각을 할 만큼 부실하지 않다는 점이었어요. 그래서 이들이 한자리에 모여 이 문제를 해결할 방도를 찾았지요. 미국 상공회의소 회장이며 까메리카의 변호사로 유니온 페어의 법률 자문을 하던 스티븐 호크와 골프를 치는 자리였어요."

모피아들과 유니온 페어가 머리를 맞대고 '프로젝트 트로이'를 은밀하고 촘촘하게 짜고 있는 동안 길거리에서 악을 쓰며 은행을 지키려 하던 자신의 모습이 새삼 대비되며 루반은 울컥 분노가 치밀었다.

"산체레 국장이 뭣보다 국내 여론을 유리하게 만들려면, 까멜리아은행을 부실하게 보이게 해야 한다고 했어요. 서니힐 회계 법인에서 나온 비아이에스 수치가 얼마냐길래 8.44라고 했더니 곁에 있던 졸핀 국장이 미친놈들이라며 욕을 했다더군요. 그러자 두 사람이 주고받던 이야기를 듣고 있던 스티븐 호크가 무조건 수치를 8 아래로 끌어내리라 했답니다. 졸핀 국장이 얼마면 되겠느냐고 묻자, 산체레 국장이 6%대로 하자고 했답니다. 골프채에 붙어 있던 브랜드 상표의 6이란 숫자를 보고 정했다는 말도 있어요. 그러면서 까멜리아 사람들은 자기 나라 기관보다 외국 기관을 신뢰하니까 유니온 페어 쪽 회계 법인에 맡겨서 적당히 그 선에 맞추라고 했대요."

이야기를 듣던 루반이 분에 못 이겨 샤리에게 한 마디 쏘아붙였다.

"아무리 돈이 좋아도 그렇게 살아야겠소?"

"의뢰인이 맡기는 일은 성심을 다해 돕는 게 저희 일이라서요. 루반 사장님도 지금 그런 입장이 아닌가요?"

"돈 몇 푼 얻어먹겠다고 멀쩡한 제 나라 은행을 투기꾼들에게 팔아넘기진 않아요."

"돈에도 조국이 있나요?"

정색을 하고 항변하는 루반을 샤리가 재미있다는 듯 생글거리며 쳐다보았다.

"내가 만약에 사우스웨스턴의 진짜 돈 주인을 찾으면 어쩔 셈이오?"

"일억을 드리겠다고 하지 않았나요?"

"돈을 받지 않겠다면?"

의외라는 얼굴로 샤리가 루반을 말끄러미 들여다보며 물었다.

"돈 대신에 뭘 하시려고요?"

"뭔진 모르지만, 당신들이 싫어하는 걸 할 거요."

"흥미진진한데요. 근데 할 수 있을까요?"

"노앙은 지금 어디 있소?"

"왜요? 만나시게요?"

"노앙이 당신을 앞세워 무슨 짓을 하려는지 직접 들어봐야겠소."

루반의 말에 샤리가 간드러진 웃음을 터뜨렸다.

"노앙 씨 말로는 텃이 강하다던데, 이제 보니 텃만 강한 게 아닌 듯한데요."

12

“여기가 확실해?”

“사진까지 찍어다 줬잖아유.”

족제비가 일러주는 대로 루반은 오피스텔 호수를 확인하고 출입문 앞에서 호출 벨을 눌렀다. 인터폰으로 들려오는 목소리가 노앙이다. 모자를 깊이 눌러쓴 루반이 관리실 직원이라고 둘러대자 이내 출입문이 열렸다.

승강기에서 내린 루반이 ‘1207’이라 적힌 방 앞에서 인터폰의 벨을 누르자, 물음도 없이 문이 열렸다. 비척거리며 안으로 들어서자, 거실 한 가운데 놓인 의자에 노앙이 깊숙이 몸을 뉜 채 이편을 바라보고 있었다.

“어서 오시게. 기다리고 있었네.”

노앙이 내미는 손을 거들떠보지도 않고 루반이 대뜸 따지듯 물었다.

“무슨 짓들을 꾸미는 거요?”

“무슨 일인지는 몰라도 차근차근 하지.”

한 대 후려갈길 듯이 험악한 얼굴로 다가서는 루반을 노앙이 손을 내저으며 진정시켰다.

“욱하는 성질은 여전하구만.”

“샤리와 붙어서 무슨 짓을 하고 있는 거요?”

노앙이 커피포트에 물을 끓이고 찻잔을 탁자 위에 가져다 놓았다.

"마침 커피 한 잔 하려던 참인데, 한 잔 하겠나?"

"사우스웨스턴 거래 자료를 말끔히 지웠던데?"

"예상보다 진도가 빠르더군. 확실히 감이 좋아."

커피를 한 모금 음미하듯 마신 노앙이 복잡한 얼굴로 창밖을 내다보았다.

"자네를 보니 기획팀에서 일하던 시절이 생각나네. 내가 갓 팀장이 되었을 때고 자네는 신출내기 초년병이었지. 남다른 데가 있었어. 솔직히 촌스럽기는 했지만 무엇보다 열정이 있었어. 정말 그때 자네나 나나 무섭게 뛰었지. 경험도 모자라고 시행착오도 많았지만, 까멜리아 금융을 지킨다는 열정 하나는 누구에게도 뒤지지 않았잖은가."

뜬금없이 내어놓는 지난 이야기에 루반이 코웃음을 쳤다.

"아직도 나를 원망하고 있겠지? 나는 자네가 어려움에 빠진 은행을 살리겠다고 애쓴 걸 알고 있네. 그건 나도 다르지 않았어. 결과적으로 매국노 소리를 듣게 되었지만."

커피를 다 마신 노앙이 이번엔 장에서 술병을 꺼내와 두 사람의 잔에 따른다.

"그런데 살다 보면 욕을 먹으면서도 꼭 해야 할 일이 있거든. 그걸 자네와 내가 했을 뿐이야."

"그래서 나는 사채업자가 되었고, 당신은 글로벌 투자사의 대표가 되고……"

"자네도 내가 돈을 위해 은행을 팔아먹었다고 생각하나?"

앞에 놓인 술잔을 단숨에 입에 털어 넣자, 뜨거운 위스키 맛이 목구멍을 타고 흘러내렸다. 타오르듯 이글거리는 눈으로 루반이 노앙을 집어삼킬 듯이 노려보았다.

루반의 눈앞으로 지난 기억의 도막들이 스치고 지나갔다. 은행을 매각한다는 소식이 언론에도 보도되며 본격적으로 이야기가 되던 무렵이었다. 노조에서 쟁의부장을 맡은 루반이 철야로 매각 저지 투쟁을 벌이고 있을 무렵이었다.

어느 야심한 시각에 노앙이 농성장으로 찾아왔다. 노앙은 그때도 이와 비슷한 말로 그를 설득하려 했다.

"어떻게 62조짜리 은행을 1조에 집어삼킬 수가 있소?"

"왜 안 된다고 생각하지? 62조든, 1조든 가격은 매기는 사람이 정하는 거야."

"설마 그렇게 사려는 건 아니겠죠?"

"금융이란 게 막상 가격이 없는 거야. 운동화든, 자동차든, 하다못해 농사꾼이 기른 배추 한 포기도 그 자체의 가치가 있지만 은행이란 건 장부 숫자만 있는 거 아니겠나? 은행 가치가 얼마인가는 문제가 아냐. 파느냐 안 파느냐, 그 중에 하나를 선택해야 하는 거야. 1조가 억울하면 안 팔고 그냥 망하면 되겠지. 자네 같은 투사들이야 무릎 꿇고 사느니 서서 죽겠지만 나머지 직원들은 어떻게 되는 거지? 거기 딸린 가족들은? 일자리를 잃은 수많은 직원들의 앞날은?"

직원들의 가족까지 걱정하는 그의 말에 루반은 기가 막혀 자신도 모르게 웃음이 새어나왔다.

"언제부터 예전 직장 동료들의 가족들 앞날까지 챙기셨나?"

"자넨, 세상이 눈에 보이는 것만 있다고 생각하지? 그러나 세상은 보이지 않는 손들이 움직이는 거라네. 보이는 건 아무것도 아냐. 은행 하나 팔아넘기는 거? 그건 아무것도 아냐. 마음만 먹으면 나라도 팔아 치울 수 있는 손들이 있어. 어릴 때 돼지 한 마리를 길렀지. 아버지께서 내가 중학교 들어갈 때 입학금으로 쓴다고 기른 거야. 내가 매일 밥을 주고, 개구리도 잡아다 넣어 주고, 옥수숫대도 잘라 주었더니 조그맣던 돼지 새끼가 삼년 후엔 엄청나게 커졌어. 새끼 때는 우리 문으로 들어갈 수 있었지만 내다 팔려는데 몸집이 커진 돼지가 문으로 나올 수가 없는 거야. 어떻게 했겠나? 문을 뜯어낼 수밖에 없었지. 지금 그 문을 뜯어고치는 거야. 자산 가치? 법? 그건 뜯어고치면 되는 거야. 그게 금융이라는 돼지를 잡는 법이야."

지난 생각에 잠겨 있던 루반은 여전히 눈앞에서 매끈거리는 혀를 놀리는 노양의 얼굴을 당장 한 대 후려갈기고 싶은 충동에 사로잡혔다.

"은행은 넘어가게 되어 있었어. 우린 그걸 어떻게든 지켜보려고 했고. 그런데 지금 그게 물거품이 될 판이야."

"루엘 차장에게도 그런 식으로 약을 파셨더군."

"그게 진실이니까 누구에게라도 그리 말할 수밖에. 까멜리아은행은 유니온 페어가 아니더라도, 어떤 사모펀드나 헤지펀드 손에 들어갔을 거야. 난 팔리는 게 아니라 그 후를 걱정했네. 국제적인 은행으로 살려보려고 했네."

"그런데?"

"그런데 유니온 페어가 은행을 팔고 나가려고 하네."

"그거하고 이번 일이 무슨……"

노앙이 손을 들어 그의 말을 가로막으며 착잡한 표정을 지었다.

"모르기를 바랐지만 어쩔 수 없군. 어차피 자네도 알아둬야 할 테니."

다시 술잔을 비우며 노앙이 잠시 끊겼던 말을 천천히 이어나갔다.

"유니온 페어는 장기 투자를 약속했지. 나도 그걸 믿었고. 그런데 거기 허점이 있었던 거야."

2003년 7월 15일 아침이었다.

특급 호텔 VIP 룸에서 10인 비밀 대책 회의가 열렸다. 재무성 금융정책국의 산체레, 금관원 금융정책 1국장인 졸핀, 야리 대통령궁 행정관, 모건 스탠리사의 바토르, 까메리카의 샤리 변호사, 까멜리아은행장 가르엥 등 10인이 모여 은밀한 이야기를 나누고 있었다.

"지금 까멜리아은행 상태가 어떻습니까?"

먼저 대통령궁에서 나온 야리 행정관이 입을 열었다.

"카드 쪽이 문제지, 은행 재정은 그리 큰 문제가 아닙니다."

은행장인 가르엥이 머리를 조아리며 대답을 했다. 그러자 맞은편에 앉아 있던 졸핀 국장이 혀를 차며 끼어들었다.

"그기 문젠기라요. 만약에 카드 쪽이 무너지면 까멜리아은행이 그걸 떠안을 수 있겠어요?"

"그럴 리는 없겠지만, 최악의 경우에는 자력만으로는 좀 어렵다고 봐야지요."

졸핀의 추궁에 가르엥 은행장이 자신 없는 목소리로 말했다.

"그럼, 결국 공적 자금으로 살려 내야 한단 말 아닙니까?"

공적 자금이라는 산체레의 말에 야리가 정색을 하며 말을 가로챘다.

"더 이상 공적 자금은 안 됩니다. 아이엠에프 때 들어간 자금도 회수가 안 되고 있는데…… 공적 자금이란 게 결국 국민들 돈인데, 여론이 조용하겠어요? 야당도 동의를 안 할 거구요."

"공적 자금이 어렵다면, 까멜리아은행을 조기에 팔아넘기는 수밖에 없는데…… 국내에는 그럴 만한 은행이 없잖아요? 해외 매각은 어떤가요?"

"현재로선 유니온 페어가 적극적입니다."

까멜리아은행 매각의 주무사인 모건 스탠리의 바토르가 안경을 쓸어 올리며 말을 내놓자, 모두의 눈길이 뒤편에 앉아 있는 유니온 페어의 노앙에게 쏠렸다. 졸핀이 나서서 어색한 분위기를 바꾸려 애를 썼다.

"지금 국내외를 가릴 때가 아닌 기라요. 물건이란 게 임자가 있을 때 팔아야 합니다. 그나마 유니온 페어가 사겠다고 나섰을 때 팔아야……"

너스레를 떠는 졸핀의 말에 이맛살을 찌푸리며 가르엥 은행장이 난색을 표했다.

"은행법 시행령에 외국인이 국내 은행을 사들이려면 금융자본이어야 하는데, 유니온 페어는 사모펀드라서 곤란합니다."

"퍼스트내셔널 은행 털 때 JP 모건과 칼라일이 합작 형태로 갔듯이, 금융자본과 섞으면 되지 않겠습니까? 유니온 페어가 ABN암로와 손을 잡으면 어떻겠습니까? 암로야 명백한 금융 주력자 아입니까?"

그러자 뒤편에 앉아 이야기만 듣고 있던 노앙이 좌중을 향해 인사를 하고 나서 공손한 태도로 입을 열었다.

"암로와 함께 가는 건 텍사스에서 거북해 합니다."

"못 먹어도 고 하겠다? 의욕이 좋네요."

어색해진 분위기를 의식한 산체레가 노앙을 은근히 거들며 나섰다.

"유니온 페어로선 삼수를 하는 셈입니다. 이번엔 꼭 성사되도록 도와주십시오."

"그래서 지금 이렇게 모인 거 아닙니까. 일단 유니온 페어로 넘기는 쪽으로 정하고, 해결 방안을 찾아보기로 하지요. 저기, 까메리카에선 뭐 묘책 같은 거 없나요?"

그 말에 한쪽에 다소곳이 앉아 있던 샤리 변호사가 들고 온 인쇄물을 재빨리 좌중에 돌리고 의견을 내놓았다.

"은행법 시행령 8조 2항에 보면 부실 금융기관의 정리 '등'이란 예외 조항이 있긴 합니다."

"결국 등을 업고 가자는 겁니까?"

"규정을 해석할 때 등을 업고 넘는 데는 문제가 많습니다. 등이라는 걸 인정하면 모든 게 예외가 될 수 있으니까요."

은행법의 예외 조항을 이용하자는 산체레의 말에 졸핀이 이맛살을 찌푸리며 이견을 내놓았다.

"그러니 그걸 잘 타고 넘을 수 있는 예외 조건을 찾으란 말입니다."

자신의 은행이 팔려 나갈 수 있는 예외 조건을 찾으라는 말에 가르엥 은행장이 벌게진 얼굴로 토를 달고 나섰다.

“규정대로 하자면 은행이 파산 직전이거나 비아이에스 수치가 4 이하로 떨어질 만큼 부실해야 하는데, 까멜리아은행은 그럴 정도는 아닙니다.”

“비아이에스는 항상 방어적으로 최악의 경우를 대비해 판단해야 합니다. 만약에 긍정적으로 평가했다가 나중에 파산이라도 당하면 누가 책임집니까? 행장이 질 겁니까?”

“그거야 그렇지만…… 노조 쪽에서 가만히 있지 않을 텐데요.”

산체레와 은행장 사이에 오가는 이야기를 듣고 있던 야리 행정관이 해결책을 제시해 주었다.

“장기 투자 약속을 문건으로 달아 주세요. 그럼 노조 쪽도 별 말이 없지 않을 거 아니오.”

“본사와 상의해 보겠습니다만……”

사전에 논의되지 않은 방안이라 노앙이 난감한 얼굴로 우물거리자 졸핀이 한쪽 눈을 찡긋거리며 중재를 해나갔다.

“그거야 기냥 장기 투자하겠다 박아 놓고, 언제까지라는 단서를 달지 않으면 되지 않겠십니까?”

묘안이라는 생각에 모두 고개를 끄덕이자, 가르엥 은행장도 마지못해 수긍을 했다.

“지분을 가지고 있는 수출입은행 쪽이 매각에 어떻게 나올지 모르겠습니다만……”

"그렇게 합시다. 수출입은행 쪽은 내가 설득할 테니, 금관원에서 큐 사인이 떨어지면 바로 움직입시다."

이래저래 의견이 분분하자 산체레 국장이 서둘러 의견을 모았다.

"원래 도장값도 있는 겁니다. 일이 빨리 진행되어야 도장값이 비싼 긴데……"

대충 의견이 모아지자 졸핀 국장이 뒷자리에 앉아 있던 노앙을 돌아보며 한쪽 눈을 찡긋거렸다.

지난 이야기를 마치고 난 노앙의 얼굴은 고통스럽게 일그러져 있었다.

"설마 기한이 명시되지 않은 장기 투자의 허점을 써먹을 줄은 몰랐어. 막으려고 해 보았지만 중과부적이야. 이 나라 관료들이 어떤 자들인지 잘 알고 있지 않은가. 난 실권을 잃고 아무것도 할 수 없는 처지라네. 토끼를 잡았으니 사냥개를 삶겠다는 거지."

담배를 꺼내 문 노앙이 허탈한 웃음을 지으며 루반을 돌아보았다.

"그래도 명색이 사냥갠데, 뭐라도 물어야 하지 않겠나? 유니온 페어가 버뮤다에 세운 페이퍼 컴퍼니에 검은 머리 외국인들 돈이 끼어들었어. 승인 받을 때는 외국인 이름으로 받고, 주금 납입 하루 전에 투자자를 바꾼 거야. 그 뭉칫돈에 바샤나 졸핀 같은 모피아들이 끼어 있어."

대강 돌아가는 사정을 알게 된 루반이 여전히 미심쩍은 눈으로 노앙을 쏘아보았다.

"그래, 내가 샤리 변호사한테 일을 부탁했어. 바샤 뒤를 캐라고……"

말을 마친 노앙이 괴로운 얼굴로 한숨을 내쉬었다.

"그대로 지켜볼 수만은 없었지. 어떻게든 재무위가 매각 승인을 못하게 막아야 해. 이걸 못 막으면 자네나 나나 진짜 매국노가 되는 거야."

"금관원에 있던 졸핀이 유니온 페어에 투자를 했다?"

설마 하는 표정으로 이야기를 듣던 루반이 못 믿겠다는 얼굴로 되물었다.

"사모펀드에 내로라하는 고관대작들이 돈놀이를 한 거지. 이 정도면 까멜리아 공화국 전체가 후끈 달아오를 일이 아니겠나?"

"그래도 법이란 게 있는데?"

법이라는 말에 노앙이 크게 소리를 내어 웃음을 터뜨린다.

"스티븐 호크라고 아나? 미국 외교위원회 위원이며 주까멜리아 미국 상공회의소 일을 보는 사람이 재무성 산체레에게 로비를 한 사실이 드러났지. 법원에서 뭐라고 풀어 준 줄 아나? '로비한 사실은 있지만, 실패한 로비는 처벌할 수 없다', 이거 어디서 많이 들어 본 소리 아닌가?"

그 이야기를 듣던 루반의 눈앞에 거리로 쫓겨난 직원들이 절규하는 모습이 어른거렸다. 문자로 해고 통지를 받고 눈물을 흘리는 직원들과 매각 반대를 외치며 경찰들에게 개처럼 질질 끌려가던 노조원들의 절규 소리가 귀에 고압 전류처럼 파고들었다.

"그래서 루엘에게 엉터리 팩스를 보내라고 한 걸로도 모자라 사우스웨스턴 거래 내역까지 지우게 한 거요?"

그 말에 노앙은 정색을 하고 그를 쳐다보며 차분히 입을 열었다.

"팩스는 금관원과 유니온 페어에서 결정하여 모건 스탠리에 맡겨 만든 내용이네. 발뺌은 하지 않겠네만 사우스웨스턴 거래 내역은 내가 지운 게 아니네."

"그럼 누구요?"

"그게 드러나면 곤란한 사람이 누구겠나? 난 펀드매니저 출신일세. 내가 거기에 투자한 건 이미 공개된 사실이네. 400만 달러를 넣었지. 나뿐이 아니라 유니온 페어의 까멜리아 직원들은 여윳돈을 다 털어 넣었어. 왠지 아나? 어려움에 빠진 조국의 은행이 파산하는 걸 막기 위해 한 푼이라도 털어 넣은 거야. 한 푼의 달러라도 아쉽던 건 자네도 알잖나?"

"그럼 모피아들?"

"돈에는 국적이 없다네. 이 나라 높은 사람들 자식치고 외국 시민권 안 가진 사람 드물 걸. 돈이 조국인 셈이지."

그때, 노앙이 일어나 벽에 걸린 대형 엘시디 화상기를 켠다.

"자네도 한번 보면 재미있을 걸세."

잠시 후, 화상기 화면으로 뉴스 영상이 뜬다.

까멜리아은행은 유니온 페어와의 매각 협상의 불가피성을 강조하고 가격을 낮춰 유니온 페어가 쉽게 인수할 수 있도록 하기 위해 부실 규모를 과장하는 등으로 까멜리아은행의 순자산 가치를 낮추어 매각을 추진하였다. 또한 2003년 4월 자산 실사 이후 본격적인 가격 협상이 이루어진 2003년 7월경에는 경영 상황이 크게 호전되었는데도 불구하고 매각 가격을 높이기 위한 추가 협상 노력을 하지 않았고, 또한 재무성 산체레 국장 등은 수출입은행의 반대를 무시하고, 유니온 페어 일방에만 유리한 콜옵션을 수용하도록 압력 행사를 하였다. 이외에도 매각 가격 결정 및 협상 과정에서 대주주와 이사회를 배제하거나 협상 내용을 호도하는 등 공정성 및 투명성을 일실한 채 매각을 추진하였다.

화면은 잠시 멈추었다가 다시 이어진다.

유니온 페어의 1조 까멜 증자 참여에도 불구, 2003년 말 비아이에스 비율이 9.3%에 불과하여 유니온 페어의 증자 참여가 없었다면 8%에 미치지 못한다는 주장이 있으나, 연말 수치가 9.3%인 이유는 증자로 인해 비아이에스 비율 운용에 여유가 생긴 까멜리아은행이 규정상 요구되는 금액보다 훨씬 많은 액수의 대손 충당금을 적립하였기 때문이다. 즉 까멜리아은행 관련자도 규정상 요구되는 까멜리아카드의 최소 적립액은 1조1,864억 까멜이었으나 실제로는 2조807억 까멜을 적립하는 등 은행이 자본 여유분을 고려하여 충당금 적립을 통상적인 경우보다 많이 한 사실을 인정하였다. 규정상 요구되는 최소 필요 충당금만을 적립할 경우 비아이에스 비율이 11.14%까지 올라가고 거기에서 유니온 페어 증자 효과를 차감하더라도 8%대를 유지한다.

화면을 멈춘 노양이 착잡한 표정으로 루반을 돌아보았다.

"앞의 것은 감사청이 2007년 3월 12일에 발표한 까멜리아은행 매각 추진 실태 감사 결과를 보도한 뉴스 영상이고, 뒤의 것은 대검찰청이 까멜리아은행 매각 비리에 관해 2006년 12월 7일에 발표한 것이네."

어이가 없어 루반은 무어라 대꾸를 할 수가 없었다.

"이걸 누가 보내줬는지 아나? 졸핀이네. 자신들이 얼마나 유니온 페어를 위해 애를 썼는지 알아 달라는 의도겠지. 영문으로 자막을 넣어서 본사의 클레이 셔먼 회장에게 보내라는 부탁까지 하더군. 물론 보내지 않았지만."

감사청과 검찰이 이런 문제들을 밝혀냈는데도, 어떻게 아직도 유니온 페어는 멀쩡할 수 있을까.

"내가 이런 자들과 싸우고 있네."

루반은 머릿속이 혼란스러워졌다. 잠시 이런저런 생각에 잠겨 있자니 노앙이 그의 주먹을 힘껏 움켜쥐며 떨리는 목소리로 말을 이었다.

"어떻게든 저 자들을 막아야 돼. 자네가 지금 이렇게 된 것이 누구 때문인가. 억울한 누명을 쓰고 죽은 루엘은 어떻고, 졸지에 직장을 잃은 직원들과 은행에 투자했다 쪽박을 찬 사람들은……"

노앙의 입에서 직원과 투자자 얘기가 흘러나오는 대목에서 루반은 자신도 모르게 벌떡 일어나 노앙을 밀쳐 낼 뻔했다. 무슨 일이 있더라도 절대 화를 내지 말고, 노앙이 하는 말을 잘 듣고 의중을 파악해 보라던 베르친의 당부가 치밀어 오르는 분노를 간신히 눌러 앉혔다. 가슴 속에선 불이 일어났지만 루반은 억지로 그걸 억누르며 노앙이 하는 말을 듣고만 있었다.

"검은 머리 외국인만 밝혀내면 모든 게 명명백백히 밝혀질 걸세."

"거래 내역까지 말끔히 지웠는데, 뭘 알아보라는 거요?"

"자네는 하던 일을 계속하면 되네. 그쪽에선 뒤를 캐는 것만으로도 여간 거북한 게 아닐 걸세. 혼자 힘으로 벅차면 베르친의 힘을 빌리게. 노조나 공대위도 있잖은가. 일단 검은 머리 외국인들에 대한 여론을 불러일으키기만 해도……"

루반은 어렴풋하게나마 노앙의 의도가 무엇인지를 짐작할 수 있었다. 샤리를 통해 그에게 주문한 일이란 것은 냄새를 풍기는 것인지도 몰랐다. 노린재처럼 고약스러운 냄새를 풍기며, 자신의 목을 조르는 상대의 손을 떼어 내려는…… 어쩌면 노앙은 계좌의 진짜 돈 주인을 밝히는 일이 불가능하다는 것을 처음부터 알고 있었는지도 모른다.

"그런데 검은 머리 외국인은 정말 있는 거요?"

짐짓 내색을 않고 루반이 넌지시 물어보았다.

"그게 궁금하신가? 나도 마찬가지네. 우리 한번 끝까지 찾아보세."

야릇한 웃음을 짓는 노앙의 얼굴을 물끄러미 바라보던 루반이 자리에서 일어섰다. 의도를 알 때까지 지켜보라던 공대위 쪽의 부탁도 있었지만, 아직 그로선 검은 머리 외국인들을 잡을 이렇다 할 증거가 아무것도 없었다. 노앙을 믿어서가 아니라 지켜볼 수밖에 없는 일이었다. 밖으로 나서려던 루반이 노앙을 돌아보며 지나가는 말처럼 물었다.

"질레는 어떻게 된 거요?"

난데없는 질레의 이야기에 노앙의 얼굴에 당황스러운 기색이 역력하다.

"어째서 이혼을 했소?"

"자네가 신경 쓸 일이 아닌 듯한데."

"질레가 요즘 어떻게 지내는지 모르진 않겠지?"

그 말에 순간적으로 노양의 눈이 빛나며 루반을 뚫어지게 바라보았다.

"질레를 만났나?"

"모른다는 말로 들리는군."

"헤어진 지 오래 되었네. 미국에서 들어와 만나보려 했네만 근황을 알지 못했네."

그 말에 루반은 코웃음을 쳤다.

"여자 변호사와 놀아나느라 바쁘셨겠지."

"지금 질레가 어디 있지?"

"왜 만나서 어쩌시려고?"

냉담한 루반의 말에도 노양은 개의치 않고 착잡한 얼굴로 말을 이어나갔다.

"한때는 부부였네. 자네는 이해할 수 없겠지만 그 사람에게 나는 마음의 빚이 깊네."

"그래서 무릎 꿇고 사과라도 하시려고?"

"난 조만간 미국으로 돌아갈 거야. 가기 전에 만나서 꼭 할 말이 있네."

노양은 간절한 표정으로 질레를 만나게 해달라고 부탁했다. 루반은 차가운 눈으로 그런 그를 쏘아보았다.

"알아도 알려 주고 싶지 않지만, 나도 모르오."

그런 말에도 노양은 긴장한 눈빛으로 루반의 표정을 어느 하나 허투루 놓치지 않으려는 듯 집요하게 살폈다.

노양은 그가 질레의 거처를 알고 있을지도 모른다고 생각했다. 그의 입에서 질레의 이야기가 나올 줄은 전혀 예상 못한 일이었다. 적잖이 당황스러웠다. 조금 전까지도 앉은 자세 하나 흐트러뜨리지 않던 노앙이 눈에 띄게 흔들리며 동요하는 기색이 역력했다.

루반이 돌아가고 나서도 그는 한참 동안 방안을 이리저리 오가며 안절부절 못했다. 술을 두 잔이나 거푸 마신 그가 서랍 속에 있는 전화기 가운데 하나를 꺼내 어디론가 급히 전화를 걸었다.

"할렐루야 금융 루반. 똘똘한 애들을 붙여. 누구를 만나는지, 무슨 이야기를 나누는지 빠뜨리지 말고 보고해. 그리고 질레 행방은 아직도 못 찾은 거야?"

13

리그 하위 팀들끼리의 경기 때문인지 프로야구 경기가 열리는 야구장은 빈 자리가 많았다. 삼루 외야의 구석진 자리에서 맥주 캔을 비우며, 루반이 전하는 이야기를 듣고 난 베르친이 이제야 알겠다는 듯이 고개를 끄덕였다.

"결국 재판 때문이었구나 거래할 카드를 찾았던 거야."

"그게 이상하단 말이야. 그걸 하필 왜 나한테?"

막바지 8회전에 이른 야구 경기를 바라보며, 루반이 고개를 꺾어 캔 맥주를 들이키며 중얼거렸다.

"어쩌면 검은 머리 외국인 자료는 노앙이 일찌감치 갖고 있었을 거야. 아무리 껍데기라도 마음만 먹으면 쉽게 알아낼 자리 아니냐."

"그러면 제가 나서서 담판을 지으면 되지."

"아니. 노앙은 거래를 하려 한 거지. 끝장을 내려는 건 아닐 거야. 제가 직접 나서면 그건 진짜 끝장내는 싸움 아니겠어?"

그 말을 듣던 루반은 자신을 믿고 지켜보라던 노앙의 당부가 모래알처럼 머릿속에서 버석거리며 굴러다녔다.

"노앙은 네가 검은 머리를 찾을 수 없다는 걸 알고 있었어. 그냥 찾는 척만 해 주면 되었던 거야. 가끔 노조와 공대위도 움직여 가며."

잠시나마 노앙의 말을 반신반의하며 귀를 기울였던 자신이 루반은 부끄럽고 참담하게 느껴졌다.

"어쨌든 지켜봐야 하지 않겠어?"

고개를 꺾고 어깨를 늘어뜨린 루반이 보기 안되었는지 베르친이 따지 않은 맥주 캔을 건네며 말했다. 울화가 치밀었지만 베르친의 말에 달리 할 말이 없었다. 노앙에게 다시 속는다 해도 지금 루반이 할 수 있는 일은 별 게 없었다.

"그러다가 진짜 머리 터지게 싸움을 벌일지도 모르는 일이지."

지나가는 말처럼 중얼거리던 베르친이 벌떡 일어나 환호성을 질렀다. 안타였다. 그런 베르친을 어이없다는 듯 바라보던 루반이 불뚱가지를 냈다.

"넌 지금 야구 볼 기분이 나냐?"

그런 말에도 베르친은 테가 굵은 안경을 끌어 올리며 싱겁게 웃어 보일 뿐이었다.

"나, 지방 영업소로 내려가랜다."

"뭔 소리야?"

뜬금없는 그의 말에 루반이 놀란 표정을 지으며 물었다.

"라타 지점으로 발령났어."

"정기 인사 기간도 아닌데 갑자기 지방 영업소라니? 라타가 어디냐? 차로도 까마득한데."

"까라면 까야지, 별 수 있냐?"

"이유가 있을 거 아냐?"

"몰라서 물어?"

그 말에 루반이 뒤늦게 사정을 짐작하고는 이내 입을 다물고 말았다.

"전산실 홍게 대리는 르노 섬 지점으로 날아가게 되었어. 담 달에 결혼한다던데……"

"그 친구는 왜?"

"말로야 지점의 결원 충원이라지만, 지난번 전산실에서 거래 내역 뒤진 거 때문 아니겠어?"

"그게 왜?"

"규정으로 보면 일단 문책감이잖아. 임의로 고객의 계좌를 조회하는 건."

자신 때문에 덤터기를 쓴 베르친을 루반은 바로 볼 면목이 없었다. 공연히 버럭 소리를 지르며 얼굴을 붉혔다.

"그래서 그냥 가라는 대로 가는 거야? 노조 쪽에서 뭐라 항의라도 해야 하는 거 아냐?"

"뭐 싸울 건덕지가 있어야지. 일단 내려가 있으래."

"두고 보자는 놈 치고……"

빈정거리는 말에 베르친이 진지한 얼굴로 말을 이었다.

"지난번엔 몰라서 당했지만, 이번엔 맥없이 당하진 않을 거야."

그러고 보니 며칠 사이에 베르친의 얼굴이 몰라보게 초췌해져 있었다. 술깨나 퍼 마신 모양이었다. 변한 게 아무것도 없었다. 거리에 나와 악을 쓰고 싸워도, 깨지고 쫓겨나는 건 언제나 힘없는 쪽의 몫이었다.

"계란으로 바위를 치는 격이지."

"계란으로 바위를 뒤덮을 순 있잖아. 진득진득하니 들러붙어."

천연덕스럽게 웃으며 농을 하는 베르친의 말에 루반의 입에서도 맥없이 웃음이 흘러나왔다.

"나도 싸울 만큼 싸워 봤는데, 지금 생각해 보면 그건 싸움이 아니었어. 매번 지는 싸움만 해 온 거야."

착잡한 심정으로 야구장을 내려다보던 루반이 입속으로 중얼거렸다. 경기장에선 타석에 오른 타자가 삼진으로 물러나고 있었다.

"진짜 지는 게 뭔지 아니? 싸우지도 않고 주저앉는 거야."

아리송한 베르친의 말에 루반은 뜬금없다는 얼굴로 돌아보았다.

"요즘은 싸움도 없는 놈들끼리 하더라. 힘 있는 것들은 싸우는 것도 제가 하지 않아. 돈 몇 푼 던져 주면 대신 싸우겠다고 달려드는 개털들이 즐비하니까."

베르친이 씁쓸한 얼굴로 주절거리며 먹다 남은 캔 맥주를 들이켰다. 경기장에선 타석에 들어선 6번 타자가 야수를 훌쩍 넘기는 역전 삼루타를 날렸다.

"안타다, 안타!"

베르친이 다시 자리에서 벌떡 일어나 소리를 질러 댔다.

"소 뒷걸음질에 쥐를 잡았구만."

"그게 야구 아니냐."

타율도 보잘 것 없고, 별반 기대도 안 한 선수의 삼루타에 경기장은 단숨에 환호로 들끓었다. 뒷걸음질에 잡히는 쥐라도 있는 야구가 낫다는 생각이 들었다. 한 번이라도 쥐를 잡아 보는 싸움을 할 수 있을까.

이런 생각에 잠겨 있던 루반을 베르친이 흔들어 깨웠다.

"옛날 야구하던 생각나냐? 야구 동호횐지 뭔지 그때 정말 열심히 했는데. 노양 그 인간은 그때부터 뺀질거렸잖아. 투수랍시구 손 하나 까딱 안하고. 그 인간, 포볼로 내보내려면 꼭 타자 대가리를 맞추고."

"까마득하다."

지난 이야기에 킬킬거리던 두 사람은 이내 말이 없어졌다.

"미안하다."

"뭐가?"

"너 짤릴 때, 보고만 있어서."

"왜 가슴이 찔리냐?"

빈 맥주 캔을 손으로 우그러뜨리며 루반이 무심한 목소리로 중얼거렸다.

"동물의 왕국 보면 악어가 나오잖아. 먼 길을 지나온 들소들이 물을 마시려면 악어가 기다리고 있는 거. 눈치만 보다 한 마리가 용기를 내어 물을 먹다가 악어에게 물리잖아. 그러면 눈치만 살피던 들소들이 안심을 하고 물을 먹기 시작하지."

"웬 동물의 왕국?"

"난 그런 들소가 된 기분이었어. 동료가 옆에서 죽어 가면 안심하고 물을 마시는……"

"못 보는 새 철학자가 되셨네."

무언가 망설이던 베르친이 야구장을 내려다보며 담담한 어조로 말을 이었다.

"나, 노조로 들어간다. 상근하기로 했어."

"뭐야? 라타로 안 가고?"

"안 간다고 했어."

루반도 노조 상근이 얼마나 힘든지 알고 있었다. 가슴에서 무언가 뜨거운 게 불끈 솟아올랐다. 오랫동안 잊고 있었던 분노 같기도 하고, 뜨거운 열정 같은 불길이 자신도 모르는 새 슬그머니 지펴지며 타오르는 기분이었다.

"회사에서 가만히 두고 볼까?"

"지들이 해 봐야 자르기밖에 더 하겠어?"

"짤리면?"

"복직 투쟁!"

베르친이 루반의 어깨를 툭 치며 소처럼 싱거운 웃음을 지어 보였다. 그 말이 루반의 가슴을 대못처럼 찔러 왔다. 찬바람이 몰아치는 거리에서 혼자 쭈그리고 앉아, 출근하는 동료들을 지켜봐야 했던 심경이 지금도 가슴을 서릿발처럼 얼려 왔다. 무어라 말을 해 주고 싶었지만 건네지 못한 채 그저 입 속으로 우물거리는데, 베르친이 혼잣말처럼 중얼거렸다.

"네가 뭘 하든 혼자 내버려 두지 않을 거다."

루반이 아려오는 눈에 억지로 웃음을 지으며 돌아보니, 어느 결에 베르친의 눈이 질척하니 붉어져 있었다. 무어라 한 마디 튕겨 주려던 루반은 가슴에서 무언가 뜨거운 것이 꾸역꾸역 솟구쳐 올라 아무 말도 할 수가 없었다.

"미친 놈. 얌전히 돈이나 벌지."

"미친 놈. 너나 많이 벌어."

둘은 서로를 바라보다가 너털웃음을 지으며 어깨를 부둥켜안았다.

정갈한 마사가 깔린 마당 뒤편으로 창울한 대숲에서 서늘한 바람이 일렁인다. 한적한 전통 음식점 방에 노앙과 졸핀이 앉아 담소를 나누고 있다.

"사모펀드에 투자까지 하시는 줄은 몰랐습니다."

"바쁘실 텐데, 그런 뒷조사까지 하고 다니셨나 봅니다."

"모피아님들께서 검은 머리 외국인일 줄도 미처 몰랐습니다."

"떠돌아다니는 이야기야 뭔들 없겠습니까?"

졸핀이 능글거리는 웃음을 지으며 여유를 보였다.

"사우스웨스턴에 돈을 댄 진짜 전주를 알아낸 사람이 있더군요."

사우스웨스턴이라는 말에 졸핀이 잠깐 움찔하다 이내 평온한 모습을 찾았다.

"펀드에 투자하는 기야 누구나 할 수 있는 기 아입니까?"

"저도 그렇게만 알았죠. 그런데 환치기를 한 증거를 잡은 사람이 있더라구요."

환치기라는 말에 조금 전까지도 여유를 보이던 졸핀의 얼굴에 긴장감이 감돌았다.

"루엘이라고 아시지요? 그 양반이 지운 자료들을 따로 보관하고 있었다는군요."

잠시 말을 멎고 상대의 표정을 살피던 노앙이 다시 말을 이어나갔다.

"그런데 하필 그걸 찾아낸 사람이 보통 아니더라구요. 노조 출신에다가 공대위 사람들과도 잘 통하고…… 일단 잘 다독여 놓기는 했습니다만."

앞에 놓인 술잔을 떨리는 손으로 든 졸핀이 노앙을 빤히 쳐다보며 물었다.

"어쩔 생각이신지?"

"국민 앞에 한 장기 투자 약속을 지켜야 하지 않겠습니까?"

"매각을 막으시겠다?"

앞에 놓인 노앙의 잔에 술을 따라 주며 졸핀은 야릇하게 웃으면서 말했다. 뒤울에서 불어오는 댓바람 소리가 창호 문 주변을 두런두런 서성였다. 웃음소리가 끊이지 않지만 방은 팽팽한 긴장감으로 숨이 막힐 것 같다.

"설마 이런 일을 우리 같은 잔챙이들 몇이 했다고 생각하는 건 아니겠죠? 녹봉 받아먹고 사는 공무원 주제에 뭔 돈이 있어 그길 하겠습니까? 우리들이야 도장 값이나 몇 푼 얻어먹고 심부름이나 하는 깁니더."

"도장값이라……"

"뭐, 급행료 수준이지요."

졸핀이 노앙을 친근한 눈으로 바라보며 은근한 목소리로 말을 건넸다.

"노앙 대표님요. 우리 서로 알고 지낸 지도 꽤 되고, 막말로 보일 거 안 보일 거 가리지 않고 홀딱 벗고 지내지 않았습니까. 어차피 한 배 탄 사람들 아입니까? 죽어도 같이 죽고, 살아도 같이 살아야 하지 않겠습니까?"

홀딱 벗고 지냈다는 대목이 달궈진 쇳조각처럼 노앙의 가슴에 파고들었다. 능글거리는 웃음이 담긴 졸핀의 눈에는 설핏 조롱기가 내보였다. 자신도 모르게 움켜쥔 주먹에 힘이 들어갔다. 터져 나오려는 분노를 삭이느라 노앙은 길게 심호흡을 했다.

"우리가 그런 사이였나요?"

빈정거리는 말에도 여유를 잃지 않고 졸핀은 시종 능청맞은 웃음을 지어 보였다.

"사람을 시켜서 뭘 뒤지는지 다 압니다. 그걸 터뜨린다고 뭐가 달라지겠습니까? 피차 죽일 놈 되는 거밖에 더 있습니까?"

"그냥 죽지요, 뭐."

노앙의 말에 졸핀이 정색을 하며 차가운 웃음을 흘렸다.

"죽는 걸로 끝이 나겠습니까? 죽지도 못하고 산 채로 매장되는 깁니다."

"재밌겠네요."

"조용히 해결하입시다. 공연히 시끄럽게 해 봐야……"

그의 말에 노앙이 진지한 목소리로 잘라 말했다.

"유니온 페어 매각 승인을 늦춰 주십시오."

"그거야 일단 재판 결과가 나올 때까지 두고 보기로 했으니까네."

"무죄가 나와야 하지 않겠습니까?"

노앙의 의도를 알아챈 졸핀이 어색한 웃음을 흘렸다.

"그리 되믄 얼매나 좋겠십니까? 하지만 재판이야 법원에서 하는 일이라 내는 예배당 가서 열심히 기도나 드리고 있심다."

"안 된다는 말로 받아들여도 되겠습니까?"

너스레를 늘어놓는 졸핀을 차가운 눈으로 쏘아보던 노앙이 추궁하듯 물었다.

"솔직히 어르신도 대법관들을 만나고, 까메리카에서도 이리저리 애를 쓸 만큼 썼는데, 센토 검사 그놈아가 쇠심줄처럼 보통 질긴 인간이 아닌 기라요."

"천하의 모피아들께서 검사 하나를 못 움직인다는 말이 낯설게 들리네요."

"빤히 아는 사이니 까놓고 말하입시다. 이번 재판은 에렵습니다. 여론도 그렇고, 법복 입은 양반들 가오도 있는데, 재판 세 개를 다 풀어 놓을 순 없는 기라요."

"그래서 너만 들어갔다 와라?"

"길게는 가지 않을 깁니다. 기냥 잠깐만……"

"유감스럽지만 그렇게는 못하겠는데요."

자리에서 벌떡 일어나 밖으로 나서는 노앙의 등 뒤에다 대고 졸핀이 다급하게 소리쳤다.

"설마 우리가 노앙 대표님을 모른 척하겠습니까? 섭섭지 않게 해 드리려고 준비해 놓은 게 있습니다. 잘 생각해 보이소."

다보스 포럼에 참가하기 위해 출국하려던 바샤는 공항에서 기다리고 있던 노앙을 보고 이맛살부터 찌푸렸다. 어제부터 할 말이 있다며 만나자는 걸 출국을 핑계로 따돌렸더니, 공항까지 나와 있을 줄이야. 공손히 허리를 굽혀 인사를 하는 노앙에게 손목시계를 들여다보며 용건을 물었다.

"출국 시간이 다 되었네."

"잠깐이면 됩니다."

공항의 VIP 접견실에 들어가 앉자마자 노앙이 옆구리에 낀 가죽 가방에서 몇 장의 서류를 내어 놓았다.

"유니온 페어 펀드에 들어간 국내 투자자 명단입니다. 검은 머리 외국인이라고도 하지요."

당혹스러운 얼굴로 서류들을 들여다보던 바샤는 이내 태연한 얼굴로 상대를 바라보았다.

"원하는 게 뭔가?"

"제 재판부터 해결해 주십시오."

단호하게 잘라 말하는 노앙을 물끄러미 바라보던 바샤가 난감한 표정으로 입을 열었다.

"자네 눈에는 내가 그냥 놀고 앉아 있었던 걸로 보이나?"

"제가 무죄를 받지 않으면 유니온 페어는 이 나라에서 한발자국도 빠져나가지 못합니다."

그의 단호한 말에 바샤는 부드러우면서도 중량이 느껴지는 어조로 그를 설득하기 시작했다.

"경거망동하지 말게. 이게 새어 나가면 모두 죽는 거야."

"감옥에 가느니 그냥 죽겠습니다."

"센토 검사가 애를 먹이고 있는 건 자네도 알잖은가. 검찰총장 말도 안 듣는 사람이야."

그 말에 노앙의 얼굴에 싸늘한 웃음이 감돌았다.

"그러면 별 수 없이 내가 센토 검사를 만나 봐야겠네요."

노앙은 책상에 내려놓았던 서류들을 들어 보이며 제 가방에 차곡차곡 집어넣었다.

"다녀오시면 재미있는 일이 벌어져 있을 겁니다. 부디 즐거운 여행이 되십시오."

노앙이 자리에서 일어나 인사도 없이 밖으로 나갔다. 그런 그의 뒷모습을 지켜보던 바샤가 난감한 얼굴로 어디론가 다급히 전화를 걸었다.

"센토 검사 건 어떻게 된 거야? 일들을 어떻게들 하고 있어."

짜증 섞인 바샤의 목소리가 날카롭게 공항 귀빈 대기실의 방 안을 퍼져나간다.

노앙은 샤리의 주선으로 어렵사리 주가조작 재판의 담당 검사인 센토를 만날 수 있었다. 생각보다 훨씬 허름한 검사실 안은 온갖 서류철과 정리되지 않은 집기들로 어지러웠다. 내민 명함을 들여다보던 센토 검사가 무뚝뚝한 태도로 노앙을 인사도 없이 맞이했다.

"무슨 일입니까? 담당 검사는 재판 중인 피고인을 직접 만날 수 없다는 걸 아실 텐데."

"전부터 마음속으로 깊이 존경해 왔습니다."

뜬금없이 내어 놓는 치사에 어처구니없다는 얼굴로 노앙을 물끄러미 바라보던 센토 검사가 이야기를 중간에서 잘랐다.

"용건이나 말하시지요."

이리저리 걸려오는 전화와 업무 보고 차 드나드는 직원들을 상대하느라 센토 검사는 경황이 없었다.

"검사님과 거래를 하고 싶습니다."

단도직입적으로 거래를 하고 싶다는 말에 센토 검사는 묘한 웃음을 지으며 노앙을 뚫어지게 바라보았다.

"유니온 페어의 까멜리아은행 인수에 문제가 없지 않습니다. 그리고 본사의 지시에 따라 주가를 조작한 잘못을 시인합니다."

그 말을 마친 노앙이 갑자기 자리에서 일어나 센토 검사 앞에 무릎을 꿇었다.

"제 벌은 달게 받겠습니다. 그러나 모피아들도 뿌리를 뽑아 주십시오. 외국투기자본과 결탁하여 제 배를 채운 모피아들의 결정적 단서를 드리겠습니다."

예상치 못한 그의 행동에 센토 검사는 황당한 표정을 지었지만 냉담한 목소리로 물었다.

"무얼 원하는 겁니까?"

노앙이 센토 검사의 물음에 무릎을 꿇은 채로 고개를 숙여 다시 한 번 절을 했다.

"금융인으로 살아온 명예를 지켜 주십시오."

"무죄를 바라는 거요?"

"거기까지 바라지도 않습니다. 정상을 참작하여 집행유예 정도면 만족합니다."

그 말에 센토 검사가 어처구니없다는 웃음을 짓는다.

"충격적인 자료입니다. 검은 머리 외국인……"

그때, 직원들이 들어와 검찰총장이 아까부터 기다리고 있으니 빨리 가야 한다고 센토 검사를 재촉했다. 서둘러 자리에서 일어서는 센토 검사에게 노앙이 급히 서류 봉투 하나를 건넸다.

"이 안에 모든 게 있습니다."

직원들과 급히 사무실을 나서던 센토 검사가 꺼림칙한 얼굴로 노앙을 바라보다가 마지못해 서류 봉투를 건네받아 자신의 캐비닛에 넣고 자물쇠를 채웠다.

"검토는 해 보겠소. 그래도 당신은 유죄요."

노앙에게 붙들려 약속 시각을 삼십 분이나 넘겨 도착한 고급 음식점에는 벌써 검찰총장이 방에 앉아 독작을 하고 있었다. 센토 검사가 급히 방으로 들어가 허리를 굽혀 양해를 구했다.

"바쁜 사람 불러내어 미안하네."

평소와 달리 너그러운 총장의 반응에 센토 검사가 외려 어쩔 줄을 몰랐다. 술잔이 오가며 총장이 센토 검사의 노고를 거듭 치하하는 말을 늘어놓았다.

"그동안 고생만 했는데, 자네도 좋은 자리 앉아 봐야 하지 않겠나."

센토 검사의 잔에 술을 따라주는 검찰총장의 얼굴에 묘한 웃음이 감돌았다.

"내일자로 랑게 지검장으로 영전하시게 되었네."

생각지도 못한 갑작스러운 전보에 센토 검사는 술잔을 든 채 멀거니 총장의 얼굴만 바라보았다. 총장은 얼굴 위로 미안해하는 표정을 미처 숨기지 못한 채 얼핏 내보였다.

"지검 충원 문제로 갑작스럽게 결정된 일이네."

대충 돌아가는 눈치를 파악한 센토 검사가 말없이 들고 있던 술잔을 들이켰다. 예상 못한 일은 아니지만 막상 당하고 보니 여간 착잡한 기분이 아니었다. 총장이 그런 센토 검사의 심경을 이해라도 한다는 듯이 어깨를 말없이 두드렸다.

"유니온 페어 건은 어떻게든 유죄를 낼 테니 섭섭하게 여기지 말게."

"어련하시겠습니까?"

총장이 내민 술잔을 비우며 센토 검사는 쓴웃음을 지어 보였다.

센토 검사가 검찰총장과 술자리를 갖는 시간에 불이 꺼진 센토 검사의 사무실로 검찰 직원들이 우르르 들어섰다. 당직을 서던 직원이 달려와 사유를 묻자, 센토 검사가 내일 갑작스레 영전을 하게 되어 짐을 싸러 왔다고 했다. 대검 중수부에서 나온 검사 하나가 직접 방안의 짐들을 챙기며, 직원들을 시켜 캐비닛을 열게 했다. 그리고 자물쇠를 절단기로 끊은 뒤에 안에 담긴 서류들을 뒤지기 시작했다. 얼마 되지 않아 한 캐비닛에서 노앙이 건넨 서류 봉투를 찾아냈다.

14

주일을 맞은 도심 한가운데의 대형 교회 안은 신도들로 들어설 틈이 없이 가득 찼다. 주차장에는 번쩍거리는 고급 외제차들이 즐비하게 늘어서 있고, 휘황찬란한 조명등이 걸린 삼층의 예배실에는 빈자리를 찾을 수가 없다. 장엄한 성가대의 찬송가를 끝으로 예배를 마치고 나서는 신도들 사이에서 주변 사람들의 인사를 받으며 산체레가 목양관 곁에 마련된 귀빈실로 들어섰다.

“교회에서 국장님을 보게 되니 그야말로 할렐루야입니다.”

앞서 걷던 졸핀이 산체레를 귀빈실로 안내했다. 문을 열고 들어서니, 방 안에 앉아 있던 사람들이 일어나 산체레를 반갑게 맞아 주었다.

“다 아시는 분들이지요. 여기는 초이앙 장관님, 여기는 샤리 변호사……”

“그냥 돌밭에 떨어진 씨앗입니다. 앞으로 좋은 말씀으로 잘 이끌어 주십시오.”

산체레의 말에 졸핀은 손을 내저으며, 로코코 풍의 장식이 호화로운 의자를 권했다.

“주님을 영접하셨으니 이제 큰 성령의 역사가 일어날 깁니다.”

“저야 그냥 쭉정이지요. 사실 감옥에서 고초를 겪으면서 적잖은 마음고생을 하는 중에 하나님을 의지하게 되었지요.”

“다 주님의 은혜지요. 내도 장로 노릇을 하고 있지만, 솔직히 믿음이란 게 보잘 것 없습니다."

앞으로 불거져 나온 배를 연신 쓰다듬으며 졸핀이 한 마디를 거들고 나섰다.

"어느 교회를 나갈까 고민하다가 제가 존경하는 분들이 약속이나 한 것처럼 이 교회에 계시다는 말씀을 듣고 무작정 찾아왔습니다."

"잘 오셨습니다. 우리 교회로 말하자면, 대통령 하던 분부터 총리, 장관 하시던 분들이 다 적을 두고 계시지요."

"아, 영광입니다."

"솔직히 까멜리아에 교회야 많지만 아무 데나 다닐 수는 없잖아요. 목사님 말씀도 그렇고, 신도들도 다 같지가 않으니까요."

"그렇지요. 송사에 시달리면서 틈틈이 성경을 읽어 봤습니다만, 그 말씀이란 게 참 깊고 오묘하더군요."

"성경이 살아 있는 진리의 말씀이라 안합니까?"

"제가 처음엔 좀 고민을 많이 했습니다. 돈이란 걸 늘 만지는 직업인데, 성경에 보면 부자가 별로 안 좋게 그려졌더라구요. 부자가 천국에 들어가는 게 낙타가 바늘구멍 드나드는 것보다 어렵다 하지 않았습니까?"

"그렇죠. 나중에 공부를 하시면 아시겠지만, 사실 그게 낙타가 아니라 밧줄이거든요. 마태복음 19장 24절과 마가복음 10장 25절에 나오는 구절이 번역이 잘못된 거지요. 아람어로 'gamta(밧줄)'를 'gamla(낙타)'와 혼동한 번역자의 실수라고 하대요. 어쨌든 낙타든 밧줄이든 부자가 천국을 가는 게 그만큼 어렵다는 거 아니겠습니까."

손에 쥐고 있던 성경책을 펼쳐 보이며 초이앙 장관이 아는 체하며 이야기를 길게 늘어놓았다.

"아, 그렇군요. 어쨌든 그 대목이 늘 마음에 얹혀서 무거웠거든요. 우리 하는 일이 국민 모두가 부자 되도록 하는 거 아니겠습니까?"

"그러네요."

"그런데 성경을 차근차근 읽어 보니까, 그 부자가 그냥 부자가 아니더라구요. 성경에 이런 구절이 나오지 않습니까? 주인이 외국에 나가면서 종들을 불러 한 사람에게는 금 다섯 달란트를, 한 사람에게는 두 달란트를, 한 사람에게는 한 달란트를 주고 떠났는데, 다섯 달란트 받은 이는 그걸로 장사를 해서 다섯 달란트를 남기고, 두 달란트 받은 종도 열심히 불려서 두 달란트를 남겼는데, 한 달란트 받은 종은 그걸 땅을 파묻어 그대로 한 달란트만 남겼다는 대목 말입니다. 거기 보면 주인이 나중에 돌아와 금을 많이 불린 종들은 칭찬하고, 땅에 묻어 한 달란트만 그대로 가져온 종에겐 몹시 화를 내며 그 종의 한 달란트를 빼앗아 열 달란트 가진 자에게 주라 했잖습니까. 거기 말씀이 있는 자는 받아 풍족하게 되고, 없는 자는 그 있는 것까지 빼앗기리라 하셨더란 말입니다."

"그렇죠. 종을 쫓아냈지요."

"그 대목을 읽으며 하나님이야말로 일찌감치 자본의 요체를 꿰고 계신 분이라는 생각에 무릎을 탁 치고 말았습니다. 수천 년 전에 벌써 자본가의 아름다운 덕성을 정확히 제시한 대목에 그만 감동하고 말았습니다. 솔직히 그 성경에 나오는 종이 바로 공무원 아닙니까. 시킨 일만 하고 아무도 책임을 지지 않으려고 복지부동하는 요즘 풍조야말로 쫓아내야 할 악습이 아니겠습니까?"

장광설을 늘어놓는 산체레의 목소리가 자신도 모를 열기에 사로잡혀 점점 높아져 갔다.

"성경에 나오는 부자라는 것도 그냥 돈 많은 사람을 말하는 게 아니지요. 부자의 반대가 뭡니까. 가난한 사람 아닙니까. 그런데 성경을 잘 읽어 보면 그 가난이 물질적 가난이 아니라 마음이 청빈한 걸 뜻하는 겁니다. 그러니까 천국에 못 들어가는 부자란 건 탐욕이 많은 사람을 뜻하는 거라고 봐야 하지 않겠습니까. 사실 돈 많은 게 죄는 아니잖습니까. 우리 같은 사람들이야 탐욕이 없는 사람들 아닙니까. 그야말로 마음이 가난한 사람들 아닙니까."

열띤 산체레의 말에 모두들 고개를 끄덕이며 한바탕 웃음을 터뜨렸다.

"그나저나 유니온 페어는 어떻게 돌아가나요?"

한바탕 신앙에 관한 이야기를 주고받던 산체레가 잠시 이야기가 끊기자 문득 생각났다는 듯이 유니온 페어 얘기를 꺼냈다. 그러자 졸핀이 한숨부터 길게 내쉬며 입을 떼었다.

"노앙이 센토 검사를 찾아갔다 안합니까?"

"센토 검사를요?"

"국내 투자자 명단을 들고 갔답니다."

그 말에 산체레가 화들짝 놀라 눈이 둥그레진다.

"그게 사실입니까?"

"다행히 미리 손을 써서 빼냈지만 식겁했습니다. 샤리 변호사가 귀띔을 해 주지 않았으면 큰일 날 뻔했습니다. 그게 센토 검사 손에 들어갔으면 길길이 날뛰었을 텐데……"

생각만 해도 끔찍하다는 듯 졸핀이 진저리를 치며 자초지종을 일러 준 뒤에야 산체레가 안도의 한숨을 내쉬었다. 방안의 사람들이 다투어 노앙을 비난하는 한편, 엽렵하게 손을 쓴 샤리를 칭찬하기 바빴다.

"이 모든 게 노앙 대표를 너무 궁지로 몰아서 생긴 일이에요. 만약 검은 머리 외국인들 명단이 세상에 알려지면 어찌 되었겠습니까? 은행 매각이 어렵게 되는 건 물론이고, 여기 계신 여러분들도 온전치 못하실 겁니다."

"대체 노앙 대표가 원하는 게 뭡니까?"

산체레가 심각한 얼굴로 샤리를 향해 물었다.

"오직 하나예요. 무죄."

샤리의 말에 곁에서 이야기를 듣고 있던 초이앙 장관이 머리를 내저으며 목소리를 높였다.

"그게 말이 되나. 듣자니 대법에서 돌려보낼 거라던데, 유죄 취지로 파기환송된 재판을 어떻게 무죄로 만들 수 있겠소?"

고개를 끄덕이면서도 모두 걱정이 태산 같은 얼굴들이다.

"독이 바짝 올라 이판사판으로 달려들 텐데……"

"죽자고 달려드는 이한테는 당해 낼 재간이 없지요."

행여 제게 불똥이 튈까 걱정이 되어 얼굴이 하나같이 어두웠다. 사생결단을 하고 달려드는 노앙을 놓고, 대책을 궁리하느라 전전긍긍하는데 샤리가 한 가지 제안을 내놓았다.

"뭔가 이쪽에서도 성의를 보여야 하지 않겠어요? 그냥 혼자만 감옥 가라면 누가 가만히 있겠어요?"

"성의라면?"

아무리 궁리를 해도 뾰족한 수가 없어 한숨만 내쉬던 산체레가 샤리를 향해 물었다.

"노앙 대표는 감옥 가는 걸 두려워하는 게 아니에요."

뜬금없는 말에 모두가 어리둥절한 얼굴로 그녀를 돌아보았다.

"명예예요. 자신의 명예가 더럽혀지는 걸 노앙 대표는 견디지 못하는 거지요."

"그러니까 그 명예란 걸 어떻게 지켜줘야 하는 긴데?"

명예라는 말에 졸핀이 피식 웃음을 흘리고는 빈정거리듯 그녀에게 물었다.

"이 바닥 잘 아시잖아요. 잘 나가던 사람도 재판에서 살아남지 못하면 어찌 되는 걸."

"하기야 오죽 능력이 없으면 감옥을 가겠나?"

얼마 전 무죄를 받고 풀려나온 졸핀이 같은 처지의 산체레를 돌아보며 의미 있는 웃음을 지어 보였다.

"감옥을 가더라도 끝이 아니라는 걸 보여줘야죠."

"돈 말이오?"

"돈도 있어야 하지만, 그것 말고도 노앙 대표가 안심할 수 있는 대책을 만들어 줘야 하지 않겠어요? 산체레 국장님이 시작한 콜럼버스 펀드 같은 것도 하나의 방법이 되겠지요."

얼마 전 산체레는 유니온 페어가 이 나라의 허술한 금융 시스템을 공략하며 돈을 벌어들이는 일을 도우며 얻은 경험과 지식을 그대로 중남미 국가들을 상대로 써먹으려고 사모펀드 회사를 만들었다. 그 이면에는 모피아와 유니온 페어의 도움이 적지 않았다.

“좋아요. 어르신께 말씀드려 방도를 마련해 보면 펀드사 하나 차리는 거야 어렵지 않을 거요.”

“돈이야 여기저기서 긁어모으면 쫌 되지 않겠나?”

자신의 제안을 수긍하는 분위기에 샤리는 얼굴에 미소를 머금었다.

“그것만 확실하게 보장해 주시면 노앙 대표는 내가 설득해 볼 게요.”

조금 전까지도 어둡기만 하던 얼굴 표정들이 그녀의 말에 밝아졌다.

“이제 좀 정리가 되네. 안 되는 무죄만 붙들고 질질 끌게 아니라, 재판을 빨리 끝내고 유니온 페어는 짐 싸서 내보내야 우리도 한시름 놓지 않겠습니까.”

홀가분한 표정으로 초이앙 장관이 이야기를 마무리했다. 그러자 돌아가는 눈치를 살피던 졸핀이 호기롭게 장담을 했다.

“재판만 나오면 매각 승인은 바로 내줄 껍니다.”

“샤리 변호사, 어딨어?”

격앙된 얼굴로 대표이사 방으로 들어선 노앙이 비서에서 소리를 쳤다. 그때 문이 열리며 샤리가 요염한 자태로 걸어 들어왔다.

“아까부터 기다리고 있었어요.”

"졸핀한테 무슨 말을 한 거야?"

"협상을 했지요."

담배 한 대를 손가락 사이에 끼어 물고 샤리가 태연히 대답을 했다.

"협상?"

"설마 이번 일을 끝까지 가려던 건 아니겠지요?"

가방에서 서류 봉투를 꺼내 노앙에게 내밀었다. 얼마 전에 자신이 센토 검사에게 건넨 서류 봉투였다.

"센토 검사, 지검장으로 영전되었어요."

그 말을 듣는 노앙의 얼굴이 일그러졌다.

"겉으로는 영전이지만, 찍어 낸 좌천이지요."

손을 부르르 떨면서 자리에서 벌떡 일어서려는 노앙을 그녀가 가까스로 붙들어 앉혔다.

"상대를 인정해요. 당신이 검찰에 넘긴 자료들도 빼내 오는 사람들이에요."

"가만 두지 않을 거야."

"유니온 페어도 상고를 포기하기로 했어요. 250억 벌금을 물고 나갈 거라구요. 모피아들은 던져 주는 고깃덩이나 받아먹으며 꼬리를 흔들 테고. 당신 혼자 어쩌려구요? 주가조작이 문제가 아니에요. 불법 로비 혐의까지 덮어 쓰면 최소 5년 이상을 감옥에서 보내야 한다구요."

"가면 되잖아. 적어도 혼자 가지는 않을 거니까."

알아듣게 차분히 호소하는 그녀의 말에도 노앙은 격분하여 들으려 하지 않았다.

"당신이 까멜리아은행을 딴 데다 팔아넘기려 했다는 시나리오도 만들어졌더라구요."

"말도 안 되는 소리."

그녀가 노앙의 얼굴을 두 손으로 부드럽게 감싸며, 아이를 달래듯 차분한 목소리로 이야기를 건넸다.

"상대는 졸핀이 아니라구요. 부시가 다녀간 거 아시죠? 부시가 난데없이 날아와 대통령과 무슨 이야기를 나누고 갔을 것 같아요?"

노앙도 그 사실은 알고 있었다. 유니온 페어 본사가 있는 텍사스가 정치기반인 부시가 다녀간다는 의미도 모르지 않았다. 2000년 6월경, 칼라일이 아멜리아 은행을 인수하려다가 금관원이 산업자본 문제로 제동을 걸었을 때, 부시가 다녀갔다. 그 뒤 아멜리아 은행은 칼라일에게 넘어갔다. 실제로 이번에도 부시가 다녀가자마자 재판 결과를 보고 결정하겠다던 재무위가 '조속히 유니온 페어 문제를 해결할 방도를 찾아보겠다'며 입장을 바꾼 것이다. 유니온 페어는 부시와 절친한 사이인 베이커 전 국무장관의 법률 회사에 까멜리아은행 문제를 맡기고 있었다.

안쓰러운 눈으로 노앙을 바라보던 샤리는 어떻게든 그를 설득하려 안간힘을 썼다.

"여긴 까멜리아예요. 힘과 돈만 있으면 얼마든지 죄를 만들 수도 있는 나라라구요."

어이없다는 얼굴로 정색을 하며 자신을 쏘아보는 노앙을 간절한 눈으로 바라보며 샤리가 호소했다.

“주가조작 혐의로 잠깐 다녀오면 되요. 당신에겐 명예로운 일이 될 거예요. 모든 사람의 죄를 혼자 감당하고 당당히 책임을 다하는 사람으로 기억될 거예요. 그에 대한 충분한 보상도 해 주기로 했어요.”

보상이라는 말에 노앙이 코웃음을 쳤다.

“백 장이면 충분하지 않나요? 나중에 펀드도 만들어 중남미 쪽을 맡게 될 거예요.”

“지금 나 보고 그 말을 믿으라고?”

“유니온 페어 회장이 날아오고 있어요. 당신을 만나러. 그이가 어떤 사람인 줄 알잖아요. 그걸로도 모자라요?”

유니온 페어의 클레이 셔먼 회장이 자신을 위해 온다는 건 처음 듣는 말이었다. 클레이 셔먼 회장도 까멜리아 검찰에 고발된 사람으로 자칫 잘못하면 구속이 될 수도 있는 입장이었다. 그런 처지에서 자신을 만나러 회장이 직접 까멜리아에 들어온다는 것은 뜻밖의 일이었다. 부시가 방문하여 어느 정도 조율이 되었겠지만 그건 결코 가벼운 일이 아니었다. 그 말에 한껏 고무된 노앙의 표정을 살피던 샤리가 그의 목에 팔을 휘감고 입을 맞추었다.

“모든 걸 나한테 맡기면 돼요. 당신은 사채업자 입이나 시끄럽지 않게 막으면 되구요.”

15

대법원에서 노앙의 주가조작 판결이 파기환송 되었다는 소식에 공대위 사무실은 환호성으로 가득 찼다.

"대법원장이 변호사 시절에 까멜리아은행 쪽 굵직한 소송들을 맡아 짭짤하니 재미를 봤잖아. 그동안 노앙의 구속영장도 몇 차례나 돌려보내고, 성공보수금 17억을 받아먹은 것이 문제가 되면서 부담이 컸겠지. 우리가 지난번에 대법원 앞에서 기자회견하며 압박한 것도 어느 정도 약발이 선 거 같고."

만면에 웃음을 띤 줄메 변호사의 목소리가 여느 때와 달리 열에 들떠 있었다.

"먹다, 먹다 체할까 봐 몸조심하는구만."

"벼룩이도 낯짝이 있나베."

노조 간부와 시민 단체 활동가들이 모인 공대위 사무실 안은 모처럼 활기를 찾아 시끌벅적했다.

"파기환송심에서 유죄가 확정되면 유니온 페어는 어찌 되나?"

"재무위도 이제 어쩔 수 없을 걸. 강제 매각하는 수밖에."

격앙된 분위기로 주고받는 이야기를 한쪽에서 조용히 듣고 있던 제롬 교수가 입을 열었다.

"어쩌면 그걸 기다리고 있는지도 몰라요. 주작조작이 유죄로 나오면 유니온 페어는 아마 상고를 포기할 겁니다. 그러면 여태까지 판결 결과를 핑계로 미뤄오던 재무위도 지체 없이 매각 결정을 하겠지요."

"그러면 유니온 페어는 주식을 팔아야 하잖아요. 그러면 개털 되는 거 아닌가요?"

'먹튀 유니온 페어 매각 저지!'라는 문구가 새겨진 조끼를 입은 노조 간부가 수북이 자란 턱수염을 쓰다듬으며 말했다.

"재무위가 유니온 페어를 그냥 개 쫓듯이 하겠어요? 국제 신뢰도니, 여태까지의 해외 투자자 관행이니 이런저런 핑계를 내세워 어떻게든 예외를 인정하겠지요. 안면 몰수하고 세게 나간다고 해도, 유니온 페어가 손해 안 보고 돈 통 챙길 시간은 줄 겁니다."

"아니, 유죄 판결이 나면 유니온 페어가 대주주 자격이 상실되는 거 아닌가요?"

금융 감시 활동가의 말에 제롬 교수가 고개를 가로저었다.

"언론에선 그리 말하지만, 엄밀히 말하면 유니온 페어는 까멜리아은행의 대주주가 된 적이 한 번도 없어요. 여태껏 주인도 아니면서 주인 행세를 한 셈이지요. 시간이 지나면서 자기가 한 짓이 살금살금 드러나게 될 유니온 페어 입장에서는 '너, 대주주 자격 상실됐으니 팔고 나가라' 그러면 오히려 울고 싶은데 뺨 때려 주는 격이 되는 거지요."

"그럼 원머니뱅크는 뭐가 되는 거요? 주인도 아닌 것한테 은행을 사겠다고 계약까지 했으니…… 남의 땅 팔아먹은 부동산 사기꾼한테 걸린 셈이네."

모두 기가 막힌다는 얼굴로 한마디씩 쏟아냈다.

"문제는 이 사기극에 관련된 게 유니온 페어만이 아니라는 겁니다. 알면서도 이걸 모른 척하고 도운 금관원이나, 사기 치는 법을 알려 주고 로비를 한 까메리카 로펌이나, 멀쩡한 은행을 죽여서 살점 좀 뜯어먹으려고 돈을 태운 검은 머리 외국인들이나 이대로 파투가 나는 걸 앉아서 지켜만 보고 있겠습니까? 매각 계약을 해 둔 것도 있고, 원머니뱅크 쪽도 입에 들어온 떡을 빼앗기려 하진 않을 테고, 검은 머리 외국인들 곗돈을 관리해 온 모피아들이나 까메리카 쪽에서도 재무위를 움직여 어떻게든 그 계약을 지키는 선에서 정리하겠지요."

"그럼 뭐예요? 유니온 페어는 벌써 주식 팔고, 배당 나눠 먹은 것만으로도 2조2,000억인가를 챙겼다는데, 유니온 페어가 당초 계획대로 주당 1만3,390까멜에 매각하면 4조4,000억을 앉은 자리에서 챙기게 되는데, 그걸 보고만 있어야 하나요?"

조금 전까지만 해도 파기 환송 판결이 났다고 한창 들떠 있던 방안의 분위기는 이내 찬물을 끼얹은 듯 서늘해져 버렸다.

"그럴 가능성이 많아요. 여론이 시끄러우니까 노앙만 잠깐 옥에 들어갔다 나오고, 유니온 페어는 빠져나가는 거지요."

"그럼 우린 뭐야? 닭 쫓던 개 지붕 쳐다보듯이 그걸 지켜만 봐야 하나?"

맥이 풀려 내어놓는 베르친의 말에 제롬 교수가 정색을 하며 단호한 어조로 말을 이었다.

"강제 매각이 아니라 강제 몰수를 해야지요. 자격이 없는 산업자본 유니온 페어가 까멜리아은행을 인수한 것부터가 불법이니까 유니온 페어가 보유하고 있는 까멜리아은행 지분은 말하자면 장물인 셈이지요. 사기로 취득한 장물을 그냥 시장에 맡겨 조용히 팔고 떠나도록 하는 건 말이 안 되는 거잖아요. 이 나라에도 은행법이란 게 있는데⋯⋯ 법대로 하면 유니온 페어는 까멜리아은행의 대주주가 될 자격이 처음부터 없었던 겁니다. 그러니까 불법으로 얻은 주식이며 이익금은 강제 매각이 아니라 강제 몰수를 해야 마땅합니다. 원금에 이자만 주고, 그동안 챙긴 배당금은 몽땅 환수해야 합니다."

그 말에 고개를 끄덕이면서도 금융자본 감시 활동가가 걱정스러운 얼굴로 조심스럽게 토를 달았다.

"근데 이제 와서 유니온 페어가 산업자본이냐 아니냐를 따지는 게 영 거시기하네요. 호랑이 담배 피던 시절 얘기처럼 느껴지지 않을까요?"

"금관원이 유니온 페어에 까멜리아은행을 팔아넘길 때 내세운 명분이 뭐였는데요? 은행법에서는 금융기관이나 금융 지주회사가 아니면 은행을 살 수가 없게 되어 있는데, 시행령에 있는 부실 금융기관 정리 등의 특별한 사유가 있다고 우겨서 유니온 페어에게 까멜리아은행을 갖다 바쳤잖아요. 그런데 유니온 페어가 까멜리아은행을 인수했을 당시 이미 산업자본이었다는 정황이 드러났습니다. 그동안 유니온 페어는 대주주 자격이 없는데도 여태까지 대주주 행사를 해온 셈이니까 까멜리아은행 지분 10% 이상의 인수가 무효인 것은 물론이고 4% 이상의 의결권 행사도 무효가 되어야지요. 가짜 대주주 행세를 하며 한 주식 매각이나 배당은 물론이고, 은행을 다른 데에 판 계약도 원인 무효가 되는 게 맞습니다."

"그런데 유니온 페어가 산업자본이라는 근거는 확실합니까?"

"유니온 페어가 일본에 130개의 골프장을 보유하고 있다는 것은 이미 확인된 사실입니다. 그것만으로도 자산 규모는 2,600억 엔, 우리 돈으로 3조 7,000억 까멜에 이릅니다. 비금융 자회사의 자본 총액이 25%가 넘거나 비금융 자산이 2조가 넘으면 산업자본으로 분류되는데 유니온 페어는 처음부터 이 기준을 넘어섰던 겁니다."

"아니, 그런 놈들이 어떻게 은행을 사들일 수 있었냐고요?"

"그놈들 욕할게 뭐 있어? 그런 거 감시하라고 봉급을 준 공무원 놈들이 챙기지 못한 게 잘못이지."

"챙기긴커녕 같이 붙어먹었으니……"

노조 간부와 금융 감시 활동가가 분을 참지 못하여 한바탕 성토를 하느라 잠시 주변이 소란스러워졌다.

"금관원은 처음부터 골프장 문제를 알고 있었을 거예요. 한 개도 아니고, 백 개가 넘는 골프장을 관리한 회사인데…… 설령 처음엔 몰랐다 해도 반기마다 한 번씩 대주주 적격성 심사를 하는데 모를 리가 없지요. 나중에라도 알았다면 즉각 조치를 취했어야 하거든요. 매번 이상 없다, 알아보겠다며 우물거리기만 했잖아요. 모피아들로선 자격 없는 유니온 페어에게 까멜리아은행 인수를 승인한 게 드러날까 걱정도 되고, 거기에다 투자한 사람들 눈치도 보느라 그냥 모른 척했던 것이지요."

제롬 교수의 말이 끝나자 여기저기서 모피아들을 비난하는 목소리들이 쏟아져 나왔다.

"이 모피아 놈들은 어느 나라 공무원이야. 이런 것들을 세금으로 먹여 살

렸으니……"

"까멜리아은행을 팔아야겠다고 하던 놈들이 입버릇처럼 읊조리던 명분이 뭐였어? 모자란 외화를 유치하자는 거였잖아. 그런데 유니온 페어가 가지고 들어온 돈은 단돈 1,700억이야. 만약 항간에 떠도는 말처럼 나머지 돈이 검은 머리 외국인 돈이라면, 결국 외화는 들어오지도 않고, 제 닭 잡아먹고 배 두드린 꼴이 된 거 아니겠어?"

"이럴 바엔 일찌감치 내셔널시티즌은행에다 팔았어야지. 결국 나중에 유니온 페어 놈들 배만 불려 주고, 내셔널시티즌은행에게 다시 팔려고 했던 건 뭐냐고?"

"결국 짜고 치는 포카판이었어. 제 돈을 박아 넣은 까멜리아은행을 유니온 페어에 팔아넘기고, 떡고물 좀 얻어먹고, 나중에야 어느 놈에게든 팔아먹고 튀면 되는 거고……"

"유니온 페어가 모피아들에게 나눠 준 리베이트 돈이 유니온 페어 펀드로 끼어 들어갔다는 말도 있어."

"정말?"

모피아들이 유니온 페어에서 리베이트로 받은 돈으로 유니온 페어에 다시 투자를 했다는 말에 모두 어이가 없다는 반응을 보였다.

"유니온 페어가 아이엠에프 때 부실채권을 사들여 돈을 벌었는데, 그때 유니온 페어에 돈을 맡긴 투자자 가운데 상당수가 까멜리아 사람들이라는 건 국세청 자료에서 확인된 사실입니다. 더 기막힌 건 그 투자금을 대부분 국내 은행에서 빌렸다는 이야기도 있습니다."

그때까지 차분히 이야기를 듣고 있던 베르친이 더 참지 못하고 분통을 터뜨리고 말았다.

"그럼 뭐야? 우리 은행 돈을 빌려서, 외국 사모펀드에 투자를 해서, 우리 은행을 헐값으로 샀다가 팔아먹은 셈이네. 이게 뭔 놈의 외자 유치야?"

"멀쩡한 은행을 흔들어서 뜯어 먹은 거지. 손 안 대고 코 푼 셈이군."

"그러니까 은행만 날아가고, 애먼 직원들만 목이 잘리고…… 거기 털어 넣은 국민들 돈은 유니온 페어와 모피아 놈들이 처먹고?"

"한 마디로 씨발놈들이네. 백만 까멜도 아니고, 나랏돈 백 억, 천 억, 몇 조가 걸린 걸 그딴 식으로 사기를 쳐?"

"나랏돈이 아니고 국민들 돈이야."

사무실 입구에 앉아 있던 노조원들이 웅성거리며 격앙된 목소리로 한 마디씩 내어놓았다.

"근데 그동안 왜 이게 문제가 안 되었죠?"

베르친이 노조원들을 진정시키고, 제롬 교수에게 질문을 던졌다.

"2003년 9월 금관원에 처음 자산 신고를 할 때 유니온 페어의 회사가 모두 49개였는데 23개만 신고를 했어요. 만수르 의원이 조사한 바로는 유니온 페어가 일부러 자기네 회사들을 빠뜨린 걸로 밝혀졌어요. 일본 골프장도 나중에야 드러난 거니까요. 한 마디로 실수가 아니라 사기지요. 이건 엄연한 범죄입니다."

"이제라도 바로잡을 수가 있나요, 교수님?"

"담배 재배 허가 구역에서 허가도 안 받고 담배 재배 계약을 하면 어떻게 됩니까? 나중에라도 계약이 무효가 되잖아요. 유니온 페어가 늦게라도 금융회사가 아니라는 게 드러났고 애초에 까멜리아은행의 대주주가 될 자격이 없었다는 사실이 밝혀졌으니, 까멜리아은행을 인수한 계약 자체가 무효가 되는 겁니다."

"그러면 교수님 말씀대로 정말 강제 몰수가 가능할까요? 유니온 페어가 우리 정부를 상대로 소송을 걸 수도 있다던데……"

"소송을 걸 명분이 없죠. 해도 이길 수 없습니다. 우리 정부의 잘못도 있지만 애초에 유니온 페어가 자회사 현황을 제대로 공개하지 않은 책임이 더 크니까요."

곁에서 듣고 있던 노조 간부가 조심스럽게 손을 들고 제롬 교수에게 질문을 했다.

"그럼 우리 까멜리아은행은 어떻게 되는 겁니까?"

"까멜리아은행은 정부가 43% 이상 지분을 가지고 있었습니다. 지금도 정부 지분이 13% 정도가 됩니다. 말하자면 국민들의 은행이라는 이야기입니다. 국민들 돈이 들어간 은행이니 국민들에게 돌려줘야 하지 않겠습니까. 불법으로 주인 행세를 한 유니온 페어에게는 원금만 줘서 내보내고, 펠로우십 금융 민영화할 때처럼 직원들이 인수하면 됩니다. 펠로우십뱅크 때도 직원들이 7조 이상의 거금을 모았잖아요. 모자라면 국민주 공모를 해도 충분합니다."

"말처럼 그게 쉽게 될까요?"

"정부가 하려고 하면 간단히 끝날 일입니다. 유니온 페어가 산업자본이라 자격이 없다고 발표하고, 자격이 없는 유니온 페어가 원머니뱅크와 맺은 매각 계약을 파기해야겠지요. 유니온 페어는 원금을 돌려줘서 내보내고, 그 다음에 우리사주나 국민주로 공모해서 인수하면 됩니다. 어려울 게 없어요. 어려운 게 아니라 하지 않는 겁니다."

제롬 교수의 말에 다시 용기를 얻은 노조원들의 얼굴이 밝아지며, 의연한 자세로 서로의 손을 맞잡았다. 누군가 주먹을 불끈 쥐고 구호를 외쳤다.

"무자격 유니온 페어, 먹튀 행위 막아 내자."

"산업자본 유니온 페어, 까멜리아은행 매각 자격 없다."

"먹튀 유니온 페어, 검은머리 외국인, 국민 이름으로 심판하자."

공대위 사무실은 금세 뜨거운 열기로 가득 찼다. 구호를 외치는 목소리가 점점 거세지며, 의심과 패배감으로 어두웠던 얼굴들 위로 생기가 감돌았다. 한구석에서 묵묵히 오가는 이야기를 듣고 있던 루반의 가슴에도 울컥 뜨거운 열기 같은 것이 솟구쳐 올랐다. 엉겁결에 빼앗긴 은행을 다시 직원과 국민들의 손에 돌아올 수 있게 한다는 사실이 감격스러웠다. 차갑던 루반의 가슴에서도 무언가 꿈틀거리며 움직이기 시작했다.

16

질레의 소식을 전해 준 것은 지방 소도시 제다의 어느 수녀원이었다.

앳된 목소리의 수녀는 질레가 어젯밤에 수녀원 뒤뜰의 느티나무에 목을 매달았다는 소식을 떨리는 음성으로 전해왔다. 루반은 족제비에게 사무실을 부탁한 뒤, 곧바로 그녀의 시신이 안치되어 있다는 제다 읍내의 장례식장으로 차를 몰았다.

비가 내리는 고속도로를 네 시간이나 달리면서도 루반은 이 모든 일이 이미 오래 전에 예정된 일처럼 여겨졌다. 그녀에게선 이미 죽음의 냄새가 풍겼다. 어쩌면 그녀가 겪고 있는 삶은 죽음보다 더 깊은 절망이었는지도 몰랐다.

읍내의 한적한 산자락에 자리 잡은 장례식장에선 수녀 몇 분이 모여 앉아 찬송가를 부르고 있었다. 동백꽃 몇 송이가 그녀의 영정 앞에 쓸쓸히 놓여 있었다.

"루시아 자매님은 어젯밤에 하나님 곁으로 가셨습니다."

나이가 지긋하고 귀밑머리가 흰 수녀가 그에게 몇 달 전 질레가 당장 쓰러져 죽을 것만 같은 상태로 수녀원을 찾아왔다고 전해 주었다.

"다 죽는 걸 살려 놨더만, 끝내 가셨습니다. 오죽하면 그랬을까만 우리 생명은 우리 것이 아니라오."

살이 빠져서 뼈만 앙상한 손으로 쉼 없이 묵주를 돌리며 늙은 수녀가 혼잣말처럼 중얼거렸다. 수녀는 돋보기를 꺼내 쓴 눈으로 그가 내민 운전면허증을 몇 번이나 확인한 뒤에, 질레가 남겼다는 상자 하나를 내주었다. 수녀원에 있는 동안 틈틈이 색지를 오려 붙여 만들었다는 종이 상자 안에는 그에게 남긴 편지와 뚜껑이 닫힌 유에스비가 담겨 있었다. 루반은 떨리는 손으로 곱게 접힌 편지를 펼쳐 눈으로 읽기 시작했다.

루반 오빠에게

"촌스러운 오빠, 몇 십 년 만에 만났지만 아직도 촌스럽더라. 그래도 나는 그런 오빠를 사랑했어. 오빠의 모든 걸 사랑했어. 남들은 촌스럽다고 했지만 난 오빠의 소처럼 끔벅거리는 눈에 담긴 순진한 느낌이 좋았어.

오빠, 처음 데이트하던 날 생각나? 눈이 내리던 저녁이었어. 오빠는 발을 디딜 때마다 층계가 삐걱거리는 허름한 국수집으로 데려갔어. 국수 두 그릇을 시키고, 오빠는 가방에서 도시락을 꺼냈어. 반쯤 먹다 남은 도시락에서 반찬 국물이 묻은 밥을 덜어 국수 국물에 말아먹기 시작했어. 난 오빠의 그런 구중중함도 사랑했어. 행원들이 모두 양복에 넥타이를 매고 다닐 때, 소매갈이를 한 잠바를 입고 다니는 것도, 술만 취하면 부르던 반 박자 느린 토야의 노래도, 유난히 뭉툭한 오빠의 엄지손가락도…… 오빠의 모든 걸 사랑했어. 오빠의 존재 그 자체가 나를 행복하게 했으니까.

모두 퇴근한 뒤에 텅 빈 은행에 남아서 오빠가 부르던 '서른 무렵에'를 들으며 나는 행복했어. 박자도 틀리고 음정도 불안했지만 오빠는 그걸 '루반 버전'이라고 했지. 오빠가 붙여 준 달토끼라는 내 별명도 좋았어. 나를 달에만 두고 혼자만 만나고 싶다던 오빠의 마음도 나를 행복하게 했어.

그런 오빠를 내가 어떻게 떠나게 되었을까?

오빠, 생각나?

언젠가 내게 물었지. 왜 은행원이 되었느냐고. 난 돈을 실컷 만지고 싶다고 했어. 속물이라고 해도 어쩔 수 없어. 난 그때나 지금이나 돈을 좋아하는 사람이거든.

오빠, 난 엄마처럼 살고 싶지 않았어.

유리 공장에 다니던 아빠가 뜨거운 유리병을 불다가 부풀은 입술로 평생을 살던 것도, 노조 활동한다고 나섰다가 옥살이를 하고, 집은 풍비박산이 나서 엄마가 옥바라지를 하고 화장실 청소로 허리가 휘도록 사는 것이며, 냄새나는 변소 청소 칸에서 쭈그리고 앉아 도시락의 무쪽을 씹다가 옆 칸에 여대생이 들어오면 입에 문 무쪽마저 소리 내어 씹지 못하던 엄마처럼 살고 싶지는 않았어.

난 어려서부터 그 모든 게 돈 때문이라는 걸 알았어. 난 돈이 생길 때마다 저금을 했어. 모처럼 동전이라도 생기면 은행으로 달려가 저금을 했어. 읍내에 있는 중학교에 다닐 때는 두 시간을 걸어서 아낀 차비로 저금을 했어. 날마다 불어나는 통장의 숫자들을 들여다보는 것이 가장 큰 행복이었어. 그리고 상업고등학교를 졸업하고 은행원이 되었어. 오빠는 이해할 수 없겠지만 창구에 앉아 돈을 헤아리는 시간이 나는 무엇보다 행복했어.

내 행복은 오래 가지 못했어.

오빠가 노조 일을 하겠다고 했을 때, 나는 하지 말라고 부탁했어. 오빠는 거절했어. 이때부터 오빠와 말다툼이 시작되었지. 오빠는 내가 돈만 아는 여자라고 비난하고, 술에 취하면 헤어지자는 말을 자주 했어. 며칠 지나 화해하고, 다시 다투고…… 우린 그렇게 서로에게 지쳐 갔어.

오빠, 생각나? 야구 연습을 하던 공원에서 내가 오빠에게 부탁했던 말. 나를 사랑한다면 노조 일에 나서지 말아 달라고, 다른 직원들처럼 싸움은 노조에 맡기고 지켜나 보아 달라고.

난 오빠가 그리 해 주리라고 믿지는 않았어. 거짓말로라도 그러마고 해 주기를 바랐어. 나중에 그 말을 지키지 않더라도 그때 그렇게 말해 주었으면 난 오빠 곁을 떠나지 않았을 거야. 남들처럼 편하게 살 수 있는데, 굳이 험한 길로 나서는 오빠를 사랑할 수는 있었지만 곁에 머물 수는 없었어. 그날 난 오빠를 떠나기로 했어.

오빠의 곁을 떠나 난 미래가 보이는 남자를 선택했어. 그 사람이라면 적어도 우리 아빠처럼 살 것 같지 않았어. 그 사람의 야심 찬 눈빛이 나를 안심시켰어. 난 착한 사람보다 유능한 사람과 가정을 이루고 싶었어. 자기만 아는 사람이라면 적어도 자기 가족은 잘 살게 하리라 믿었어. 내 선택은 어느 정도 옳았어. 그는 유능했고, 날아오르는 새처럼 성공했어. 성공을 위해서라면 자신도 버릴 수 있는 사람이었어. 그리고 난 버려진 거야. 이제 와서 후회해 봐야 무슨 소용이 있을까. 난 후회하지 않을 거야.

나는 오빠를 다시 만나고 싶지 않아. 다시 만날 자신이 없어. 나는 실패한 여자야. 사는 게 치욕이야. 나는 죽을힘마저 잃었어. 난 술과 코코넛 열매로 만든 마약인 롱가가 없으면 하루도 편히 잠들 수가 없어. 그게 없으면 죽을 용기도 없어져.

그날, 새벽에 깨어나 내 곁에서 쭈그리고 잠든 오빠를 보았어. 얼마나 울었는지 몰라. 오빠 곁에서 죽고 싶었어. 그러나 잠에서 깨어난 오빠를 마주할 용기가 없었어. 오빠, 고마워. 나를 잊지 않고 다시 만날 수 있어서.

이 편지를 읽을 때면 나는 하늘나라에 있을 거야. 그곳에서 처음 오빠를 만나던 나로 돌아갈 거야. 오빠는 그 모습만 기억해 줘. 이제 얼마 남지 않았지만 오직 오빠만 생각하고 싶어. 온몸이 떨려 와. 무서워. 그렇지만 오빠에게는 꼭 말하고 싶은 이야기가 있어. 기억하고 싶지도 않은, 누구에게도 말하지 않은 부끄러운 이야기라 지금도 솔직히 망설여져.

오빠, 이제 무엇이 나를 망쳤는지 오빠에게만 알리고 싶어. 그렇다고 오빠가 나를 위해 무엇을 하기를 바라지는 않아. 모든 게 내 선택이었고, 나는 실패한 여자야. 나 때문에 오빠가 마음 아파하지 않기를 바래.

내가 선택한 노앙이라는 남자도 불쌍한 사람이야. 그 사람도 실패한 사람이야. 다만 그런 자신을 용납하지 못했어. 어떻게든 그는 성공하고 싶어 했어.

기획실에서 회사의 신임을 얻어 그는 승진에 승진을 거듭했지. 그때만 해도 나는 그가 성공했다고 믿었어. 그것만으로도 행복했어. 그런데 그이는 멈출 줄을 몰랐어. 그건 그가 꿈꾸는 성공의 첫걸음이었던 거야. 그이가 꿈꾸던 성공이 무엇인지 알아? 세계 10대 경제인이 되는 거였어.

그이는 필사적으로 노력했어. 그이는 어떻게든 이 나라의 금융을 움직이는 사람들 틈에 끼고 싶어 했어. 나도 그이가 성공하길 바랐어. 힘닿는 대로 그를 돕고 싶었어. 행장 집을 드나들며 이런저런 일을 돕다가, 나중엔 총리 댁 일을 돕게 되었어. 집안 잔치나 명절 때마다 집안일을 도왔고, 잔치가 있는 날이면 부르지 않아도 달려가 일을 거들었어. 그 집을 드나들면서 사모님 말벗도 해 드리고, 욕실에서 등을 밀어 주고, 불면증이 있는 사모님이 주무실 때까지 허리를 주물러 주었어.

나만 고생을 한 건 아냐. 오빠는 그이가 무슨 일을 했는지 모를 거야. 재무성 출신 높은 사람들의 모임에 끼고 싶어 스스로 자원한 일이었어. 그이들은 정기적으로 파티를 했어. 얼굴이 알려질까 봐 술집에도 못 가고, 그이들은 별장에 모여 밤샘 파티를 했어. 나는 그이가 그 파티에 여자를 불러 대는 일을 한다는 사실을 나중에야 알았어. 술 취한 그이가 울면서 그 일을 고백할 때에야 알았어. 나는 그 이야기를 듣고 그이를 부둥켜안고 함께 울었어. 그이는 어금니를 깨물며 자기가 하는 일을 치욕스러워하면서도 반드시 성공하겠다고 다짐했어. 그런 그이가 너무 불쌍했어. 무슨 일이든 내가 할 수 있다면 무엇이든 그이를 돕고 싶었어.

그이는 성공하려면 그 모임 안에 들어가야 하는데, 아무리 노력을 해도 하찮은 심부름꾼밖에 되지 못한다고 괴로워했어. 그리고 이제 자신이 그마저 팽을 당할 처지에 놓였다고 불안해했어. 그이는 충성을 다짐했지만, 그이들은 그에게 충성의 증표를 보이라고 했대. 그날, 그이가 내게 울면서 부탁했어. 한 번만 자신의 부탁을 들어 달라고. 자신이 그 모임 안에 들어가기만 하면 성공의 문이 열리게 될 것이며, 평생 동안 내 은혜를 잊지 않겠다고.

오빠, 그이가 내게 무얼 부탁했는지 알아? 충성의 증표. 그이는 내게 파티에 한 번만 가 달라고 했어. 자신의 아내를 그들의 파티장에 보내어 충성을 보여야 한다는 거였어. 그이들이 말했대. 그럴 수 있겠느냐고.

그이는 내가 원하지 않으면 거절해도 된다고 했어. 나는 그때까지도 그 파티라는 게 무엇인지 몰랐어. 그저 높은 사람들 술시중이나 드는 건 줄 알았어. 그런데 막상 남편을 위해, 파티라는 곳에 갔을 때 나는 지옥을 보았어. 별장에 모인 점잖은 이들이 술에 취하자, 짐승으로 변했어. 내가 그걸 알았을 때는 이미 늦었어. 술에 섞은 롱가에 취하여 나는 손끝 하나 움직일 수가 없었어. 약기운이 퍼지면서 나도 한 마리의 짐승이 되었어. 밀실로 옮겨진 나는 밤새도록 더럽혀졌어. 나를 더럽힌 남자는 총리였어.

나중에 깨어났을 때, 무엇보다 나를 괴롭힌 것은 어디선가 남편이 그런 나를 지켜보고 있었을지도 모른다는 사실이었어. 남편은 울면서 내게 고마워했어.

그런데 그 일은 한 번으로 끝나지 않았어. 그 짐승 같은 남자들 중에서 우두머리 격인 총리는 집안일을 거들던 나를 오래전부터 마음에 두고 있었대. 남편도 그 때문에 괴로워했어. 남편은 그이가 자신의 성공을 열어 줄 수 있는 열쇠를 지닌 사람이라고 했어. 나는 수시로 그이에게 불려가 별장 밀실에서 단둘이 만났어. 그리고 남편은 단숨에 승진 가도를 달리게 되었어. 미국으로 엠비에이 과정 유학을 가게 되었지. 남편은 공항에서 내게 눈물로 감사를 하며, 유학을 마치고 돌아오는 대로 행복한 날들만 있을 것이라고 약속했어.

그이는 유학을 마치고도 돌아오지 않았어. 국제적인 펀드 매니저가 되어 활약을 했지. 그리고 변호사를 내세워 이혼을 청해 왔어. 샤리라는 여자 변호사야. 나중에 알았어. 유학 시절에 그 여자를 만나 사랑에 빠졌고, 그 여자는 뉴욕시 변호사 자격을 따서 승승장구를 달리던 내로라하는 여자였지.

나는 이혼을 거부했지만, 유능한 변호사가 나선 이혼 청구 소송에서 지고 말았어. 이혼 청구 소송의 사유가 뭔지 알아? 과도한 음주와 부정행위야. 내가 알코올 중독 상태로 뭇 남자들과 불륜 행각을 벌이며 정숙의 의무를 다하지 못했다는 거야.

조금은 이해할 수 있어. 어느 남편이 자신이 아는 남자와 놀아난 여자를 데리고 살 수 있겠어. 그이도 괴로워했어. 나를 마주 볼 자신이 없다고 했어. 결국 이혼을 당했지.

이혼을 당한 사실보다, 나는 내 자신을 용서할 수가 없었어. 술이 없이는 견딜 수가 없었어. 그때쯤엔 이미 나는 룽가에 중독되어 있었어. 총리의 병적인 사랑은 오래 가지 않았어. 그걸 사랑이라고 할 수도 없겠지만. 총리가 떠난 뒤에 짐승들이 나를 번갈아 가며 더럽혔지. 정신을 차리고 살아 보겠다고 술집을 차렸지만 성공할 수는 없었어. 얼마 가지 않아 들어먹고 말았지. 그이가 보라는 듯이 잘 살아 보려 했지만, 내 몸은 이미 병들고 가슴엔 너무 깊은 상처가 패어 있었어. 나는 나를 버렸어. 그저 짐승처럼 살며 나의 실수를 내 자신에게 되갚고 싶었어. 그 뒤는 기억도 나지 않아. 기억하고 싶지도 않아.

나는 나중에야 그이가 섹스 파티의 장면들을 촬영한 동영상을 가지고 있다는 걸 알았어. 이혼하기 전의 일이었어. 남편의 방에는 한 번도 열어 보지 못한 금고가 놓여 있었지. 그 안에 무엇이 들어 있는지 한 번도 보여 준 적이 없었거든. 어느 날 그 금고에 무엇이 들어 있는지 궁금해졌어. 오빠도 알잖아. 내가 호기심이 많다는 거. 남편이 없을 때 금고를 열어 보려 했지만 금고는 잠겨 있었지. 다이얼을 이리저리 맞춰도 열리지가 않았어. 남편만이 아는 비밀번호가 무엇일지 생각해 봤어. 자동차 번호, 전화 번호, 생년월일, 결혼기념일…… 그러다가 문득 어느 숫자가 생각났어. 그리고 그 숫자대로 다이얼을 맞추어 보았어. 설마 했는데, 철통 같은 금고가 덜컥 열리는 거야. 오빠, 그 숫자가 뭔지 알아? 남편이 처음으로 내게 프러포즈를 하던 날이야. 오빠가 알면 속상하겠지만, 한강 둔치 벤치에서 그이가 처음 내게 입맞춤을 한 날이기도 해. 잠깐이지만 나는 감동했어. 그이가 운명처럼 그 날의 일들을 기억하고 있다는 사실에.

그리고 나는 경악했어. 금고 안에서 발견된 유에스비 속에는 술과 마약에 취한 여자들이 짐승 같은 자들에게 농락당하는 동영상들이 생생하게 담겨 있었어. 더 끔찍한 사실은 그 속에는 내가 총리와 벌이는 섹스 장면까지도 담겨 있었던 사실이야. 난 심장이 멎는 것 같았어. 남도 아닌 자신의 아내가 다른 남자와 벌이는 섹스 장면을 어딘가에 숨어서 촬영하고 있었을 남편을 생각하니 온몸에 소름이 돋았어.

남편은 혈안이 되어 그걸 찾으려고 온 집안을 뒤졌지. 나를 의심하는 눈치였지만 차마 내게 그걸 말하지는 못했어. 내가 없을 때 옷장 속의 내 속옷이며 양말 속까지 다 털어 본 듯해. 나는 그 동영상을 목숨처럼 지켰어. 꺼림칙하여 어딘가 버리거나, 태워 버리고 싶었지만 왠지 그걸 지키고 있어야 한다는 생각이 들었어. 밤이면 그 동영상 속의 장면들이 악몽으로 되살아나 나를 괴롭혔지만 그걸 차마 없애 버릴 수가 없었어. 남편과 그 짐승 같은 것들이 한 짓에 대해 내가 할 수 있는 유일한 복수의 순간이 그 안에 담겨 있으리라고 믿었어. 그래서 결코 그이가 찾아내지 못하도록 지금까지 은밀히 숨겨왔던 거야.

얼마 전에 그이가 찾아왔어. 어떻게 알아냈는지 수녀원으로 찾아와 내게 그 동영상을 내놓으라고 했어. 무릎을 꿇고 모든 벌을 달게 받을 테니 그것만은 돌려 달라고. 그걸 돌려주면 모든 걸 옛날로 되돌릴 수 있다고 애걸했어. 나는 있지만 줄 수 없다고 했어. 나중에 그이는 내가 그것 때문에 어떤 일을 당할지도 모른다고 했어. 그걸 손에 넣으려는 자들이 나를 죽일지도 모른다고 했어. 나는 그냥 죽겠다고 했어.

난 알아. 내 끝이 보여. 이제 살아서는 그이로부터 벗어나지 못하리라는 것도 알아. 그 끔찍한 기억과 그이의 손이 닿지 않는 유일한 곳으로 떠나려 해.

이제 오빠에게 줄 거야. 그걸로 무엇을 할지는 오빠에게 맡기겠어. 이제 홀가분해. 내 업보처럼 지니고 다니던 그 더러운 기억들에서 벗어난 기분이야.

오빠, 이 편지를 읽고 나서는 불태워 줘. 그리고 내가 한 말 모든 잊어 줘. 나도 잊고, 행복하게 살아 줘. 욱하지 말고. 나를 위해 '서른 무렵에' 노래 한 번만 불러 주면 돼. 루반 버전으로. 하늘나라에서 들을게. 오빠, 사랑해. 나는 지금도 서른 무렵이야. 안녕.

그건 지옥의 한 풍경이었다.

동영상 속에서 농락당하는 질레를 바라보는 것도 끔찍했지만, 그걸 보며 괴로워했을 질레의 심경을 헤아리는 것이 더욱 루반을 괴롭혔다. 지독한 몸살이 찾아왔다. 40도가 넘은 열이 오르고, 온몸이 죽을 듯이 쑤셔 댔다. 며칠을 사무실에도 나가지 않은 채 끙끙 앓으며 질레가 남긴 동영상을 어떻게 할 것인지를 고민했다. 마음 같아선 당장 노앙에게 달려가 면전에 그걸 내던지고 죽도록 두들겨 패 주고 싶었지만, 그걸로는 성에 차지 않았다. 루반은 무엇보다 질레가 바라는 게 무엇인지를 알고 싶었다.

오피스텔에서 만난 노앙은 수표 한 장을 내밀었다.

"샤리 변호사가 준 착수금은 그동안 수고에 대한 감사의 마음으로 받아두게. 약속한 일억일세."

속에서 울컥 치미는 화를 억지로 참으며 루반은 애써 태연히 웃음을 지었다.

"일도 아직 마치지 못했는데……"

그 말에 노앙이 손을 내저으며 사래를 쳤다.

"할 만큼 다했네. 예상했던 것보다 훌륭했어."

"그러니까 여기서 끝내라. 그냥 돈이나 먹고 떨어져라."

빈정거리는 듯한 말투에 노앙이 의외라는 눈길로 돌아보았다.

"끝까지 찾아보자 하지 않으셨나?"

"그렇게 되었어. 여기까지 하지."

두 팔을 들어 올리며 노앙이 간단히 잘라 말했다.

"그럼, 나는 뭐가 되는 거요? 루엘 차장은 누구 땜에 죽었는데?"

"그 친구를 자네가 죽였나? 나도 아니고. 그럼 뭐가 문제지?"

루반의 손이 부들부들 떨려 왔다. 당장 달려들어 한 대 후려갈길 듯이 노앙의 얼굴을 쏘아봤다.

"루엘인가 그 친구 보기보다 건강이 많이 안 좋았더만. 고혈압에 위궤양이 심했고, 간에도 문제가 있었고."

"그래서 죽을 사람이 죽었으니, 여기서 끝내면 만사 오케이다?"

"자네는 돈만 받으면 되는 거 아닌가?"

"돈? 그거 당신 좋아하는 거지?"

치미는 화를 참지 못하고, 루반이 격앙된 얼굴로 노앙에게 달려들 듯이 다가섰다.

"이번엔 얼마나 받아먹기로 했어?"

"이번 판엔 나도 손들었어. 감옥에 가게 될 거야."

"그럴 거면 뭐 하러 시작했어?"

"게임 오버! 게임이 끝난 것뿐이라고."

"당신 게임은 끝났는지 몰라도 난 아직 아니거든."

그 말에 노앙이 야릇한 웃음을 지으며 그를 바라보았다.

"아직 계산이 남았던가?"

"세상엔 돈으로 계산이 안 되는 것도 있거든."

"오호? 감동적이네."

루반의 눈앞으로 지난 기억들이 파노라마처럼 지나갔다. 찬바람이 돌던 거리에서의 단식 농성. 문자로 해고 통지를 받은 직원들의 울부짖음. 굳게 닫힌 은행 출입문에 매달려 절규하던 해고자들의 외침. 자신도 모르게 온몸이 부르르 떨리기 시작했다.

"이번만은 당신 마음대로 되지 않을 거야."

"아이를 생각해야지. 아이에겐 아이의 게임이 있잖아."

자리에서 일어선 노앙이 창밖을 내다보며 무심한 어조로 중얼거렸다.

"당신 게임 좋아하지? 조금만 기다려. 아주 재미있게 만들어 줄 테니까."

"자네와 내가 결국 이렇게 끝나는 건가? 유감스럽군."

"돈이면 다 되는 줄 아는 너 같은 인간들…… 돈으로 안 되는 것도 있다는 걸 보여 주겠어."

"그래? 나도 그런 게 있다면 보고 싶네."

루반이 주머니에서 무언가를 꺼내 노앙의 눈앞에 들어 보였다.

"이게 뭔지 아나? 질레가 남긴 동영상 자료네."

그걸 바라보는 노앙의 눈빛이 심하게 흔들렸다. 움켜잡으려고 손을 내뻗었지만 루반이 재빨리 거두어들이는 바람에 뜻을 이루지 못했다.

"너희들은 짐승이야."

조금 전까지만 해도 여유 만만하던 노양의 얼굴빛이 순식간에 핏기를 잃고 창백해졌다. 노양은 루반이 퍼붓는 험한 말들을 아무런 대꾸도 못한 채 고스란히 받아들이고 있었다.

"그랬구나. 결국 그걸 자네 손에 넘겨주었구나."

뜻 모를 말을 중얼거리며 노양은 얼굴이 참담하게 일그러졌다. 그는 떨리는 손으로 장에서 술병을 꺼내왔다. 급히 따라 연거푸 두 잔이나 들이켰지만 정신은 더욱 또렷해졌다. 지난 기억들이 선명하게 그의 눈앞으로 다가왔다. 도수 높은 양주가 울대를 타고 찌릿하게 흘러내렸다. 로얄 살루트 21년산. 언제부턴가 그는 이 술만 마셨다. 참나무 향이 스민 술은 그의 몸으로 익숙하게 스며들며 몸 안의 울적한 기분을 말끔하게 증발시키곤 했다. 기분 좋게 온몸으로 번져나가는 취기를 느끼며, 그는 자신의 삶이 황금빛 날개를 펴고 높은 곳으로 솟구쳐 오르는 기분을 즐기곤 했다.

벌써 세 잔째의 술을 들이켰지만 기분은 더욱 참담해졌다. 지금 그의 앞에 찾아온 끔찍한 기분은 독한 술로도 지워지지가 않았다. 눈에 띄게 그의 눈빛이 흐트러져왔다. 그는 굳이 그걸 숨기려고 하지 않았다.

"한 잔 하겠나?"

예상한 대로 루반은 그가 내민 술잔을 받지 않았다.

로얄 살루트는 군인 출신으로 장기 집권했던 다사오 대통령이 즐겨 마시던 술이었다. 지존의 통치자가 안가에서 여대생을 옆에 두고 마지막 밤에 마신 술로 유명세를 탄 위스키였다. 밖으로는 시바스 리갈로 알려져 있지만, 실제 다사오 대통령이 이번 세상에서 마지막으로 마신 술은 같은 회사에서 나온 21년산 로얄 살루트였다. 담배 파종 철이면 농민들과 야자 술을 마시던 소탈한 대통령으로 알려진 그가 밤이면 안가에서 여대생이나 젊은 여자들을 옆에 끼고 앉아 국민에게는 금지된 양주를 마실 줄은 알지 못했다. 그도 마찬가지였다.

막상 그런 사실이 알려진 뒤에도 국민들은 그가 고급 양주 대신에 저렴한 시바스 리갈을 마신 사실에 감격했다. 그리고 안가를 흉내 내어 곳곳에 룸살롱이 유행처럼 번져나갔다.

그 후로 얼굴이 밖으로 노출되는 걸 꺼려한 이 나라의 고관대작들은 전설이 된 대통령의 연회를 즐겼다. 소연회니, 대연회니 왕년의 철권 통치자의 흉내를 내며 교외의 한적한 별장에서 그들만의 파티를 즐겼다. 그때마다 그들은 21년산 로얄 살루트를 마셨다.

신분 상승에 목을 매고 성공을 갈구하던 그는 이 나라의 금융계를 쥐락펴락하는 모피아들 틈에 끼고 싶었다. 아직 로비스트가 합법화되지 않은 이 나라에선 까메리카 같은 대형 로펌들이 결정권을 지닌 재무성 관료들과, 법조인, 언론인, 정치인들을 거느리고 그 틈새에서 막강한 힘을 발휘하고 있었다. 전현직 관료들과 장관, 총리를 고문으로 두고 재무성의 주요 인사까지 회전문 식으로 주물러 대고 있었다. 검사나 판사들은 어떻게든 퇴직 후에 이런 로펌에 자리 잡기를 학수고대했고, 대법원 판사들에게도 변호사 개업을 하면 승소가 확실한 대형 소송 건을 물어다 주는 식으로 관리를 했다. 그 안에는 야당 정치인도 들어 있으며, 쓴 소리를 토해 내는 논객이나 시민 단체 활동가, 강성 노조의 간부들도 들어 있었다. 학계나 논객들 사이에는 비판의 목소리를 높여야 그 안에 끼어들어갈 수 있다는 말까지 나돌 정도였다.

그게 부당한 커넥션이라는 건 누구나 알고 있지만, 그 고리가 너무 강하고 완벽하여 누구도 거기에 맞설 엄두를 내지 못했다. 그걸 싸워서 고치는 것보다는 그 안에 끼어들어가는 게 더 빠르고 안전했다.

루반처럼 자신이 싸우려는 상대가 누구인지도 모르는 하룻강아지들이나 겁 없이 달려들 뿐이었다. 노앙은 상대의 힘을 알았고, 안전한 선택을 했다. 그것은 잘 빚어낸 도자기처럼 흠 하나 없이 완벽하고 아름다웠다.

그러나 그런 아름다움의 중심은 너무도 멀고 지난했다. 이른바 씨씨로 분류되는 까멜리아리드대와 까멜리아리드고 출신들의 인맥은 깊고 넓었다. 까멜리아리드대 경제학과를 앞세운 재무성의 관료들은 하나의 일파를 이루며 재계와 금융계의 요직을 독점했다. 모피아로 불리는 그들은 로펌과 학계, 재계, 정치권과 결탁하여 만고불변의 황금성을 쌓았다.

지방대 출신의 그가 비집고 들어가기에는 그 성은 너무 화려하고 높았다. 그는 마름을 자원했다. 성골들이 앞에 나서기를 꺼리는 험하고 궂은일을 자청했다. 낙하산을 타고 들어온 까멜리아은행 경영진 쪽에 엽렵하게 달라붙어 동료들의 목을 자르는 일에 앞장서서 그들의 신임을 얻었다.

그런 그에게 맡겨진 일이 채홍사였다. 노앙은 그들의 연회를 준비하고, 그 연회에 필요한 여자들을 주선하는 일을 맡았다.

방안에서 벌어지는 추잡한 성적 일탈의 장면들을 보면서 여자들의 교성과 신음소리가 난무하는 연회장 문 앞에서 쭈그리고 앉아 지키던 시간은 모멸스럽고 끔찍했다. 신분 노출을 꺼려한 모피아들은 유흥업소 여자들 대신에 여염집 여자들을 원했다. 연예인을 꿈꾸는 나이 어린 여자들과 여대생, 가정주부, 이름이 알려져 있지 않은 여류 예술가들을 끝없이 갈아 가며 그들은 술과 약물에 빠져 환락의 절정을 만끽했다. 어떤 자극적인 일탈도 그들을 만족시키지 못했고, 늘 신선한 자극과 쾌락을 기대하는 그들의 요구는 끝이 없었다. 그들의 연회를 위해 그는 할 수 있는 모든 것을 헌신적으로 했다. 때로 자신이 하는 일에 대해 회의감이 들었지만, 그럴수록 그 안으로 끼어들어가려는 그의 욕망도 함께 커져 갔다. 그때까지는 어떤 노고든, 모욕이든 받아들일 각오가 되어 있었다.

그리고 그에게 기회가 찾아왔다. 기회의 대가는 참혹했다. 아무리 성공을 위해 모든 걸 바칠 준비가 되어 있던 그였지만, 자신의 아내를 바치라는 그들의 요구는 쉽게 받아들일 수 없었다. 모피아들 가운데 술을 좋아하고 화통한 졸핀이 은근한 목소리로 그에게 제안을 해 왔다.

"노앙이, 니 맘 다 안다. 내도 이 자리 오기까지 무임승차한 게 아이다. 기차에도 등급이 있듯이 이 바닥에도 레벨이 있는 기라. 좋은 차 타려면 찻삯을 더 내야 하는 기 상식인기라. 다 안다. 니가 얼매나 이 칸으로 옮기 탈라꼬 애쓰는지. 솔직히 니는 아무리 애써도 일등칸을 못 벗어난데이. 특등칸엔 아무나 타는 기 아이다. 하모, 타기만 하믄 그야말로 특등 브이아이피가 되는 기라. 그 칸에 탄 사람들이 뭘 제일 따지는지 아나? 의리, 믿음인 기라. 그기 밤새 폭탄주나 돌린다꼬 되는 기 아이다. 그 안에 들여놓을 인간이 폭탄인지,

평생 같은 길을 가도 될 인간인지 믿을 만한 뭔가를 보여 줘야 되는 기다. 니, 론종이 와 보물인지 아나? 딸을 쇳물에 넣어 바쳤거든. 종을 칠 때마다 엄마야, 엄마야 운다 안 하나. 니도 충성을 하려면 니가 젤 아끼는 걸 바쳐야 감동이 되지 않겠나?"

그러면서 그는 바샤 어른이 오래전부터 자신의 집을 드나들며 집안일을 돕던 질레에 대해 고마워한다는 말을 전했다. 그게 무슨 뜻인지 모를 만큼 노앙이 무딘 사람은 아니었다.

그들에겐 섹스 파티라는 것이 일종의 무장해제 같은 의식이었다. 자신의 가장 치명적인 약점을 공유하며 그들은 끈끈하게 서로에 대한 믿음을 굳혀나갔던 것이다. 성적 타락과 마약, 술로 점철된 그들의 섹스 파티는 이권의 부침에 따라 이합집산하기 쉬운 모피아들의 인간관계를 거미줄처럼 촘촘하고도 끈기 있게 이어나가는 장치였다.

말하자면, 그 안에 들어오려면 너도 벗어라. 네가 가장 아끼는 것을 바쳐 충성을 입증하고, 독약처럼 치명적인 약점을 내보여라.

"만약 못하겠다면 어떻게 됩니까?"

"뭐, 그냥 뚜쟁이 노릇이나 하다가 늙겠지. 그도 언제까지 갈지 보장할 순 없겠지만."

이런 제안을 거부하기엔 그의 위협이 실제로 눈에 보였고, 충성을 요구한 바샤의 힘이 매혹적일만치 크고 강했다.

그러면서도 그는 고민했다. 그저 모든 걸 정리하고 질레와 누구도 모르는 시골의 신용금고 직원이나 하며 살까도 고민했다. 그는 정말 질레를 사랑했다. 그러나 그녀만을 사랑하기엔 그의 야망이 너무 깊고 컸다.

그는 결국 아내를 그들에게 바쳤다.

그는 복수를 하듯 자신이 겪는 모든 모멸의 시간들을 은밀히 기록했다. 연회장에서 벌어지는 해괴한 성적 일탈의 장면들을 몰래 카메라로 촬영했다. 벌거벗은 여성의 성기를 향해 골프공을 퍼팅하며 한 타당 일억 까멜을 거는 게임이며, 내로라하는 관료들이 개보다 못한 모습으로 벌이는 윤간의 장면까지, 그들의 표정과 대화와 손짓 하나까지, 그는 낱낱이 기록해 두었다. 그는 치밀하고 영민한 사람이었다. 그는 자신이 버려질지도 모르는 앞날을 위해 비장의 폭탄을 마련해 둔 것이다. 그 높고 견고한 황금성을 일거에 무너뜨릴 만한 파괴력을 지닌 그 폭탄은 치명적이고 위험한 것이었다. 그는 아무도 모르게 그걸 촬영했고, 자신의 안방에 있는 금고에 보관해 왔다. 그런데 어느 날, 그것이 사라졌다. 그걸 찾기 위해 온 집안을 뒤졌지만 그 동영상 자료는 어디에서도 발견되지 않았다. 그런데 그것을 지금 루반이 가져온 것이다.

질레가 그걸 가지고 있으리라고 짐작은 했었다. 차마 그걸 내놓으라는 소리는 하지 못했다, 그건 그녀의 삶을 송두리째 날려버릴 만큼 강력한 파괴의 힘을 지닌 폭탄이었다. 그걸 지니고 있다는 사실만으로도 그녀는 온전할 수가 없었다. 그 안에 담긴 기록들은 그것이 공개된 뒤의 파장만큼이나 그 위력은 치명적이었다. 노앙은 그걸 자신의 손으로 만든 것을 몇 번이고 후회했다. 궁지에 몰릴 때마다 그것이 제 손에 없는 사실에 절망했지만, 지금은 그것을 흔적도 없이, 처음부터 있지 않도록 무로 돌려 버리고 싶었다. 모피아와 이 나라의 권력자들의 치부를 담아낸 그것의 위력은 가공할만한 폭발력을 지녔다. 그것으로 상대를 단숨에 파괴시킬 수는 있겠지만, 그 안에는 질레의 망가진 삶도 담겨 있었다. 그녀는 그에게 유일한 실패의 기록이었다. 끝없이 날아오르던 상승의 직선에 그어진 한 가닥의 폐곡선.

그는 지금도 자신이 실패했다는 생각을 하지 않았다. 감옥에 갇혀 있다 해도 그의 날개는 여전히 탐욕의 황금 해를 향해 멈추지 않고 퍼덕거릴 것임을 그는 알고 있었다. 그러나 질레만큼은 어쩔 수 없는 실패이며, 지울 수 없는 추락의 상흔이었다.

"그걸 내게 돌려줄 수 없겠나?"

말도 안 되는 소리라는 듯 루반은 대꾸도 하지 않았다.

"그걸 가지고 있으면 안 되네. 내게 주기 싫다면 아무도 모르게 그냥 없애 버리게. 그게 자넬 파멸시킬 수 있어."

루반이 그런 노앙을 가증스럽다는 눈길로 쏘아보았다.

"내 걱정 말고 당신 걱정이나 하셔. 이제부터 지옥이 뭔지 확실하게 보여줄 테니까."

제 앞에 놓인 일억 짜리 수표를 집어 노앙의 면전에 내던진 루반은 찬바람을 일으키며 돌아서서 밖으로 향했다. 그리고 뒤도 돌아보지 않은 채 한 마디를 던졌다.

"질레가 죽었어. 당신 손이 닿지 않는 곳으로 떠났어."

17

“어쩐 일이래유?”

난데없이 등장한 샤리 변호사의 출현에 혼자 사무실을 지키고 있던 족제비는 당황스러웠다. 주변에 나동그라진 술병 나부랭이들을 급히 치우는 한편, 의자를 끌어다 내주느라 분주하기 짝이 없었다.

“사장님은 안 계시네요.”

“요즘 상태가 안 좋아요.”

“무슨 일이 있으신가요?”

샤리의 물음에 족제비는 대답 대신에 한숨부터 길게 내어놓았다.

“뭔지 몰라두 마음이 붕 떠다니는 거 같어유. 출근두 않구 엄헌 디만 대구 돌아댕기느냐구.”

입만 열면 끝을 모르고 이어지는 족제비의 하소연을 샤리는 진지한 얼굴로 혀를 차며 들어 주었다.

“걱정이 많으시겠네요. 요즘 경기가 좋지 않아서 모두 어렵다고 하던데.”

“그 경기란 것이 적당히 에려워야 우리 겉은 사금융 쪽 일허는 사람들은 재미를 보는 법인데, 요즘은 그렇지두 않유. 잘 아시겄지만 경제란 것이 돈이 팽이처럼 돌아야 일자리두 생기구 벌이두 늘구 소비두 느는 거 아니겄슈. 일단 민초들이 버는 게 없으니께 쓰덜 못허구, 이런 디서 돈을 빌려다가두 갚덜

못허는 거유. 기러니 여그라구 흙 퍼다 돈 찍어 쓰는 데두 아니구, 워뜬 악덕 업체덜은 신체 포기 각서란 걸 써서 신장은 삼천, 눈알은 천오백에 떼어 간다지만 암만 돈이 중혀두 사람이 워뜨케 산 사람 각을 뜨겄슈. 양심적으루다가 법에서 정헌 이자나 받으믄 감사헐 일이쥬."

한창 신바람이 나서 너스레를 떠는 족제비를 흥미롭게 지켜보던 샤리가 감동한 얼굴로 고개를 끄덕였다.

"말씀하시는 것만 들어도 참 인간적이라는 느낌이 들어요."

샤리의 칭찬에 우쭐해진 족제비의 목소리가 한결 높아지며 열에 들떠 입술 마르는 줄도 모르고 이야기를 늘어놓는다.

"제가 사실 이런 디서 일헐 사람은 아뉴. 시방 사정이 여의치 않아 임시적으루 사채업을 하고 있지만 원래는 낙농업에 뜻을 둔 사람유. 지금두 고향엔 내 오기만 눈이 빠지게 기대리는 이덜이 한둘이 아녀유. 그러잖아두 조만간 여그가 정리되믄 내려가 초원에 묻혀 낙농에 힘쓰며 후진들 양성에 여생을 바칠까 생각 중여유."

"너무 낭만적이세요. 생각만 해도 멋지네요."

"저 푸른 초원 우에 그림 같은 집을 짓고, 사랑하는…… 그런 노래두 있잖유."

"그런데 목장을 하려면 소도 사야 하고, 양도 있어야 하니 투자금이 꽤 들겠네요."

"그렇게 많이 들진 않어유. 첨부텀 크게 하믄 끝이 없지만, 대충 일억만 있으믄 쬐끄마한 목장 하나는 채릴 수 있쥬."

"어머, 그것밖에 안 들어요?"

"그거구 말구 손에 천두 없는 디유, 뭐."

족제비의 말에 샤리는 고개를 갸웃거렸다.

"수고비 드린 걸로 아는데, 아직 받지 못하셨나 보네요?"

"수고비여?"

"계좌 건요. 약속드린 일억을 전해 드린 걸로 아는데요."

일억이라는 말에 족제비의 눈이 동그래지며 얼굴빛이 금세 달라졌다.

"그러니께 착수금 삼천 말고도 일억을 꽉 채워 주셨다, 이거유?"

잔뜩 미심쩍은 얼굴로 족제비가 샤리에게 바짝 다가앉으며 꼬치꼬치 캐물었다. 그런 족제비에게 샤리는 난처한 표정으로 답을 얼버무렸다.

"사장님이 바빠서 아직 전달을 못했나 보네요."

그런 말에도 한번 굳어진 족제비의 얼굴은 쉽게 풀리지 않았다.

"근데 이번에 애를 많이 쓰신 걸로 아는데, 실장님은 얼마나 받게 되나요?"

실장님이라는 말에 조금 얼굴이 풀어진 족제비가 헛기침을 두어 번 하고 나서 입을 열었다.

"지가 꼭 페이 땜에 이런 일 허는 건 아뉴. 뭔가 지헌테는 우리나라 금융의 어두운 그늘 겉은…… 말하자믄 금융 부조리 겉은 거를 기냥 못 넘기는 성격이 있슈. 그랴서 이번 일두 그런 차원으루다 헌 거유. 돈이 문제가 아녀유."

"정말 대단하시네요. 그래도 그간 애도 많이 쓰시고 결정적 역할도 하신 걸로 아는데……"

결정적이라는 말에 더욱 고무된 족제비가 갯가에 밀려나온 게처럼 입가에 허연 거품을 품으며 제 공치사를 늘어놓기 시작했다.

"그리 말허시니 허는 말이지만, 그게 말츠럼 쉬운 일이 아뉴. 정보두 폭넓게 알아야 허구, 현장 답사두 댕겨야 허구. 기냥 뜯긴 돈이나 받으러 댕기는 시장바닥 일수쟁이덜 허군 차원이 달류."

"그러니 아무리 사명감으로 일하신다 해도, 비용이 적잖이 들었을 텐데……"

"즉다 헐 순 읎쥬."

"수입은 반씩 나누시나요? 아니면 6대 4?"

반씩 나누느냐는 말에 족제비의 눈썹이 자신도 모르게 위로 치켜 올라갔다. 6대 4도 턱없는 말이었다. 그러고 보니 족제비는 벌써 돈을 받았다는 사장이 어째 감감무소식인지, 받았으면 얼마나 나눠 줄지 머릿속이 이런저런 생각으로 복잡해지기 시작했다.

"6대 4로 잡으면 착수금은 비용으로 뺀다 치고, 일억을 나누면…… 사천밖에 안 되네요."

사천밖에라니. 천만 들어와도 가슴이 덜컥 하는 판에 사천이라니. 남의 억장 무너뜨리는 소리라고 콧방귀를 끼어 넘기려던 족제비는 문득 그게 영 말이 안 되는 소리만은 아니라는 생각이 부스스 들기 시작했다.

솔직히 사장이 한 일이 무엇이 있단 말인가. 은행에서 단말기를 두들긴 걸 감안해도 이번 사우스웨스턴 기업의 돈줄을 캐내는 데 결정적인 단서가 된 '찌라시' 정보를 빼온 것에 비할까. 할렐루야 금융에서 그동안 받아온 관례로 보자면 받아온 돈의 십 퍼센트가 정해진 족제비의 몫이었다. 그리 따지면 천만 까멜……

"이번에 사천을 받는다 해도 고향 내려가실 돈은 못 되겠네요?"

술만 취하면 늘 늘어놓던 푸념이었다. 어린 나이에 뛰어 올라와 겪어야 했던 신산스러운 까멜리아리드 생활에서 그가 얻은 건 아무것도 없었다. 새벽부터 뛰어나가 온갖 궂은일을 하면서도 몇 푼 안 되게 번 돈은 손에 움켜쥔 물처럼 흔적도 없이 빠져나갔다. 통장에는 언제나 마이너스가 찍혀 있고, 월말마다 몰려드는 카드 청구서의 빚들은 날이 갈수록 쌓여만 갔다. 저 푸른 초원은커녕 이러다간 평생을 어두침침한 골목에서 허덕거리며 빚을 갚다 끝날 판이었다. 무엇보다 그의 마음을 무겁게 하는 것은 유일하게 그의 곁을 지켜주는 에찌였다. 남들 하는 것처럼 언제 그녀에게 웨딩드레스를 입혀 결혼식이란 걸 할 수 있을까. 오빠, 이러다가 나 어떻게 될지 몰라. 에찌가 근래 들어 입버릇처럼 내어놓는 말들이 예사롭게 들리지 않았다. 자다가도 그런 생각이 들면 벌떡 일어나 우두커니 천정을 바라보는 시간이 늘어갔다. 아무리 허접한 사람이라도 한 번은 기회가 있다는데……

"일억이면 되는 건가요?"

이런저런 생각에 침울한 얼굴로 어깨를 늘어뜨리고 있는 족제비에게 샤리가 묵은 장맛비에 내리는 햇빛처럼 따스한 목소리로 속삭였다.

우중의 오렌지공원에는 때아닌 사람들과 깃발로 가득 찼다. 억수같이 퍼붓는 비를 온몸으로 맞으면서도 공원 안에 모인 까멜리아은행 노조원들은 동요하지 않고 벌써 세 시간 넘게 진행되는 까멜리아은행 매각 저지 집회에 참석하고 있었다.

"비금융자본 유니온 페어, 까멜리아은행 인수 원인 무효!"

"먹튀 유니온 페어, 불법 매각 저지!"

비에 흠뻑 젖은 채 몸자보를 걸친 노조원들이 땅바닥에 주저앉아 구호를 외치고 있었다. 루반은 비에 젖어가는 그들을 안쓰러운 마음으로 바라보았다. 이리저리 살펴보아도 베르친의 모습은 눈에 띄지 않았다.

거리로 나서서 재무위원회 건물로 이동하던 노조원들이 검은 제복을 입은 장정들에게 가로막혔다. 얼핏 보면 기동 경찰대인지 구분이 안 되는 제복과 헬멧을 쓴 그들은 일사분란하게 대오를 갖추어 노조원들의 진입을 가로막고 있었다.

"용역 깡패 동원하여 직원들 막는 재무위원장 물러가라."

와이셔츠 차림의 노조원들은 제복들의 완강한 저지에 밀려 길가장이로 밀려나 맥없는 소리만 질러 댔다. 누군가 용역들을 향해 발길질을 하지만 곧바로 그 발은 용역 직원들의 방패에 내리찍히고 말았다. 경찰 진압용 방패와 비슷한 그것에는 'POLICE'라는 영문자 대신에 'KILOPER'라는 용역 회사 이름이 새겨져 있었다. 비명 소리에 이어 한차례 몸싸움이 벌어졌다.

멀찌감치 떨어져 담배를 피우며 바라보던 루반에게 새로 배치된 용역들 가운데 하나가 달려와 허리를 꺾어 절을 했다. 머리에 뒤집어 쓴 헬멧을 들어 올리자 드러난 얼굴이 낯익다. 얼마 전까지 할렐루야 금융에 나와 일하던 아이 가운데 하나였다.

"안녕하셨어요?"

용역 회사로 갔다던 족제비의 말이 뒤늦게 생각났다.

"할 만하냐?"

그 말에 아이는 그저 웃기만 하곤, 공손히 절을 하고 앞서 간 대오를 서둘러 좇아갔다. 없는 사람들을 동원해 없는 사람들과 싸우게 한다던 베르친의 말이 생각났다.

비에 젖은 깃발들이 용역들의 장대에 함부로 찢겨졌다. 노조원들은 방패에 가로막혀 앞으로 나아가지 못했지만 대오는 빗속에서도 조금도 흐트러지지 않았다.

루반은 대오의 앞에서 절규하듯 구호를 외치는 투샨을 보았다. 용역들은 발을 구르며 노조원들을 위협했다. 대치 상태가 이어지면서 용역들과 몸싸움을 벌이던 투샨이 그를 알아보고 다가와 인사를 했다.

빗속에 고생이 많다는 말에 투샨은 손등으로 얼굴에 흘러내리는 비를 닦아 내며 괜찮다고 했다. 집회가 언제 끝나느냐는 말에 투샨은 밤을 샐 것이라고 말했다.

"오늘 안 되면, 내일, 내일 안 되면 될 때까지."

검게 탄 얼굴에 유난히 흰 이를 드러내며 환하게 웃어보이곤 투샨은 다시 대오 속으로 달려갔다. 오늘 안 되면, 내일, 내일 안 되면 될 때까지. 루반은 멀어져가는 투샨을 지켜보며 자신도 모르게 입속으로 그 말을 몇 번이고 되뇌었다.

비를 맞은 탓인지 다시 온몸에 열이 올랐다. 숙소로 돌아온 루반은 까무룩 잠이 들었다가 저녁이 늦어서야 눈을 떴다. 어김없이 찾아온 악몽으로 온몸은 식은땀으로 흥건히 젖어 있었다.

한참을 멍하니 침대에 앉아 있던 루반은 아들의 생일이라고 꼭 들르라던 전처의 당부가 생각났다. 두들겨 맞은 듯 쑤셔 대는 몸을 억지로 움직여 욕실로 들어가 찬물에 얼굴을 담갔다. 나무에 목을 맨 질레의 목소리가 귓가에 쟁쟁하게 들려왔다. 내가 한 말 모든 잊어 줘, 나도 잊고 행복하게 살아 줘. 그러나 루반은 자신이 그녀를 잊을 수 없으리라는 걸 알고 있었다. 머리를 두 손으로 감싼 채 거울에 비친 얼굴을 오래도록 들여다보았다.

장롱을 열어 며칠 전에 사둔 선물 상자를 챙겨 들고 나가던 루반이 걸음을 멈추고 전화기를 집어 들었다.

"베르친이냐. 너 끝까지 싸우겠다고 했지?"

집회장인지 확성기 소리가 전화기를 타고 넘어 들어왔다. 루반은 악을 쓰듯 전화기에다 입을 붙이고 소리쳤다.

"내일 기자회견 좀 준비해 줘. 뭐? 그건 아니고, 그거보다 더 큰 거야. 노앙이고 바샤고 싹 쓸어버릴 거야. 오늘은 곤란하고, 내일 공대위로 나갈 테니 기자들이나 많이 불러 줘. 너, 이번엔 정말 나하고 끝까지 같이 갈 거지?"

전화를 끊고 나서 루반은 웃옷 안주머니에 손을 넣어 그 안에 든 유에스비를 만지작거렸다. 오래도록 달려온 길의 끝이 어렴풋이 보였다. 이제는 이 악몽 같은 기억들을 끝낼 때가 된 것이다.

움직일 때마다 비걱거리는 다리를 끌고 루반은 서둘러 밖으로 나섰다. 저녁이 되도록 비는 여전히 부슬부슬 내리고 있었다. 들고 나온 아이의 선물 상자가 젖지 않도록 품에 감싸 안고 루반은 으슬으슬 한기가 드는 몸을 잔뜩 움츠린 채 골목에 세워둔 차를 향해 걷기 시작했다.

선술집의 추녀에서 떨어지는 빗방울을 피해 골목길을 가로지르던 루반은 전조등을 켜지도 않은 자동차 한 대가 자신을 향해 쏜살같이 달려오는 걸 보았다. 미처 피할 틈도 없이 달려온 차에 부딪친 그의 몸이 허수아비처럼 허공을 날아갔다. 맥없이 차도에 풀썩 떨어진 그의 머리에서 벌건 피가 흘러나왔다. 길바닥에 떨어진 선물 상자를 잡으려 버르적거리며 안간힘을 쓰던 루반의 손이 허공을 몇 번 움키다가 이내 멈추었다. 루반은 검은 터널 속으로 빨려 들어가듯 눈앞이 점점 어두워져 오는 걸 느낄 수 있었다. 그리고 어린 시절에 들었던 오래전의 이야기가 먹먹해져 가는 그의 귓가에 들려왔다. 루반은 자신의 삶이 끝나 가는 걸 직감했다. 그 숨 막히는 순간에 그는 자신의 가슴에 늘 품고 다니던 그 이야기의 결말이 여태껏 자신이 알고 있던 것과 다르다는 걸 비로소 알게 되었다.

어느 나무꾼이 연못을 지나다가 도끼를 빠뜨렸다. 낭패한 나무꾼이 엎드려 산신령에게 빌었다. 얼마 뒤, 연못에서 산신령이 금도끼를 들고 나타났다. 이것이 네 도끼냐. 정직한 나무꾼은 아니라고 대답했다. 연못으로 들어간 산신령은 이번엔 은도끼를 들고 다시 나타나 물었다. 이것이 네 도끼냐. 정직한 나무꾼은 아니라고 대답했다. 산신령은 다시 연못으로 들어가 아주 낡고 보잘 것 없는 쇠도끼를 들고 나타났다. 이것이 네 도끼냐. 나무꾼은 환한 웃음을 지으며 그렇다고 대답했다. 산신령은 나무꾼에게 벌겋게 녹이 슬고 이가 빠진 쇠도끼를 던져 주었다. 그리고 연못 속으로 들어가 다시는 나타나지 않았다.

그를 친 자동차에서 걸어 나온 사내가 주변을 두리번거리다가 차도에 쓰러진 루반을 조심스럽게 흔들어 보았다. 그리곤 머리에서 피를 흘리며 의식을 잃은 그의 주머니를 뒤져 그 안에 든 유에스비를 찾아들었다. 사내는 자신의 눈을 자꾸 손등으로 문질러 닦았다. 빗물인지 눈물인지 알 수는 없었지만 그는 아까부터 헛소리처럼 무슨 말을 자꾸 중얼거리고 있었다.

"씨발, 나두 폼나게 살 거래니께유."

족제비였다. 그는 허겁지겁 차에 올라 요란한 바퀴 소리를 내며 골목길을 빠져나갔다. 길에 나동그라졌던 선물 상자가 차의 바퀴에 뭉개지면서 야구 글로브가 밖으로 튕겨 나와 비에 젖어 갔다.

18

경찰들로 둘러싸인 재무위원회 건물 밖에는 노조와 시민 단체 회원들이 길을 가로막힌 채 온몸을 내던지며 격렬한 몸싸움을 벌이고 있었다. 안으로 걸어 잠근 회의장에선 유니온 페어의 까멜리아은행 매각을 심의하는 회의가 열리고 있었다. 의례적인 절차들이 생략된 회의는 무언가에 쫓기 듯 일사천리로 진행되었다. 경과보고와 안건 제안에 이어, 입을 맞춘 듯이 동의와 재청을 거쳐 별다른 논의나 이견도 없이 진행된 회의는 불과 십여 분도 되지 않아 안건을 결의했다.

재무위원장 명패가 놓인 회의장 가운데 자리에 앉은 졸핀이 유니온 페어의 까멜리아은행 매각 건을 무조건 승인하였다.

"유니온 페어와 원머니뱅크 사이의 까멜리아은행 매각에 관하여 조속한 시일에 적정한 절차에 따라 진행할 것을 승인한다. 앞서 있었던 은행 매각의 관례와 강제 매각 시 미칠 수 있는 소액 주주들의 피해를 최소화하기 위해 일시와 매각의 범위를 지정하지 않음을 밝혀 둔다."

졸핀이 의사봉을 두드리는 것을 지켜보며 샤리는 자신의 명패가 놓인 재무위원 자리에 앉아 요염한 웃음을 지었다.

밖에서 회의장 안으로 진입하려는 노조원들의 격렬한 몸싸움 때문에 기자회견은 회의장에서 곧바로 이어졌다. 배포된 보도 자료를 건성으로 읽고 회의장을 빠져나가려던 졸핀 재무위원장의 앞을 몇몇 기자가 몸을 던져 가로막았다.

"유니온 페어가 산업자본이라서 까멜리아은행 매각에 근원적으로 자격이 없다는 주장에 대해서는 어떻게 생각하십니까?"

앞을 가로막는 기자를 불쾌한 얼굴로 바라보던 졸핀이 마지못해 선 채로 몇 마디 대답을 했다.

"은행법에서 비금융 주력자가 은행을 사고파는 걸 막은 취지는, 막강한 국내 산업자본이 은행까지 손에 넣어서 제 회사 금고로 삼는 걸 막으려 한 겁니다. 그러니까네 외국인에게는 적용되지 않는 겁니다."

"그럼 외국인에게만 특혜를 주는 겁니까?"

"은행법이란 게 원래 국내법이고, 글로벌한 시기에 그걸 너무 까다롭게 적용하믄 누가 투자를 하겠습니까? 일단 우리 입장에서야 외자를 한 푼이라도 끌어들여야 하는 입장 아닙니까. 쓸데없이 박혀 있는 전봇대 뽑자는 말씀처럼 지나치게 까다로운 규제는 도움이 안 됩니다."

그리 둘러대고 자리를 뜨려던 졸핀에게 다른 기자가 팔소매를 붙잡고 또 다른 질문을 던졌다.

"유니온 페어의 다른 펀드나 해외 계열사들을 조사하지 않은 이유가 뭡니까?"

쏟아지는 질문에 곤혹스러워 하던 졸핀이 이맛살을 찌푸리며 짜증 섞인 목소리로 대답을 했다.

"씨티그룹이 아멜리아 은행을 인수할 때나 스탠다드차타드가 퍼스트내셔널은행을 사들일 때도 해외 계열사는 조사하지 않았어요. 유니온 페어만 조사하는 건 형평에 맞지 않잖습니까. 금융은 뭣보다 신뢰가 생명인기라요. 관례라는 걸 존중해야 합니다."

"마지막으로 하나만 더 묻겠습니다. 만약에 유니온 페어가 산업자본이라는 게 확실하게 밝혀지면 원머니뱅크와의 매매 계약은 어떻게 됩니까?"

"매매 계약과 산업자본 문제는 별개입니다. 이미 유니온 페어에 대해 매각 결정을 했잖습니까. 매매 계약은 당사자들끼리 알아서 할 일이고, 규정상으로도 만약 비금융자라는 게 드러나면 보유한도 6%를 추가 매각하라고 명령하면 됩니다. 뭐, 그 전에 다 정리되지 않겠습니까?"

들러붙는 기자들을 뿌리치고, 회의장을 빠져나가는 그의 등 뒤에서 뒤미처 안으로 들어선 노조원들이 악을 쓰며 항의를 했다. 그들의 항의는 이내 곧바로 달려온 경비원들에게 둘러싸여 묻혀 버리고 말았다.

기자회견을 끝낸 재무위원들과 모피아들은 바샤 전 총리가 준비한 교외의 한적한 별장에 마련된 대연회 자리로 이동했다.

젊은 여자의 시중을 받으며 술자리에 앉아 있던 바샤 총리가 들어서서 머리를 조아리는 재무위원들에게 앉은 채로 손을 들어 보였다.

"수고들 했데이. 조금 어수선하긴 했지만 이렇게라도 마무리가 되어서 다행이고마."

한차례 술잔이 돌아가고, 다가오는 대선이 술자리 화제가 되었다. 오가는 이야기들을 듣고 있던 바샤가 점잖게 입을 열었다.

"아무리 선거라는 게 뽑는 게 아니라 맹그는 기라캐도, 이번 대선 판은 한 치 앞을 내다보기 어려울 만큼 박빙인기라. 지난 대통령이 워낙 죽을 쒀 놔서 민심이 너무 안 좋다 안하나. 그래서 허는 말인데……"

모두의 귀가 그의 입을 향해 모아졌다.

"정치허는 양반들이 쌈박질이나 헐 줄 알지 경제에 대해 뭘 알겠노? 이번에도 우리가 들어가 어떡허든 도와야 하지 않겠나."

말을 마친 바샤가 방 안에 모인 사람들을 손가락으로 가리키며 다음 대선에서 여야 캠프로 들어갈 사람들을 찍어 줬다. 야권 캠프 쪽으로 가라는 소리를 들은 인물들이 거북한 표정을 지으며 무어라 군소리를 내어놓자, 바샤가 한심하다는 얼굴로 질책을 했다.

"이봐라, 이거. 경제에 여야가 어딨고 좌우가 어딨노? 대통령을 누가 해먹든 돈 만지는 일은 어차피 우리가 해야 안하겠나? 그기 나라를 위한 일이고, 우리도 살아남는 길인기라. 적어도 경제나 금융 쪽 자리야 돌아가며 앉는 거이고, 어디를 가도 젤 중요헌 건 단결인기라."

호통을 치는 바람에 군소리를 내놓던 인물들도 이내 잠잠해지고, 곧바로 술자리가 이어졌다. 바샤가 한 곁에 얌전히 앉아 있는 샤리에게 밝은 웃음을 지으며 말을 건넸다.

"이번에 애 많이 썼데이."

"제가 해야 하는 일인데요, 뭐."

조신한 태도로 웃음을 지으며 샤리가 머리를 조아렸다. 바샤가 샤리의 손을 주무르며 은근한 목소리로 속삭였다.

"조만간 일거리가 또 생길 기라. 유니온 페어가 송사를 벌일 모양이라카더라."

"아무리 그래도 모양새란 게 있는데, 직접 나설 수는 없고 뒤에서 거들겠습니다. 여러 모로 살펴 주셔서 고맙습니다."

샤리가 다시 머리를 숙여 감사를 표하자 바샤가 입을 쩍 벌리고 만면에 웃음을 짓는다.

"내가 이래 니를 예뻐하는 기라. 저 멍충이들 열을 합해도 니 하나만 못한 기라."

영문도 모른 채 졸핀이 저를 가리키는 바샤를 향해 넙죽 고개를 숙여 절을 올렸다.

"저 봐라. 저게 몸은 되는데 머리가 영 안 되는 기라."

혼잣말로 혀를 차고 나서 바샤가 샤리에게 목소리를 낮춰 당부를 했다.

"노앙이 핸들링 잘 허거래이. 괜히 동티나게 하지 말고."

"걱정 안 하셔도 됩니다."

샤리는 바샤를 안심시키며 서둘러 그의 잔에 술을 채웠다. 고개를 끄덕이며 흡족해 하는 바샤에게 샤리는 노앙에게 한 약속을 잘 지켜달라는 당부를 잊지 않았다.

"알았다 고마. 노앙, 그노마가 연회 준비는 참말로 잘했는데, 요즘 파티는 영 재미가 없고마."

바샤의 말이 거북한 듯, 샤리가 못 들은 척 화제를 다른 쪽으로 돌렸다.

"유니온 페어 건은 대충 마무리가 된 셈인데, 어르신께선 이번에 좀 재미

있으셨는지 모르겠습니다."

조금 어색해진 분위기를 돌리려는 듯 샤리가 밝아진 음성으로 바샤의 귀에다 대고 속삭였다.

"쬐금 재미 좀 봤다."

"따블은 치셨나요?"

"그동안 고생한 게 어딘데? 따블 가지고 되겠나?"

바샤가 주변을 살피며 익살스러운 웃음을 지어 보이고는 말을 잇는다.

"모두 수고들 했다. 다 나라 살리자고 한 일 아이가. 참, 미국에서 한번 댕겨가란다. 근사하게 축하 파티 해 준다카더라. 자, 그런 의미에서 지금처럼 힘을 모아서 경제를 화끈하게 살리제이."

바샤가 치켜든 술잔을 따라 방안은 건배를 하는 목소리로 가득 찼다.

새로 이사 간 아파트의 거실에서 모처럼 밝은 얼굴로 루반의 아들과 전처가 모여 앉아 루반을 기다리고 있다.

"아빠, 오늘 진짜 와?"

식탁 위에 얹힌 생일 축하 케이크를 아까부터 들여다보고 있던 아들이 조바심을 내며 보챘다.

"그럼, 꼭 오신다고 했어."

그 말에도 아이는 진득하니 앉아 있지 못하고, 손에 쥐고 있던 양초와 성냥을 만지작거렸다.

"먼저 촛불 켜면 안 돼?"

"조그만 기다려."

"하나만 켤게."

마지못해 루반의 전처가 고개를 끄덕이자 아이가 케이크에 양초를 꽂고 불을 댕겼다. 전등불을 끄자 방 안은 은은한 촛불의 불빛으로 따뜻하게 채워졌다.

"정말 내 선물 사온다고 했어?"

"그래, 아빠가 야구 글러브 샀다고 했어."

아이는 자리에서 벌떡 일어나 환호성을 지르고, 어깨춤을 추며 케이크 주변을 맴돌았다. 그런 아이를 바라보는 전처의 얼굴에도 모처럼 화사한 웃음이 감돌았다. 밀린 전세금 때문에 마음고생이 심했는데, 별로 기대하지도 않았던 루반이 아예 새 집으로 이사를 하게 해 줄지는 미처 몰랐다. 남남으로 갈라선 마당에 나 몰라라 해도 좋을 사이에 어떻게든 생활비를 보내 주고, 집 문제까지 해결해 주는 루반의 마음이 새삼 따뜻하게 가슴에 닿아 왔다.

기다리던 아이가 더 참지를 못하고 생일 축하 노래를 부르기 시작했다.

해피 버스데이 투유, 해피 버스데이 투유. 사랑하는 차오. 해피 버스데이 투유!

연습이라며 제 생일 축하 노래를 마친 아이는 케이크에 꽂힌 촛불을 입으로 훅 불어 껐다. 촛불이 꺼지며 푸른 연기 한 가닥이 컴컴한 방안을 이리저리 날아올랐다.

아빠를 기다리던 아이는 케이크를 반쯤 먹다가 잠이 들었다. 전화도 끊긴 채 오지 않는 루반을 기다리느라 전처는 밤새 잠을 설쳤다. 선물을 눈이 빠지게 기다리다 실망한 아이의 잠든 모습을 보며 부아가 치밀었지만, 뭔가 사정이 있나 보다고 마음을 다독였다. 무슨 일이 있나 싶어 걱정도 되었지만 워낙 밤 도깨비 같은 사람이라 어디서 술에 곯아떨어진 모양이라고 여겼다.

혹시나 올까 싶어 잠에서 깨자마자 부스스한 얼굴로 전처는 아파트 입구로 내려가 보았다. 아직 인기척이 드문 이른 아침의 아파트 주변을 우두커니 서서 기다리다가 되돌아섰다.

새로 주인이 된 아파트 우편함엔 전의 집 주인이 구독한 듯한 조간신문이 덜렁 꽂혀 있었다. 공연히 신문 구독료를 덤터기 쓸까 싶어 그녀는 보급소에 오늘 중으로 전화를 걸어 구독을 중지해달라는 말을 해 둬야겠다고 생각했다. 무심코 우편함에서 꽂힌 조간신문을 집어 들고, 승강기에 올라탔다.

펼쳐든 신문에는 까멜리아은행을 매각한 유니온 페어가 까멜리아 정부를 상대로 ISD 소송을 제기할 것이라는 기사가 실려 있었다.

2003년 사모펀드이며 산업자본인 유니온 페어는 국내외의 로비스트들과 결탁하여 70조에 달하는 까멜리아은행을 1조3,000억 까멜에 인수하여 원머니 뱅크에 7조 까멜에 매각하고 까멜리아를 떠나게 되었으며, 그동안 고액 배당금만으로도 투자 원금을 회수하였으나 이에 대해 세금을 한 푼도 내지 않았는데, 오히려 국세청을 상대로 5,000억 대의 소송을 제기하였다는 기사였다. 무슨 말인지 모르겠지만 루반이 다니던 은행이라 그녀는 관심을 가지고 기사를 더 읽어 보았다.

신문에는 유니온 페어가 까멜리아정부의 매각 승인 결정 지연으로 막대한 손해를 입었다며 까멜리아-벨기에 투자보장협정을 근거로 까멜리아 정부에 대해 ISD 소송을 제기하였으며, 이 소송에서 까멜리아 정부가 패소할 경우, 2조 까멜을 배상하여야 한다고 보도했다.

여전히 무슨 말인지는 모르겠지만 그녀는 2조 까멜이라는 돈이 자신과는 거리가 멀게 느껴져 남의 일처럼 건성으로 훑어보았다. 혹 나중에 루반이 오면 이야기해 줄까 싶어 그녀는 신문의 기사에서 눈을 떼지 않고 읽어 내려갔다.

2003년 매각 결정을 내린 재무성 고위 관료들과 졸핀 등은 무혐의 처분을 받아 기소조차 되지 않았고, 유니온 페어에서 15억 까멜을 받은 혐의로 검찰에 기소된 산체레는 법원에서 무죄판결을 받은 후, 『산체레 신드롬』이라는 책을 펴내, 오로지 국익을 위해 애쓴 자신이 희생양이 되었음을 토로하였다. 신문 기사는 "광기의 시대가 낳은 희생양, 국익을 위한 결단을 처벌, 공직사회는 복지부동한다."는 내용으로 마무리를 했다.

까멜리아은행이라는 말만 들어도 그녀는 가슴이 철렁 내려앉았다. 루반이 다니던 은행이었고, 거기에서 쫓겨나 그들의 삶이 이렇게 망가지게 되었다고 생각하면 그 이름을 다시 듣고 싶지도 않았다. 잊고 지내던 기억들이 불쾌하게 되살아나는 걸 쫓듯이 그녀는 거칠게 신문을 반으로 접었다. 접은 신문의 지면에는 뺑소니 교통사고 기사가 일단으로 조그맣게 실려 있었다.

어제 빗길에 루반 씨가 뺑소니차에 치여 그 자리에서 사망했다는 기사였다.

19

루반의 장례식을 치르고 난 뒤, 까멜리아은행 노조에서는 대규모 집회를 열었다. 유니온 페어의 먹튀를 비난하는 한편, 갑작스럽게 사고를 당한 루반의 죽음에 대한 의혹을 제기하는 집회였다.

가슴에 루반의 영정을 든 베르친의 심경은 참담하기만 했다. 이튿날, 기자회견을 하겠다던 그가 뺑소니차에 치여 죽었다는 사실이 도무지 믿어지지 않았다. 노앙이건 바샤건 한 번에 쓸어 버릴 만한 걸 가지고 있다던 그의 말이 자꾸 귓전을 맴돌았다.

검은 머리 외국인들 뒤를 캐던 루반의 갑작스러운 죽음은 무언가 석연치 않았다. 결정적인 기자회견을 하루 앞두고 일어난 뺑소니 교통사고라는 것도 우연찮은데다가, 사고가 난 좁은 골목길은 차가 과속으로 달릴 장소가 아니었다. 단순한 뺑소니 교통사고로 몰아가는 경찰의 무성의한 태도도 마뜩잖았다. 골목길의 씨씨티브이를 보자고 했더니 마침 그날 촬영분만 뿌옇게 지워져 있었다. 비가 스며들어 고장이 났기 때문이라고 둘러댔지만 모든 게 공교롭기만 했다.

"이번엔 정말 나하고 끝까지 같이 갈 거지?"

루반의 마지막 말이 자꾸 가시처럼 베르친의 가슴을 파고들었다. 돈만 보고 살겠다던 그를 부추겨 죽음으로 내몬 죄책감에 베르친은 벌써 며칠째 제대로 잠을 이룰 수가 없었다.

한 번은 몰라도 두 번 다시 너를 버리지는 않을 거야.

자신이 한 말이 부메랑처럼 돌아와 그의 가슴팍을 쳐 댔다.

삭발까지 한 베르친은 재무위원회 건물 앞에 천막을 치고 무기한 철야 농성에 들어가기로 했다.

먹튀 유니온 페어 심판하라!

검은 머리 외국인 정체를 밝혀라!

대형 현수막과 루반의 영정이 높이 걸린 농성장에 가부좌를 틀고 앉아 있던 베르친에게 낯선 전화가 걸려왔다. 떨리는 목소리로 자신을 시민이라 밝힌 젊은 목소리의 여자는 골목에 주차해 두었던 자신의 차에 장착된 블랙박스 카메라에 루반이 당한 뺑소니 교통사고 장면이 담겨 있다고 알려 왔다. 우울한 마음으로 농성장 천막 속에 쭈그리고 앉아 있던 베르친은 전화기를 든 채 자리에서 벌떡 일어나 소리쳤다. 루반을 살려 주세요, 제발!

여자가 건네준 블랙박스 촬영 화면에는 그날의 사고 장면이 생생하게 담겨 있었다. 베르친은 그 영상을 경찰에 넘기기 전에 기자회견을 열고 페이스북에도 공개했다. 루반을 친 족제비가 차에서 내려, 쓰러진 루반의 주머니에서 무언가를 뒤지는 장면은 곧바로 티브이 뉴스에 고스란히 방영되었다. 흐지부지 묻힐 뻔하던 루반의 죽음은 전 국민의 관심사가 되었다.

마지못해 수사에 나선 경찰은 밀린 급여를 놓고 갈등을 벌인 족제비가 사장인 루반을 차로 살해한 후, 금품을 탈취하여 달아났다고 밝혔다. 그러나 막상 범인으로 지목된 족제비의 행방은 묘연했고, 범인을 추적하는 경찰들은 일주일이 지나도록 그의 행적에 대해 아무런 단서도 찾아내지 못했다.

루반의 죽음에 대한 의혹은 국민들에게 유니온 페어의 까멜리아은행 먹튀 문제를 새롭게 부각시켰다. 루반의 죽음이 까멜리아은행 매각에 참여한 검은 머리 외국인들과 관련되었다는 강력한 주장에 여론이 들끓기 시작했다. 언제나 그 중심에는 까멜리아은행 노조가 꿋꿋하게 서 있었다.

수사 진척이 늦어지면서 궁지에 몰린 경찰은 특별수사본부를 차린 지 사흘 만에 노팅 부둣가에서 시체가 된 족제비를 찾아냈다. 이른 아침에 고기를 잡으러 배에 오르던 어부가 방파제 구석에 죽은 채 누워 있는 족제비를 발견했다. 그의 곁에는 애인인 에찌에게 남긴 한 통의 유서가 놓여 있었다.

경찰에 쫓긴 족제비는 자신이 샤리 변호사의 꾐에 빠져 정보부의 지시로 루반을 살해했으며, 자신이 루반의 주머니에서 가져온 것은 돈이 아니라 동영상 파일이며, 그것을 샤리 변호사에게 전달했다는 사실을 밝히고 있었다. 내용을 보지는 못했지만 동영상에는 검은 머리 외국인들과 관련된 중요한 단서가 담긴 것으로 알고 있으며, 족제비는 뒤를 쫓는 정보부 사람들에게 몇 번인가 살해될 뻔했다고 폭로했다. 정보부와 경찰 양쪽에게 쫓기던 족제비는 자신이 샤리의 꾐에 빠져 루반을 죽인 게 너무 후회스럽다며 조금이라도 죄를 갚기 위해 스스로 목숨을 끊는다고 적었다.

에필로그

다행히 경찰보다 한발 앞서 달려간 지역 언론 기자가 손에 넣은 족제비의 유서는 까멜리아 전국을 발칵 뒤집어 흔들었다. 족제비가 샤리 변호사에게 넘겼다는 동영상의 실체는 확인되지 않았지만, 그를 둘러싼 많은 의혹들이 모피아들에 대한 분노의 불길을 더욱 타오르게 했다.

그저 담배만 피우며 하루하루 돈벌이에 급급하던 까멜리아 국민들은 뒤늦게나마 유니온 페어의 먹튀에 대해 눈을 돌리게 되었다. 그들은 자신들이 맡긴 돈을 지키라고 임명한 금융 관료들이 외국의 투기자본과 손을 맞잡고 은행을 헐값에 팔아먹은 걸로도 모자라, 유니온 페어가 까멜리아 정부를 상대로 소송까지 벌이고 있는 사실에 경악을 금치 못했다.

무엇보다 국민들을 분노하게 한 것은 검은 머리 외국인들의 행각이었다. 전통적으로 검은 머리에 대해서 무한한 긍지를 지니고 있던 까멜리아 사람들에게, 머리는 검으면서도 노랑머리들에게 붙어 제 나라 은행을 팔아먹은 짓에 치를 떨었다. 머리를 노랗게 물들인 여자들이 거리에서 달걀 세례를 받는 일이 벌어지기도 했다. 머리가 희끗한 정치인들은 재빨리 이발소로 달려가 검정색으로 염색을 하고 동백기름을 떡이 지도록 발랐다.

사태를 파악하지 못한 정부는 경제와 민생을 둘러대며 대충 넘기려다가 국민들의 격렬한 저항에 직면했다. 분노한 시민들은 담뱃대를 집어 들고 거리로 뛰어나왔다. 백여 년 전, 노랑머리들의 담뱃값 인상에 격분하여 거리로 나서서 까멜리아 공화국을 세운 이래로 두 번째로 담뱃대가 등장하는 역사적 순간이었다. 담뱃대의 등장에 기겁을 한 정부는 곧바로 검은 머리 외국인들에 대한 수사에 착수했고, 뒤늦게나마 원머니뱅크의 까멜리아은행 인수 건을 전격적으로 무효 처리했다. 원머니뱅크가 유니온 페어에게 지불한 인수대금은 검은 머리 외국인들을 상대로 구상 청구하라는 긴급 경제 조치 담화가 발표되었다.

베르친과 노조는 곧바로 공항과 항구로 노조원들을 보내, 검은 머리 외국인들로 지목된 인사들이 해외로 달아나는 걸 감시했다. 바샤 전 총리를 필두로 유니온 페어의 먹튀와 관련된 모피아들이 줄줄이 경찰에 체포되는 날, 천 년 묵은 야자나무 아래에 노조원과 시민들이 까맣게 모여 비로소 국민의 품으로 돌아오게 된 까멜리아은행을 축하했다.

그 자리에서 베르친은 야자나무 앞에 나아가, 까멜리아은행 직원과 시민이 돈을 모아 까멜리아은행을 인수하자는 제안을 했고, 그 자리에서 인수 자금의 절반이 약정되었다. 이날 야자나무 아래 모인 사람들은 서로를 끌어안고 감동의 눈물을 흘렸다. 어느 누구보다도 자신들의 손으로 은행을 되찾은 까멜리아은행 노조원들의 감격은 남달랐다. 서로의 담뱃대를 돌려 물며, 그간 겪었던 고초를 옛 이야기처럼 주고받았다.

그런 광경을 바라보는 베르친의 감회는 남달리 컸다. 그는 야자나무 아래 쭈그리고 앉아 담배를 피우던 루반이 자신을 보고 빙긋이 웃음을 짓는 걸 보았다. 미친 놈. 얌전히 돈이나 벌지. 울음인지 웃음인지 모를 표정을 지으며 베르친이 그런 루반에게 대답했다. 미친 놈. 너나 많이 벌어.

날은 화창하고 야자나무 그늘에 누워 바라보는 바다는 잔잔하고 한가롭기만 했다. 실로 백 년 만에 다시 보는 평화로운 풍경이었다.

욕망이라는 이름의 야바위

아홉 살 때던가. 불두화 만개한 진관사로 소풍을 갔다가 화투짝을 놀리는 야바위꾼을 만났다. 그 앞에 쪼그리고 앉았던 상급생이 보란 듯이 돈을 따는 바람에 슬며시 욕심이 났다. 머리에 기계충 자리가 있던 상급생이 내게도 해 보라고 권했다. 나는 얼마지 않아 주머니를 탈탈 털리게 되었다. 모처럼 얻은 용돈을 죄 털리고 상심해 앉아 있는 내게 야바위꾼 아저씨는 자상한 목소리로, 사과를 걸고 하라고 권했다. 사과들은 이내 야바위꾼의 손으로 넘어갔다. 아저씨는 마지막 남은 김밥과 사이다를 걸 기회를 주셨다. 나는 지금도 불두화 아래서 내 사과와 김밥을 사이좋게 나눠 먹던 아저씨와 상급생의 즐거워 죽겠다는 눈빛을 잊지 못한다.

유난히 숫자에 어두운 나는 얼마 전까지 계좌 이체란 것도 하지 못했다. 이번에 이 소설을 쓰면서 난생 처음 접하는 금융의 오만 가지 복잡다단한 용어와 수법들을 공부하느라 머리털이 하얗게 셀 지경이었다. 그러면서 느낀 점은, 금융이라는 것이 이렇게 복잡하고 다단한 게 나와 같은 어수룩한 사람들은 감히 접근하지 못하는 철옹성을 쌓고, 그 안에서 화투짝으로 사과와 김밥을 홀려 대는 야바위를 하기 위함이라는 생각마저 하게 되었다.

이제 제 나라의 돈을 맡은 이들이, 나라 밖의 야바위꾼들과 어울려 제 나라 사람들의 주머니를 털어 내는 화투짝을 마술처럼 놀려 대는 것을 보았다. 그러면서 불두화 하얗게 핀 진관사 돌담 앞에 쭈그리고 앉았던 아홉 살부터 반백의 지금까지, 여전히 내 안에 욕심이라는 도둑이 숨어 있다는 것도 깨닫게 되었다. 이 작품에서는 까멜리아의 비극이 모피아들만의 것이 아니라, 자본이 부추기는 욕망에서 비롯된 것에 주목하였다.

이 책이 나오기까지 시종 성원을 보내 준 문화다양성포럼의 양기환 님과, 금융노조 분들, 일일이 거명하지 못할 만큼 많은 분들의 조언과 자료에 크게 도움을 받았다. 어지러운 글을 책으로 다듬어준 〈레디앙〉 출판사에도 감사를 드린다.

다시 불두화 피는 봄에

광대울 산막에서

검은 머리 외국인

초판 1쇄 펴낸 날 2015년 5월 11일
초판 2쇄 펴낸 날 2015년 8월 25일

지은이 이시백
펴낸이 이광호
펴낸곳 도서출판 레디앙
디자인 Annd
인 쇄 천일문화사

등록 2014년 6월 2일 제315-2014-000045호
주소 서울 강서구 공항대로 481(등촌동, 2층)
전화 02-3663-1521 **팩스** 02-6442-1524
전자우편 redianbook@gmail.com

ISBN 979-11-953189-2-6 03810

* 책값은 뒤표지에 있습니다.